재앙전선의
오버로드
Overlord of Disaster Front
2

KEYWORD

용어일람

●**두 번째 그래피티 습득 실험** Second graffiti acquisition experiment

두 번째 그래피티 습득 실험

'그래피티는 한 사람당 하나'라는 통념이 있지만, 전력 증강을 도모하고자 희망자를 대상으로 두 번째 그래피티를 습득할 수 있는지 알아본 실험. 하지만 실험 참가자 모두 약한 그래피티로 변질하고 말았기에 실험은 실패로 끝났다.

●**봉인** Sealed

불완전한 모습의 그래프를 '백책' 위에 그림이나 문장으로 보충하여 '완성'함으로써 2차원 쪽에 붙들어 매는 것. 그림으로 봉인하는 대원을 '환화사', 문장으로 봉인하는 대원을 '문호'라 부른다. 대원들은 나날이 기술을 갈고닦는 중이다.

●**편집실** Editing department

화이트 캔버스의 부서 중 하나. 그래프와 관련된 정보지를 출간하는 한편, 방위실 봉인반이 기술 발전용 훈련 차원에서 작성한 소설과 만화를 실은 오락 잡지도 내고 있다. 개중에는 인기 작가가 된 사람도 있다.

●**불가시의 마탄** Invisible bullet

과거 토야마 지부에서 활약한 팀의 별명. 두 이레이저가 서로의 그래피티를 조합함으로써 절대적인 위력을 발휘했다고 한다. 현재 그 팀은 해산했다고 한다.

쿠지하라 코토네

방위실 전투반 소속.
7기생 2급 이레이저.
능력의 이름은 '심탄총'.

거대한 바위 뱀 형태의 그래프 앞에서 대담하게 웃는 시로가네.
코토네는 밀착하듯 시로가네의 몸에 매달렸다.
그리고, 전투가 시작되는데──.

「자・쿠치하라・
한동안 꽉 붙잡고 있어.」

▶▶ **사사미야**
시로가네
_{화이트} _{젠박스}
차원협계 관리기구 방위실 실장.
5기생 특급 이레이저.
능력의 이름은 '칠식'.

대기 당번이 끝난 뒤의 탈의실에서,
미요리가 뛰어다니는 소리와,
유키코의 가녀린 비명소리가 울려 퍼졌다.

「쓰리 사이즈 좀 잴게유!
코스프레용 의상 만들 때만
쓸 뿐이니께!」

안 ⋯⋯⋯⋯ 돼⋯⋯⋯⋯ !

▶▶ **마츠바
미요리**

연구실 소속.
그래피티 능력 해석
분야의 일인자.

▶▶ **아사모리
유키코**

방위실 봉인반 소속.
그래프의 모습을 그림
'백책'에 봉인할 수 있

재 앙 전 선 의

오버로드 2

Overlord of Disaster Front

히구라시 아키라 AKIRA HIGURASHI

Illustration: **시라비** SHIRABII

CONTENTS

서장 강해지기 위한 발판

12월 26일—— 크리스마스 분위기가 채 가시기도 전에 사람들의 관심사가 새해를 향하기 시작했을 그 무렵.

토야마 현에 위치한 쿠레하 산의 한쪽 구석에는 차원 협계 관리 기구—— 통칭 '화이트 캔버스'의 토야마 지부가 세워져 있다. 과거 토야마 현립 도서관이었던 건물을 수선 및 증축한, 지붕이 평평한 이 커다란 건물 안을 우리는 나아가는 중이었다.

"……이번에야말로 반드시 이기고 말겠어요. 지켜봐 주세요, 사사미야 선배."

흰색을 바탕으로 한 재킷에 미니스커트를 입고 속바지를 받쳐 입은 제복 차림의 소녀가 나와 나란히 걸으며 그렇게 말했다. 최근에 새로 바꿔 단 흉장에는 'Ⅱ'라는 숫자가 새겨져 있었다. 2급 이레이저를 나타내는 숫자다.

그 소녀—— 쿠치하라 코토네는 불과 얼마 전까지만 해도 최하급에 해당하는 3급 이레이저였다가 이제 막 2급으로 승급한 참이었다. 그녀는 자신의 전용 무기—— 일반적인 우산에 비해 갑절은 더 긴 비닐우산을 꽉 움켜쥐었다. 푸르스름한 검은색 머리를 묶은 사이드 테일과 허리에 찬 간이 병장의 검집이 걷는 리듬에 맞춰 총

총 움직였다.

"기합이 들어간 건 좋지만, 방심하면 안 된다? 쿠치하라."

"그, 그야 물론이죠!"

쿠치하라가 힘차게 대답했다. 뭐, 애는 원래부터 방심하는 성격은 아니니 그 점은 그리 걱정하지 않아도 되겠지.

그나저나 쿠치하라는 오늘따라 유난히 더 밝아 보였다. 평소에는 살짝 더 부정적인 분위기를 풍기는 경우가 많은데 말이다. 기분 탓인지 표정도 밝은 것 같았다.

역시 승급해서 기쁜 걸까?

──우리는 대화를 주고받으며 훈련동으로 향했다.

강화 재질로 지어져 유사시에는 피난소로도 사용되는 훈련동은 평소에는 말 그대로 화캔의 전투원── 이레이저의 훈련장으로 사용된다.

하지만 오늘만큼은 분위기가 살짝 달랐다. 딱 봐도 훈련 목적과는 거리가 있어 보이는 놈들이 우리를 보자마자 저마다 수군거렸기 때문이다.

뭐, 그 이유가 뭔지는 대충 알겠지만.

"……저번에도 그렇고, 너와 미나세의 재결투 날이 오늘이라고 누가 정보를 퍼뜨린 것 같은데?"

──본부와 모든 지부를 포함해 100명 전후밖에 없는 정예, 1급 이레이저. 그중에서도 톱클래스의 실력자인 미나세와 실력상으로는 밑바닥에 속하는 쿠치하라의 결투.

원래 일주일 전에 치러졌어야 할 결투는 시작하기 바로 직전에 대사건이 일어나는 바람에 연기되고 말았다.

4년 반 전, 그래프라 불리는 괴물들이 2차원으로부터 습격해 와 일본에 괴멸적인 피해를 입혔다. 그리고 그 괴물들이 3차원으로 향하기 위해 거쳐 가는 공간—— 그 형태에서 따와 재앙의 알이라고도 부르는 2.5차원의 협계, 세컨드 하프.

기본적으로 동시에 출현하는 것 자체가 드문 그 세컨드 하프가 무려 50개 이상 동시에 출현하는 말도 안 되는 사태가 발생했다. 게다가 그 중심에는 평균 크기보다 3배는 더 커다란 1킬로미터급의 세컨드 하프마저 출현했다.

이만한 사태가 일어난 상황에서 느긋하게 결투나 벌일 수도 없는 노릇이다.

그래서 결투 일정을 다시 잡은 게 바로 오늘인데——.

"그, 그러게요……. 저도 니나한테 얘기한 게 전부인데 말이죠."

사람 입에는 자물쇠를 채울 수 없다느니, 발 없는 말이 천 리를 간다느니 그런 말이 괜히 있는 게 아니로군. 물론 미나세가 다른 사람들에게 말하고 다녔을 가능성도 아예 없지는 않지만.

"뭐, 그렇다고 너무 힘주진 말고. 최선을 다하면 돼."

"네, 네!"

힘주지 말라고 이제 막 얘기한 참인데 코토네는 기합이 잔뜩 들어간 투로 답했다.

……이거 어째 영 불안한데.

자기도 모르게 쓴웃음을 지을 뻔하다가, 쿠치하라가 다급한 표정으로 폭탄 발언을 꺼냈다.

"질 수 없어요. ……그야 사사미야 선배의 목숨이 걸려 있는걸요!"

"아니, 잠깐만. 일이 대체 언제 그렇게까지 커진 건데?"

──뭐, 숨길 것도 없겠지. 미나세와 쿠치하라의 결투를 주선한 사람이 바로 나다. 그때 나는 미나세와 한 가지 약속을 했다.

미나세가 쿠치하라에게 이기면, 본인이 원하는 것 하나를 무조건 들어주기로 말이다.

……일이 왜 그렇게 되었는지를 설명하자면 얘기가 좀 길어지기 때문에 지금은 생략하기로 하겠다. 어리고로 이유가 있었단 말이지.

어쨌든 간에 내 질문에 쿠치하라는 한마디로 답했다.

"그야 미나세 선배잖아요?!"

서글프게도, 그 말에는 쓸데없이 설득력이 있었다.

내 동기인 미나세는 겉모습만 보면 완벽에 가까운 미소녀지만 성격이 최악에 가깝다. 천상천하 유아독존을 그대로 의인화한 듯 오만방자한 금발 쿼터. 참고로 나하고는 그다지 사이가 좋지 않다. ……뭐, 비단 나하고만 그런 건 아니겠지만.

경우에 따라서는 그 녀석이 원하는 것 한 가지를 무조건 들어줘야만 한다. 지금 생각해 보면 그런 약속을 좀 경솔하게 하지 않았나 싶은 생각이 들었다.

뭐, 어쨌거나 물은 이미 엎질러진 뒤다. 어지간한 일이 아니라면 그 녀석의 명령에 따를 생각이었다. 적어도 난 그 약속을 무효로 할 생각은 없었다.

약속은, 꼭 지켜야 하니까.

"──흥, 마음대로 지껄이기는."

뒤에서 노골적으로 언짢은 기색을 드러내는 목소리가 들려왔다. 쿠치하라가 움찔거리며 걸음을 멈추었다.

나도 걸음을 멈추고 뒤를 돌아보았다. 허리까지 내려오는 금발을 찰랑거리는 한 여자애의 모습이 눈에 들어왔다. 굳세게 치켜뜬 갈색 두 눈동자, 투명하리만큼 새하얀 피부. 미니스커트에서 뻗어 나온 늘씬한 다리, 놀랄 만한 몸매를 자랑하는 미소녀.

누구나 한 번쯤 돌아볼 만한 이 녀석의 흉장에는 'Ⅰ'이라는 숫자가 새겨져 있었다.

이 녀석이 그 1급 이레이저, 미나세다.

"미, 미나세 선배……."

자신의 말이 들려 겸연쩍은 모양인지 쿠치하라가 난처한 기색으로 중얼거렸다.

"여어, 물 풍선. 여기서 보게 될 줄이야, 이런 우연이 다 있나."

내가 그 말을 한 순간, 미나세가 바짝 다가오며 내 멱살을 움켜쥐었다.

"누구더러 물 풍선이라는 거냐, 사사미야! 하여간 짜증 나는 녀석 같으니. 날 그렇게 부르지 말라고 몇 번이나 말했을 텐데!"

참고로 애 본명은 미나세 바루운으로, 물 풍선은 거기에서 따온 별명이다.

"네 반응이 참 볼 만해서 나도 모르게 그만."

"날 부를 땐 미나세나 룬짱이라 부르라고 했잖아!"

······이 녀석은 아직도 자기를 룬짱이라 불러 달라고 하네······?

예나 지금이나 참 여전하단 말이지, 나는 속으로 한숨을 내쉬며 입을 열었다.

"그래, 알았어. 미안해, 미나세."

내가 달래고 나서야 미나세는 내 멱살을 쥔 손을 풀었다. ······미나세의 관자놀이가 실룩이는 걸 보면 아직도 기분이 안 풀린 것 같지만 말이다.

"애초에 우연이고 나발이고, 집합 장소가 훈련장이니까 이 복도 늘 시나는 선 낭년하삲아."

"듣고 보니 그러네?"

훈련동 1층과 2층을 할애해 복층 구조로 지어진 거대한 훈련장. 그곳이 내가 지정한 쿠치하라와 미나세의 결투장이다.

"그건 그렇고 네놈들은 날 대체 뭘로 보는 거지? 목숨이 걸려 있네 마네······. 내가 그렇게나 잔인한 인간으로 보이나?"

"어."

"············."

아, 미나세가 욱했잖아. 꽉 움켜쥔 주먹을 부르르 떠는 걸 보면 틀림없었다.

"흥······. 뭐, 됐다. 오늘이야말로 쿠치하라와 결판을 내고 네놈, 에게······."

어째선지 미나세는 말을 하다 말고 입을 다물더니 언짢은 기색을 내비치고는 앞쪽을 향해 성큼성큼 걸음을 옮기기 시작했다.

야, 대체 나한테 무슨 명령을 내리려고 그러는데······?

"미, 미나세 선배!"

쿠치하라가 미나세를 불렀지만 미나세는 멈추지 않았다.

"오늘은, 지지 않을 거예요!"

"그 말은 이미 귀에 딱지가 앉도록 들었어. 그리고——."

끼익, 바닥이 울렸다. 미나세가 몸을 돌리자 그 금발이 출렁이고 스커트 자락이 휘날렸다. 미나세가 날카로운 눈빛으로 힘주어 말했다.

"내가 아무런 대비도 하지 않았을 것 같나? 날 우습게 보지 마라, 쿠치하라."

나는 그런 미나세의 표정을 보고 적잖이 놀랐다.

그 오만한 성격으로 유명한 미나세가 여유를 잃지 않은 채 전혀 방심하는 기색 없이 쿠치하라를 쳐다보고 있었기 때문이다.

"……윽."

미나세가 다시 한번 몸을 돌려 앞으로 나아갔다. 그런 미나세의 뒷모습을 쿠치하라는 긴장한 기색으로 계속 쳐다보았다.

나는 그런 두 사람의 모습을 보며, 이거 힘들지 않을까 싶은 생각이 들었다.

미나세가 얼마나 강한지는 잘 알고 있다. 그리고 그 오만함에서 비롯된 빈틈을 찌르는 게 쿠치하라가 미나세를 이길 수 있는 유일한 방법인데—— 지금은 그 오만함도 살짝 기세가 줄어든 것 같아 보였다. 아무리 봐도 미나세에게 빈틈은 없는 것 같았다.

게다가 또 하나. 저 녀석은 쿠치하라와 같은 타입의 간이 병장을 허리에 차고 있었다.

지금까지는 저런 걸 장비하지 않았던 걸로 기억하는데, 이건 다시 말해——.

"괘, 괜찮아요! 요 일주일 동안 열심히 작전도 세웠잖아요?"

쿠치하라가 한 줄기 희망에 매달리듯 나에게 말했지만 나는 아무 말 없이 미소로 답할 뿐이었다.

내 속마음을 헤아렸는지 쿠치하라는 어깨를 축 늘어뜨린 채 침울한 분위기에 빠졌다. 아아, 옛날의 그 모습으로 되돌아오고 말았군.

어쩔 수 없지. 나는 쿠치하라의 등을 토닥였다.

"네 입장에서는 내기의 대상이 된 게 나니까 다소 부담스러울지도 모르겠지만. 너무 신경 쓰지 마. 그 녀석도 그렇게까지 터무니없는 명령은 내리지 않을 테니까."

"그, 그치만……."

"넌 그냥 최선을 다하기만 하면 돼. 지든 이기든 얻는 건 분명 있을 테니까."

"……사사미야 선배."

쿠치하라의 표정이 조금씩 다시 밝아지기 시작했다.

좋았어, 그럼 압박감을 덜어 주기 위해 마지막으로 한마디 덧붙여 볼까.

"그리고 어차피 미나세가 작정하고 덤비면 너 같은 폐급이 무슨 수로 이기겠어?"

"…………."

어라? 쿠치하라가 울상을 짓고 있잖아.

내가 말을 잘못한 걸까……? 아직 얼마든지 성장할 수 있다고 칭찬해 줄 요량으로 한 말이었는데…….

나는 머리를 긁적이다가 문득 창밖을 바라보았다.

바깥은 기묘하리만큼 조용했다. 잿빛 하늘에서 하얀색 알갱이가 천천히 떨어져 내렸다.

어제 막 내리기 시작했을 뿐인데도 밖에는 이미 눈이 20센티미터 가량 쌓여 있었다.

추워!

나—— 모토바네 엔지는 우리 팀원과의 집합 장소로 향하기 위해 지부 안을 나아가는 중이었다. 추위에 몸을 떨자 입에 꼬나문 담배가 위아래로 마구 요동쳤다. 불은 붙이지 않았지만.

흘끗 밖을 바라보았다. 어젯밤부터 쌓이기 시작한 눈 덮인 경치가 펼쳐졌다. 고작 하룻밤 만에 이렇게 되다니…… 토야마의 눈은 확실히 뭔가 이상하다니까.

집합 장소로 향하는 도중에 상당한 인원수와 엇갈려 지나갔다. 웬일로 오늘따라 사람이 많은가 싶더니, 지나가는 녀석들의 입에서 미나세니 결투니 하는 단어가 들려왔다.

그러고 보니 소문으로 들은 적이 있군. 1급 이레이저인 미나세와 어떤 3급 이레이저가 결투를 벌인다고 말이다. 애초에 승부 자체가 안 될 것 같은데……. 대체 어떤 멍청이가 그런 결투를 주선한 건지 원.

나는 속으로 그렇게 생각하면서 현관홀로 향했다. 자판기와 탁자, 의자가 놓여 있는 이곳에서 약속을 잡아 놨는데—— 오, 다들 미리 와 있었군.

"카오리, 그러니까 넌 좀 더 뒤로 물러나서——."

"——하지만 준짱, 그러면 위험한데? 괜찮아. 나한테 맡겨!"

"아니, 그러니까 내 말은——."

——팀원을 발견한 건 좋았지만, 왠지 서로 말다툼을 벌이는 것 같았다. 평소에는 사이가 좋은 저 녀석들치고는 보기 드문 일이군. 말다툼이 잦아들 때를 가늠하여 나는 둘에게 말을 걸었다.

"여어, 애들아. 너희가 사랑싸움도 다 하고 웬일이야?"

"……아니, 우리가 언제 싸웠다고…….."

나에게 특이한 말투로 그렇게 말한 사람은 카고메 준이었다. 빵모자를 쓰고 코트와 바지를 입고 있었는데, 소맷자락은 헐렁했는지 몇 단을 접어 올려 입은 모습이었다.

"아, 모토바네 씨. 안녕하세요~."

"안녕."

그리고 평범하게 인사를 건넨 사람은 오리쿠라 카오리였다. 쇼트 보브 헤어스타일에 여자용 제복인 재킷과, 겨울철에는 보기만 해도 추울 것 같은 미니스커트를 입고 있었다. 심지어 타이츠는커녕 그냥 양말만 신고 있었기에 그 맨다리는 한층 더 추워 보였다.

둘 다 흉장에는 'Ⅱ'라는 숫자가 새겨져 있었다. 나와 마찬가지로 2급 이레이저다.

"그래서, 너네는 평소에 사이도 좋으면서 갑자기 왜 그래?"

"그게 말이죠~. 쥰짱이……."

"아니, 그 얘긴 됐어, 카오리."

카고메가 끼어들어 말을 가로막더니 빵모자 밑에서 나에게 눈길을 주었다.

"그건 그렇고, 갑자기 우리를 불러낸 이유를 물어봐도 될까요?"

"아――그거 말인데."

나는 주머니에서 꺼낸 라이터로 입에 물고 있던 담배에 불을 붙인 뒤, 한 모금 빨아들였다.

"픕, 콜록, 콜록! 으헉!"

그 순간, 숨이 막혔다. ……폐가…….

"괘, 괜찮으세요? 인공호흡이 필요하세요?"

"……괜찮아. 콜록."

부우, 오리쿠라가 입술을 비죽 내밀었다. 나는 그런 그녀의 어벙한 얼굴을 손으로 물리며, 이번엔 연기를 천천히 조금씩 빨아들였다.

……좀 더 생각을 하고 나서 행동에 나섰으면 좋겠는데 말이지…… 천진난만하다고나 할까, 너무 순진하다고나 할까…… 오리쿠라는 생각 없이 행동하는 게 탈이라니까.

그런 점에서 보자면 여러모로 불안한 녀석이긴 하지만…….

"콜록…… 아아, 독해."

나는 참지 못하고 살짝 기침을 했다. 입가에서 담배 연기가 새어나왔다.

"매번 드는 생각인데, 그렇게 괴로우면 그냥 안 피우면 되는 거 아닌가요?"

"……신경 꺼. 콜록. 그래서, 어디까지 얘기했더라?"

"저희를 불러낸 이유 말이에요~."

"아, 맞다. 그거."

이제야 진정된 호흡을 가다듬고서 연기를 길게 뿜어낸 뒤, 나는 카고메를 쳐다보았다.

"지인으로부터 정보를 얻었거든. 카고메── 너, 어쩌면 강해질지도 모르겠는데?"

"……윽?!"

경악한 카고메가 눈을 치떴다.

"듣자 하니 사사미야가 보잘것없는 그래피티를 가진 3급 이레이저를 잘 육성해서 2급 이레이저로 승급시켰다던데──."

사사미야라는 단어에 살짝 인상을 찌푸리긴 했지만, 카고메는 한마디도 놓치지 않을 기세로 몸을 앞으로 쑥 내밀고 내 말을 귀담 아들으며 다음 말을 재촉했다.

몸이 살짝 붙긴 했지만, 뭐 어쩔 순 없겠지.

──카고메 준.

이차원이 아닌 2차원으로부터 습격해 온 괴물, 그래프──. 그리고 그 그래프와 싸우기 위한 그래프의 능력이 바로 그래피티다. 이레이저는 그래피티를 구사하며 그래프를 상대해 왔다. 한편 카고메는 모종의 사정으로 그래피티 능력이 약해진 바람에 전투에서는 아무짝에도 쓸모없는 신세가 되고 말았다.

그럼에도 카고메가 힘을 갈망하는 이유는 단순했다.

그래프를, 죽이기 위해서다.

제1장 두 번째 그래피티 습득 실험

나—— 사사미야 시로가네는 약한 것을 더할 나위 없이 좋아한다.

정확히 말하자면 약한 능력을 잘 구사하여 강적을 상대로 승리를 거두는 것을 좋아한다. ——언뜻 보기엔 도저히 써먹을 길이 없는, 매우 보잘것없는 능력이면 더더욱 좋다. 최고라 해도 과언이 아니다.

화이트 캔버스에 들어가기 전에도 그랬고 지금도 그렇지만—— 나는 약한 능력을 가진 캐릭터가 주인공으로 등장하는 라이트 노벨이나 만화를 주로 즐겨 읽고 있다.

나도 그런 작품에 나오는 주인공처럼 되고 싶었다.

그런 생각이 특히나 강했던 중학생 시절에 설립된 것이 이곳 화이트 캔버스—— 그래프라는 괴물과 싸우기 위한 조직이었다.

아무리 봐도 픽션인 것 같지만 틀림없는 현실이었다. 내 마음이 동한 것도 당연했다. 나는 중학교를 졸업함과 동시에 이 조직에 몸을 담았다.

하지만—— 결과적으로 내가 습득한 능력은 터무니없는 힘을 자랑하는 그래피티 '칠식'이었다.

그 말도 안 되는 능력 때문에 나는 그래피티를 습득하고 나서 불과 사흘 만에 지금의 지위에 오르게 되었다.

당시에는 단둘밖에 없었던, 1급보다 더 상위의 계급인 특급 이레이저로 승급했다.

또한 화이트 캔버스 토야마 지부의 방위실 '실장' 자리를 맡게 되었다.

약한 능력을 구사하면서 동료들과 함께 그래프와 싸워 이겨 나가며 조금씩 위로 올라가고자 했던 내 꿈은 전혀 뜻밖의 형태로 이루어지고 말았다.

하지만 그런 나에게 하늘의 계시가 떨어졌다.

이미 위로 올라간 건 어쩔 수 없다. ──하지만 굳이 나여야 할 이유가 있을까? 약한 능력을 가진 녀석들이라면 이 조직 내에 이미 썩어 넘칠 정도로 많지 않은가!

그 녀석들을 육성하면 화이트 캔버스의 전력 상승에도 도움이 될 뿐만 아니라 나도 만족할 수 있다. 그야말로 일석이조의 묘안이었다.

그리하여 나는 우선 시범 케이스로서 3급 이레이저 한 명을 점찍었다.

그 녀석이 바로 7기생 최우수 훈련생인 쿠치하라 코토네였다.

그녀의 그래피티는 '물질을 딱 3센티미터만 튕겨 내는' 능력이었다. 언뜻 보기에는 도저히 써먹을 길이 없어 보이는 약체 그 자체였다──.

◇ ◇ ◇

——그렇지만, 역시나 역부족이었는가.

"……뭐, 너무 상심하지 마, 쿠치하라. 솔직히 내가 봐도 어려운 싸움이었으니까."

"…사사미야 선배……."

나는 쿠치하라에게 어깨를 으쓱이며 그렇게 말했다. 쿠치하라는 평소보다 갑절은 더 침울한 기색으로 어깨를 푹 떨군 채 복도를 걸어 나갔다.

——미나세와 쿠치하라의 결투는 이제 막 종료되었다.

결과는 쿠치하라의 패배로 끝이 났고, 과정을 보면 쿠치하라가 선전했다고 하기에는 살짝 부족했다.

처음엔 호각이었는데 말이지. 쿠치하라가 미나세의 공격을 막으며 뒤를 잡는 순간도 있었고. 심지어 미나세의 공격을 피하려고 몸을 날려 공중에 떠 있었을 적에는 미나세의 그래피티인 '천수창조'^{레이니 워크스}의 표적이 되어 비의 탄환이 쏟아지자 우산과 그래피티를 구사해 대처하기도 했다. 그 순간에는 장내가 떠들썩했었지.

그럼에도 미나세는 사전에 우리가 짠 작전을 모조리 피해 갔다. 결국에는 비구름으로 쿠치하라의 눈을 가려 시야 밖으로 벗어난 다음 사각을 노려 뒤에서 검을 들이밀고 체크메이트를 찍었다.

뭐, 파상 공세를 펼칠 수 있는 미나세의 '천수창조'^{레이니 워크스}와 쿠치하라의 '삼탄총'^{앱솔루트 로어}은 상성이 별로 좋지 않다. 그 점을 고려하자면 참패로 끝나지 않은 것만 해도 다행이라고 할 수 있겠지.

"실장님의 말이 맞아. 코토짱도 최선을 다했으니까 너무 그렇게 풀 죽진 마."

그렇게 말하며 쿠치하라를 위로한 사람은 푹신푹신한 밤색 머리의 여자애였다. 인상은 차분하고 부드러웠지만 때때로 웃는 얼굴로 엄청난 독설을 내뱉는 2급 이레이저, 히라카미 니나였다.

"그런데 사사미야. 솔직히 네가 보기에 쿠치하라의 승률은 어땠냐?"

나에게 물은 사람은, 아무리 실내에 있다고 해도 눈이 내릴 만큼 추운 이 날씨에 재킷 소맷자락을 팔꿈치까지 걷어 올린 거한의 남성이었다.

옷 밖으로 드러난 팔은 물론이거니와 그 근육질 몸은 옷으로도 가릴 수 없을 만큼 잘 단련되어 있었다. 그는 미나세와 마찬가지로 1급 이레이저인 아스카 이치히코 씨였다.

두 사람 모두 쿠치하라의 팀원—— 정확히 말하자면 리더인 아스카 씨의 팀에 쿠치하라와 히라카미가 구성원으로 들어온 모양새지만 말이다. 이곳에 봉인반 소속인 연상 로리, 아사모리 유키코 씨까지 있으면 팀원이 전부 모였겠지만, 본인은 단체 행동을 싫어하는 편이라 오늘도 혼자서 따로 행동 중이었다.

"어디 보자……. 한 3퍼센트 정도요?"

"짜네."

옆에서 대놓고 그렇게 말하는 소리가 들린 것 같았지만 아마도 내 기분 탓이겠지.

"그렇게나 낮았어요?"

뜻밖이라는 듯한 히라카미의 물음에 나는 고개를 끄덕였다.

"음, 만약 일주일 전이었다면 승률이 60퍼센트 정도는 되었을 거야. 그땐 미나세가 방심하기도 했었고 쿠치하라가 습득한 그래피티의 진가를 모르는 상태였으니까."

초장부터 상대의 공격을 막아 내고 상대가 당황한 틈을 타 제압한다, 그것이 일주일 전의 결투에서 미나세를 상대로 쓰려고 했던 작전이다.

하지만 그 결투를 시작하기 바로 직전에 50개 이상의 세컨드 하프가 동시에 출현한 그 대사건이 터지고 말았다.

자칫 잘못했다가는 정말로 일본 전국에까지 영향을 끼칠 사태로까지 발전했을지도 모를 그 대사건에서 쿠치하라와 미나세는 함께 힘을 합쳐 싸웠다. 쿠치하라가 미나세에게 자신의 그래피티에 관해 말하지 않았다고 해도, 무엇을 할 수 있는지는 미나세 본인도 얼추 파악했을 것이다.

그리고 무엇보다도──.

"이번에 미나세 그 녀석은 전혀 방심하지 않았으니까……."

오만하기도 했고 자신만만하기도 했다.

그럼에도 오늘 그 녀석은 방심하는 모습을 조금도 보이지 않았다. 사전에 세운 작전에 따라 공격을 피하니 본인도 놀라워하기는 했다. 그렇지만 그 뒤에 보인 대처 행동은 훌륭하다고밖에 말할 수 없었다.

그것은 냉정해야 취할 수 있는 움직임이었다. ──다시 말해.

"미나세 그 녀석도 저번 사건으로 무언가를 깨달은 게 아닐까?"

——그 녀석이 쿠치하라와의 결투에서 막판에 사용한 검 형태의 간이 병장이 마음에 걸렸다. 간이 병장은 이레이저가 신청만 하면 누구나 장비할 수 있지만, 강력한 그래피티를 가진 이레이저가 장비하는 경우는 드물다. 그냥 짐만 되기 때문이다. 나 같은 경우엔 그래피티 자체가 검이라 굳이 장비할 필요 자체를 못 느끼지만 말이다.

미나세도 예전에는 병장을 가져오지 않았었다. 즉, 만에 하나라도 근접전이 벌어질 거라 생각하지 않았다는 뜻이다. 그랬던 녀석이 일부러 근접전용 장비를 가져왔다는 것은…….

위기에 직면해 정신적으로 성장한 걸까. 그렇다면 장래가 두렵군.

"……어차피 그 녀석이 작정하고 덤벼들면 승산은 낮아. 낙타가 바늘구멍에 들어가는 것보다 힘들걸?"

"하핫, 근데 왠지 미나세라면 낙타를 바늘구멍에다 막 억지로 넣을 것 같지 않냐?"

"이치히코 군, 괜히 이상한 드립이나 쳐 봤자 썰렁할 뿐이거든? 그런 뚱딴지같은 소리를 웃으면서 말하는 것도 참 재능이야."

"……내가 너한텐 무슨 말을 못 하겠다, 니나짱."

참고로 이 두 사람은 소꿉친구 관계로, 서로 사이가 친한 건 그 때문이라고 한다. 히라카미의 언니와 아스카 씨가 서로 동갑이라 어렸을 적부터 셋이서 자주 놀았다나 뭐라나. 뭐, 한쪽은 독설을 내뱉고 한쪽은 쓴웃음을 짓고 있는 지금 상황에서 정말로 두 사람이 친밀한 사이인지는 보는 사람에 따라 다르겠지만.

"음~. 뭐, 어쨌든 간에 미안하지만 쿠치하라가 졌다고 그렇게 놀랍진 않았어."

"…………."

"사사미야 실장님, 좀 더 코토짱을 배려해서 말씀해 주세요. 애 울릴 일 있어요?"

"잠깐, 니나. 굳이 그런 말 안 해도 된다니까……."

히라카미가 쿠치하라의 어깨를 붙잡고 내 쪽으로 몸을 틀었다. 눈을 피하는 쿠치하라의 눈가에 눈물이 맺혀 있는 것을 보니 아무래도 속이 영 찝찝했다.

"아……. 딱히 진 게 나쁘다고 말한 건 아니야. 쿠치하라도 작전 대로 잘 움직였잖아. 사실 실전에서 연습한 그대로 행동할 수 있는 녀석도 그리 많지 않거든. 그건 네 장점이라고 봐."

"으……. 가, 감사합니다."

쿠치하라는 그렇게 나직이 말하고는 나에게서 몸을 돌리며 눈을 닦았다. 그 모습을 본 히라카미는,

"왜 처음부터 그렇게 말씀하시지 않은 건데요? 하여간, 사사미야 실장님은 당근을 주는 게 너무 늦다니까요."

"……그러는 넌 남들에게 채찍밖에 안 휘두르잖냐?"

내가 그렇게 말하자, 히라카미는 부드러운 미소를 머금은 채 그 풍만한 가슴을 내밀며 이렇게 말했다.

"무슨 문제라도 있나요?"

"알면서도 채찍만 휘두르는 건 엄청 문제가 있다고 보는데…… 아니, 그런 그렇고 미나세가 대체 나한테 무슨 요구를 할지 영 불

안하단 말이지."

움찔, 쿠치하라가 어깨를 떨었다.

승자의 상품이자 내기의 대상으로써 나는 미나세가 원하는 것 하나를 무조건 들어줘야 하는 처지인데── 정작 본인은 이렇게 말했다.

『……상품은 일단 보류. 나중에 다시 말하지.』

참으로 뜻밖의 일이었다.

보나 마나 죽으라고──까지는 말하지 않을 테지만, 하다못해 '최선을 다해 일하라' 는 말 정도는 꺼낼 줄 알았는데 말이지.

그동안 나는 약한 능력을 바라며 건성으로 훈련을 받아 왔다. 실장이 되고 나서 일을 그렇게까지 열심히 한 것도 아니었다. 미나세가 나를 싫어하는 건 아마도 그런 내 태도가 마음에 들지 않았기 때문일 것이다.

이거야 원, 그 녀석은 대체 뭔 생각인 건지.

"으~음, 그건 그렇고 만약 그래피티를 바꿀 수 있으면 코토짱처럼 능력이 약해서 고민인 사람도 줄지 않을까 싶은데요~."

히라카미가 불쑥 그런 말을 꺼냈다.

"그러게, 그럴 수만 있으면 나도 '칠식' 을 다른 녀석한테 양보했을 텐데."

"사사미야 실장님은 그런 소리나 하니까 남들한테 미움받는 거라고요. 본인도 알고는 있어요?"

"……모르진 않아. 그러는 너야말로 좀 더 말을 가려서 하는 게 어때?"

"다른 사람이라면 몰라도 사사미야 실장님한테 그런 소리 듣긴 싫거든요~?"

얘 뭐야, 몰라 무서워.

도저히 말로는 이길 자신이 없어서 대충 흘러 넘기려던 차에 쿠치하라가 나직이 말했다.

"솔직히 얼마 전까지만 해도 바꿀 수 있다면 바꾸고 싶었지만…… 지금은 그렇지 않아."

"호오, 그건 왜?"

"어, 아……."

쿠치하라가 당황한 기색으로 아차 싶은 표정을 지으며 뺨을 살짝 붉히더니 고개를 홱 돌려 버렸다.

"따, 딱히 그리 거창한 이유는 아니에요."

"응? 그래?"

쿠치하라의 진의는 알 수 없었지만 본인이 저렇게 말하는데 괜히 더 따지고 드는 것도 좀 경우가 아닌 것 같아서 나는 납득하고 넘어가기로 했다. 하아, 하고 옆에서 히라카미가 한숨을 내쉬었는데 대체 왜 한숨을 내쉬었는지도 역시나 나로서는 알 수 없었다.

"바꾸는 건 힘들더라도 그래피티를 하나 더 습득하면 되지 않을까?"

아스카 씨가 좋은 생각을 떠올렸다는 듯이 질문했다. 반면에 쿠치하라와 히라카미는 어안이 벙벙한 표정을 지었다.

"아, 그건 힘들어요."

"아니, 왜? 금서를 한 권 더 손에 쥐면 그 능력도 쓸 수 있는 거 아니야?"

금서는 그래프를 그림이나 문장의 형태로 봉인한 책을 가리킨다. 이걸 사람이 읽으면 거기에 봉인된 그래프의 능력, 다시 말해 '그래피티'를 습득할 수 있는데——.

내 답변에 고개를 갸웃하는 아스카 씨에게 쿠치하라가 물었다.

"……이치히코 선배, 혹시 모르세요?"

"모르다니, 뭘?"

"'두 번째 그래피티 습득 실험'이라고 못 들어 봤어?"

아스카 씨는 히라카미의 말을 듣고 잠시 생각에 잠긴 듯 고개를 갸웃거렸다.

"아, 그러고 보니 얼핏 들은 것 같기도 해. 막 사람 모집하고 그러지 않았어?"

아하, 아스카 씨의 눈에는 그렇게 보였나 보군. 당시에는 그거 때문에 제법 떠들썩했는데—— 어쩌면 아스카 씨는 그런 데에 전혀 관심이 없었던 걸지도 모른다. 아마도 그게 맞겠지만.

"근데 그게 왜?"

"그 실험 말인데요, 실은——."

내가 입을 막 뗐을 때였다. 주머니 속에 있던 휴대 전화가 진동했다.

화면에는 '나카타키 씨'라는 글자가 떠 있었다.

"네, 여보세요? 굳이 전화까지 다 하시고 웬일이세요?"

『쯧.』

혀를 차는 소리가 들려왔다. 아차, 나도 모르게 그만 존댓말을 쓰고 말았잖아.

실장인 나의 비서, 나카타키 씨는 나보다 연상인 스무 살이지만 사회적 지위는 일단 내 부하로 되어 있다. 나카타키 씨는 사회적 관계를 중요시하기에 나에게 존댓말을 쓰지 말 것을 강요하고 있다.

……반말을 강요하는 것도 좀 이상하지 않나 싶지만.

그래서 내가 실수로 존댓말을 쓸 경우, 면전에서는 째려보고 지금처럼 전화상으로는 혀를 찬다.

"……미안. 무슨 일이지?"

『사사미야 실장님을 뵈러 온 손님이 계십니다. 손님분께서 급한 용무는 아니라고 하셨지만 그래도 일단은 연락을 드려야 할 것 같아서요.』

"알았어. 지금 바로 갈게."

통화 종료.

"미안. 날 기다리는 사람이 있는 것 같아서 이만 가 볼게."

"알았어요. 아, 훈련은 어떻게 하죠?"

"오늘은 미나세랑 한바탕했으니까 느긋하게 쉬어도 돼."

"내일은 하실 거죠?"

"그야 물론이지. 늘 보던 데서 보자고."

나는 쿠치하라한테 그렇게 말하고 나서 자리를 떠났다.

사사미야실로 향하는 도중에 나를 찾아왔다는 인물이 누구일지 한번 생각해 봤지만, 결국 짐작 가는 사람은 아무도 없었다.

◇ ◇ ◇

——뜻밖에도.

사사미야실에서 나를 기다리고 있던 사람은 낯익은 얼굴이었다.

"야호~. 사사미~."

"…………."

두 방문자 중 한 사람은 사사미야실로 돌아온 나를 보자마자 순박하게 웃으며 손을 흔들었다. 입술 사이로 엿보이는 덧니에서 친근감이 느껴졌다.

그와는 대조적으로 나와 같은 종류의 코트를 걸친 다른 한 사람은 입을 꾹 다물고 있었다. 비행선처럼 부풀어 오른 빵모자 밑에 무표정한 얼굴이 있었다. 무표정이긴 해도 굳이 따지자면 언짢은 기색에 가까웠다.

"오랜만이네——. 오리쿠라, 카고메. 갑자기 무슨 일이야?"

그녀들은 토야마 지부 소속의 5기생 이레이저. ——그렇다. 나랑 동기다.

순박한 쪽은 오리쿠라 카오리. 이 녀석은 참, 천진난만……하다고나 할까. 그 엉뚱한 언행 때문에 정말 동갑인지 의문이 들 정도로 내면이 어린애 같은 녀석이다.

빵모자를 쓴 쪽은 카고메 준. 말투가 좀 특이한 녀석이라 묘하게 기억에 남던 녀석이다. 뭐, 그렇게 치면 나도 남 말 할 처지는 아니지만.

두 사람의 흉장에는 'Ⅱ'라는 숫자가 새겨져 있었다. ——2급 이레이저임을 나타내는 증표였다.

"──실은 말인데, 사사미~."

오리쿠라가 말을 꺼내려던 찰나에 카고메가 손을 뻗어 제지했다. 그러고는 한 발짝 앞으로 나서더니 반쯤 매달리는 듯한 눈빛으로 나를 보며 입을 열었다.

"──네가, 약한 이레이저를 강하게 만들려 하고 있다는 소문을 들었어."

살짝 연극조로 하는 말에 나는 눈을 치켜떴다. 그 말의 진의를 묻기도 전에 의문이 떠올랐다.

"……그 얘긴 누구한테 들었지? 약체 강화 프로그램은 아직 발표도 안 했을 텐데?"

"우리 리더한테 들었어."

"너네 리더라면…… 모토바네 씨였던가?"

그 이름을 입에 담자 입 안에서 아주 살짝 쓴맛이 느껴졌다.

──내가 그렇게까지 신경 쓸 사람이 아니라는 건 머리로는 알고 있지만 말이다.

"맞아. 모토바네 엔지 씨야. 그리고 모토바네 씨는 코코로 아스카 씨한테 들었대."

"코, 코코로 아스카? 그 이름이 갑자기 왜 나오는 거야."

오리쿠라가 입에 담은 뜻밖의 이름에 나는 저도 모르게 되물었다.

──화이트 캔버스에는 총 다섯 개의 부서가 있는데, 그중에서도 가장 이질적인 부서를 꼽자면 편집실이라 할 수 있겠지.

편집실은 자금 조달을 위해 존재하는 곳이다.

구체적으로 말하자면 잡지 몇 종류를 출간하고 있다.

그중에서도 인기 있는 것은 월간 정보지와 격월 오락 잡지로, 월간 정보지는 그래프와 이레이저에 관한 정보를 싣고 있다. 물론 어느 정도는 정보 규제가 걸려 있지만 말이다. 예를 들어 그래프가 사람의 상상에서 비롯된다는 정보라든가 말이다. 메커니즘이 뭔지는 알 수 없지만, 괜히 공개했다가 오해만 사면 피곤해지니까 말이다.

그리고 격월 오락 잡지에는 소설이나 만화 같은 게 실려 있다.

그중에는 봉인반이 관여한 작품도 몇 개 섞여 있다. 그림 실력과 문장력을 높이기 위함이라고나 할까.

방위실 봉인반 인원들은 그래프를 봉인하기 위해 각자 문장력과 그림 실력을 갈고 닦고 있다. 그리고 봉인반에서는 공식적인 출간을 통해 본인의 실력을 더더욱 높이고자 하는 희망자를 모집하여 뽑는데── 합격한 사람들은 자신의 작품을 잡지에 싣거나 특집을 담당하기도 한다.

지금은 두 잡지 모두 그럭저럭 잘나간다고 한다.

뭐, 어쨌거나──.

오락 잡지에서 소설을 연재하는 사람 중 하나가 바로 코코로 아스카다.

실력으로 말할 것 같으면 보증 수표나 다름없는 프리랜서 봉인반 인원이자, 토야마 지부의 방위실에 소속된 화이트 캔버스 편집실의 간판 작가다.

……그래서 더더욱 두 사람 사이의 연관점이 보이지 않았다. 수수께끼는 깊어질 뿐이었다.

"모토바네 씨가 말하기를, 코코로 씨도 여동생한테 들었대."

"……여, 여동생?"

"응, 여동생."

대체 누구지……? 내 약체 강화 프로그램을 아는 여성이라면 쿠치하라와 히라카미, 미요리 씨, 유키코 씨, 이렇게 네 사람 정도밖에 없을 텐데—— 응?

그러고 보니 히라카미에겐 언니가 있다고 했던가……?

◆ ◆ ◆

"엣취."

"니나, 갑자기 왜 그래?"

장소를 바꿔 현관홀에서 탁자를 둘러싸고 대화를 나누는 중이었는데, 내 옆에 앉은 니나가 별안간 재채기를 했다.

"음~…… 코가 살짝 간지러워서. 누가 내 얘기라도 하고 있는 걸까?"

"감기라도 걸린 거 아니야? 옷 좀 껴입고 다녀."

"이치히코 군한테 그런 소리 듣긴 싫은데?"

니나의 말에는 나도 동감이었다. 현관홀에도 어느 정도 난방이 되고는 있지만, 눈이 내리기 시작한 이 계절에 재킷 소매를 굳이 구태여 팔꿈치까지 걷어 올리고 다니는 사람은 아마 이치히코 선배밖에 없지 않을까 싶었다.

"그래서, 어~. 무슨 얘길 하는 중이었더라?"

"사사미야 선배가 미나세 선배에게 말도 안 되는 요구를 받지 않았으면 좋겠다는 얘길 하던 참이었어."

"아, 그러고 보니 그런 걸 얘기했었지."

"아니, 그런 거라니…… 그야 니나하고는 아무 상관도 없는 일이 겠지만……."

"뭐 별일이야 있을까? 아무리 무리한 요구라도 사사미야 실장이라면 웬만해서는 다 들어줄 수 있을 것 같은데."

"아니, 그치만 그래도 걱정이 돼……. 혹시 나 때문에 무슨 터무니없는 일이라도 일어나면……."

"터무니없는 일? 혹시 사사미야 실장이랑 풍 선배가 서로 사귄다거나?"

"뭐——? 아, 아니, 아무리 그래도 그건 아니겠지?"

니나가 너무나도 엉뚱한 소리를 꺼내는 바람에 나도 모르게 할 말을 잃었다. 하지만 냉정하게 생각해 보면 그 두 사람 사이에 그런 일은 절대로 없을 것이다. 나는 놀란 가슴을 진정시켰다.

……만에 하나라도 그 두 사람이 사귀는 모습을 떠올렸다가 마음이 심란했다는 사실은 애써 모른 척하면서.

"음~. 하지만 어차피 코토짱은 사사미야 실장을 싫어하잖아? 그럼 별 상관없겠네?"

"어, 그, 그게, 그건…… 좋은가 싫은가로 말하자면……."

니나가 짓궂게 웃으며 한 말에 머리가 어질어질했다. 나는 사사미야 선배를 싫어한다. 그러니 선배가 누구랑 사귄다고 한들 나랑은 상관없을…… 텐데도, 대체, 왜 이렇게나…….

다만 실질적으로 문제가 있다면, 만약 미나세 선배가 그런 요구를 했을 경우 사사미야 선배라면 왠지 모르게 '약속은 지켜야지'라고 말하며 사귈 것 같기는, 했다.

……아, 아니, 그럴 일은 없겠지……? 그렇겠지?

"니나짱, 그러고 보니 신나 그 녀석은 잘 지내고 있냐? 요 한 달 동안 통 얼굴을 못 봐서."

이치히코 선배의 물음에 화제가 완전히 전환되었다. 덕분에 살았다는 게 내 솔직한 심정이었다. 나는 남몰래 가슴을 쓸어내렸다. 이 이상 쓸데없는 쪽으로만 생각하고 있으면, 니나에게 계속 휘둘리고 있으면 내 정신 건강상 영 좋지 않은 일이 일어날 것 같았기 때문이다.

"사실 나도 얼마 전 일주일 만에 만났어. 언니는 좀처럼 밖으로 안 나오니까."

화이트 캔버스 단원 중에는 다른 현 출신도 제법 많다. 그런 사람들을 위해 남자 기숙사와 여자 기숙사가 마련되어 있다. 기본적으로는 룸메이트와 한 방을 쓰지만 사람에 따라서는 개인실도 사용하고 있다. 작정하고 방 안에 틀어박히면 다른 사람과 만나지 않고 지낼 수도 있을 것이다.

"여전히 바쁜 모양이지만 코토짱 얘길 했더니 무진장 관심을 보이던데? 막 이것저것 꼬치꼬치 캐묻더라니까. 그런데 딱 봐도 스트레스가 많이 쌓인 것 같았어."

"하하, 그럼 만나러 갈 수도 없겠군. 스트레스 풀겠답시고 냅다 걷어차 버릴 것 같거든."

"이치히코 군이라면 괜찮을 것 같은데~."

"아니, 내가 왜? 니나짱이라면 또 몰라도."

"……후우, 역시 둔감하다니까. 언니도 솔직하지 못하고……."

니나가 나직이 중얼거리며 이치히코 선배의 얼굴을 쳐다보았다.

"뭐, 됐어. 다음에 언니한테 뭐 사식이라도 넣어 줘. 아마 좋아할 거야."

"그래? 네가 정 그렇게 말한다면 다음에 한번 가 볼까?"

"왜, 왠지 엄청 흉흉한 단어 하나가 섞여 있는 것 같은데…… 그건 그렇고 니나의 언니가 그 코코로 아스카였다니, 처음 들었을 땐 깜짝 놀랐어."

화이트 캔버스 편집실의 간판 작가, 코코로 아스카── 본명은 히라카미 신나.

올해로 18세라는 젊은 나이에 절묘한 필력으로 읽는 사람을 들었다 놨다 하면서도 통쾌함을 주는 작풍으로 많은 팬을 보유하고 있다. 연재한 소설들을 모은 모음집을 2권 냈고 그것과는 별개로 단행본을 4권 내는 등, 토야마 지부의 봉인반 에이스로서 무진장 바쁜 삶을 살고 있다.

심지어 집필 작업을 하면서 그래프를 봉인하는 작업도 맡고 있다고 한다. ……원래 봉인반 인원으로 조직에 들어갔음을 고려하면 그건 주객전도가 아닐까 싶지만.

"그런데 실제로는 어떤 사람이야? 소설가라고 하니, 역시나 전통 의상을 입고 서재에서 여유롭게 작업할 것 같은 인상인데?"

"코토짱, 그게 대체 언제 적 얘기야."

니나가 돌직구를 던지며 측은한 눈길로 나를 쳐다보았다. 대놓고 그러니 상처받는데.

"요즘 세상에 종이와 펜으로 소설을 집필하는 사람은 거의 없을걸? 실제로 우리 언니도 추리닝 차림에 컴퓨터로 소설을 쓰거든. 게다가 일이 들어오면 안절부절못한다는데, 옆에서 보면 꼭 시간에 쫓기는 사람 같달까? 여유롭게 작업하는 인상과는 거리가 먼 것 같아."

"와~. 그렇구나."

"큭큭큭, 그 녀석이 전통 의상이라……. 움직이기 거추장스럽다면서 죽어도 안 입으려고 할걸?"

이치히코 선배가 그렇게 말하며 웃었다.

"아, 맞다. 대화가 완전히 산으로 가긴 했지만, 그래서 결국 그 실험은 어떻게 됐는데? 그, 두 번째 그래피티 소득 실험이었던가?"

"그게 아니라 두 번째 그래피티 습득 실험이야. 그래피티 소득은 또 뭔데? 이레이저의 수입을 말하는 거야?"

니나가 즉각 정정했다.

"이치히코 선배, 정말 모르셨어요?"

"이름은 어렴풋이 기억이 나지만 그게 어떻게 됐는지까지는 몰라. 그러는 너희는 어떻게 아는데?"

"강의 때 배웠거든요……."

"우린 강의 때 그런 거 안 배웠는데?"

"아, 그러고 보니 실험이 진행된 게 딱 1년 전쯤이었지? 그러니 우리는 실험 결과를 강의 때 배웠지만 이치히코 군 때는 못 배운 거 아닐까?"

그렇구나. 나는 속으로 고개를 끄덕였다.

"그럼 실험이 어떻게 끝났는지 모르실 만도 하겠네요."

"이게 바로 세대 차별인가……."

"이치히코 군, 그게 아니라 세대 차이겠지."

늘 그렇듯 니나가 지적을 날렸다. 그러고는 고개를 절레절레 저으며 검지를 세웠다.

"어쩔 수 없지. 그럼 내가 설명해 줄게. 근데 이거, 주위에서 얘기만 들었어도 알 수 있는 얘기라는 거 감안하고 들어야 해?"

"하하하, 부탁할게."

"──그럼. 두 번째 그래피티 습득 실험이란 건, 이미 그래피티를 습득한 이레이저가 두 번째 금서를 접하면 어떻게 되는지를 시험한 실험이야."

화이트 캔버스가 설립되고 나서 약 1년이 지났을 무렵에 누군가가 의문을 가졌는지 다양한 추측이 나돌았다. 습득한 그래피티를 교환할 수 있다, 두 가지 능력을 사용할 수 있다, 능력을 담고 있는 이레이저로부터 그래프가 흘러나와 실체화한다 등등── 그 의문에 종지부를 찍기 위해 마침내 작년 12월에 그 실험이 진행되었다.

당연하게도 실험은 신중에 신중을 기했다.

정말로 두 가지 그래피티를 습득한다면 전력을 대폭 강화할 수 있을 테지만—— '그래피티는 한 사람당 하나밖에 습득할 수 없고, 그 이상을 습득하려고 하면 이레이저 본인에게 모종의 이상이 발생할 가능성이 높다'는 의견이 대다수였기 때문이다.

따라서 모집 인원 조건은 설령 무슨 일이 일어나더라도 전력에 끼칠 영향이 적은 3급 이레이저로 한정했다.

위험을 무릅쓰고서라도 힘을 얻고 싶은 사람들에게 모집 공고를 낸 결과, 3명의 피험자가 모집에 응했다.

그리고—— 결과부터 말하자면 실험은 실패로 끝났다.

"실패했다니—— 그럼 걔네는 별일 없었고?"

거기까지 얘기를 들은 이치히코 선배의 물음에 니나는 고개를 저었다.

"응, 생명에 별 지장은 없었다나 봐."

"그랬구나."

"생명, 에는 말이야. 그와는 반대로 그래피티 쪽에는 커다란 이변이 일어났어. 그 실험 피험자들의 그래피티가 하나같이 다 약해졌거든."

두 번째 그래피티를 얻은 뒤의 능력 검증에서 그 사실이 판명되었다.

세 사람 모두 능력이 바뀌었을 뿐만 아니라 위력과 효력마저 이전의 그래피티보다도 약해졌다.

다시 말해 이건 케이스 바이 케이스가 아닌, 그래피티를 두 개 얻으면 반드시 그러한 결과에 다다른다는 말이었다.

"……어떻게 된 거야?"

"다시 말해, 한 사람이 얻을 수 있는 그래피티는 하나밖에 없다는 절대적인 규칙을 이 실험을 통해 알아낸 거야. 그리고 하나 더. 두 번째 그래피티를 습득하면 원래 습득한 그래피티와 능력이 합쳐져 버려."

"뭐야, 요컨대 합성되었다는 말이잖아?"

"말하자면 그렇긴 해. 하지만 아까 말했다시피 그래피티의 효력 자체가 약해지고 말아. 쉽게 말하자면 1에 1을 더하고 나서 4로 나눈 셈이라고나 할까?"

"1 더하기 1 나누기 4는…… 1.25잖아! 더 강해졌는데?!"

……우와. 그 말을 들은 나는 웃음조차 나오지 않았다. 그냥 어처구니가 없을 따름이었다.

"……아무래도 이치히코 군은 초등학교부터 다시 가는 게 좋겠어. 산수도 못하는 18세 사람이 사회에 나가면 안 되니까."

"아니, 그게 무슨 소리야? 사칙연산은 제대로 했는데?"

니나는 마치 말 안 듣는 개를 내려다보는 듯한 눈길로 이치히코 선배를 노려보았다. ……방금 그 식을 제대로 계산하면 답은 0.5가 나올 텐데.

……문득 이런 생각이 떠올랐다. 이 실험을 이용하면 제아무리 '칠식'세븐즈 액터이라 할지라도 약화시킬 수 있지 않을까.

사사미야 선배라면 곧바로 그렇게 했을 텐데, 왜 그러지 않았던 걸까……?

"어쨌거나 하던 얘기를 마저 하자면, 요컨대 두 그래피티를 습득하면 그래피티는 통합되어 능력 자체가 약해. 그 사실이 판명된 이후로 두 번째 그래피티를 습득하는 행위는 엄격히 금지된 거지. 이치히코 군, 이제 알겠어?"

"뭐야, 그런 거였어? 그럼 처음부터 그런 거라고 말하면 됐잖아."

"뭐어?"

빠직, 하는 소리가 들린 것 같았다. 마치 웃음으로 포장한 가면에 금이 가듯 관자놀이에 혈관이 떠올랐다. 오한이 등줄기를 타고 온몸으로 퍼져 나갔다. 나도 모르게 안색이 창백해졌다. 어차피 나에게까지 화가 미치지 않으리라는 것은 알고 있다. 하지만 본디 공포의 대상이란 단지 그 자리에 있기만 해도 주변에 영향을 끼치는 법이다.

"어라, 니나짱?"

"……거참 이상하네~. 꼭 내가 잘못한 것처럼 들리는데? 아, 맞네. 이치히코 군의 수준이라면 서론은 생략하고 그냥 본론만 말했어도 됐을 텐데. 이제 보니 내가 잘못했네. 반성할게."

"니, 니나짱?"

"왜 그래? 이치히코.25 군. 이름이 4분의 1정도 늘었으니까 뇌 용량도 조금은 늘어났니? 아하, 안 늘어났다고? 아, 맞다. 원래 뇌가 없었지 참. 미안해. 0에다가 4분의 1을 곱해도 어차피 0이잖아~. 미안 미안. 내가 미처 신경을 못 썼네~."

"……니, 니나짜."

"왜 그래? 이치히코.25 군. 이상하게 표정이 참 볼 만하네? 뭐 이상한 거라도 봤니? 그나저나 뇌가 없다면 그 머릿속엔 대체 뭐가 들었을까? 근육? 아니면 뼈? 설마 재미없게 꿈과 희망으로 차 있다는 소리는 안 하겠지? 차라리 안에 팥소라도 든 게 다행이지 않을까 싶을 정도로 안에 든 게 아무것도 없다니. 지금까지 대체 어떻게 살았대? 응? 이치히코.25 군. 나한테 가르쳐 주지 않을래? 지금까지 대체 어떻게 살아 온 거니? 응? 아무 말 없이 바닥에 머리만 박지 말고 좀 가르쳐 줄래? 이쪽 보면서 얘기해 줄래? 혹시 발로 밟아 줬으면 싶은 거니? 농담이지? 어차피 지능도 없는 인간은 벌레보다 못하잖니. 밟아 봤자 역겹기만 하거든? 응? 응? 응? 이치히코.25 군, 왜 그래? 이젠 말조차 못 하게 될 정도로 퇴화한 거니?"

"저, 저기, 니나, 이제 그만 좀……."

내가 머뭇거리며 말을 걸자, 마치 기관총처럼 이치히코 선배에게 매도를 퍼붓던 니나는 그제야 한숨을 푸욱 내쉬며 말을 멈추었다.

……평소의 니나가 무의식적으로 독설을 내뱉는 수준이면, 꼭지가 돌았을 때의 니나는 신랄하다는 수준을 까마득히 초월할 만큼 독설을 퍼부어 대는 수준이었다.

"뭐, 어쨌거나 오랜 의문을 해소했다는 관점에서 보자면 성공했다고 할 수 있어. 그렇게 치면 그 실험도 그럭저럭 의미가 있다고는 할 수 있을 테지만, '두 종류의 그래피티를 습득한다'는 관점에서 봤을 땐 아쉽게도 실패한 셈이지."

"……그, 그래서 그 셋은 어떻게 됐는데? 그래피티 능력은 약화되었을 테니 계속 이레이저 일을 해 나가기는 힘들 것 같은데?"

바닥에 납죽 엎드려 머리를 박던 자세에서 정좌하는 자세로 바꾼 이치히코 선배가 그런 의문을 입에 담았다. 이번에는 내가 대답했다.

"……실험을 통해 유용한 정보를 얻었다는 평가를 받아 피험자 세 사람 모두 실험 보수로 2급 이레이저로 승급했다고 해요. 다만 그 이후로 어떻게 되었는지는 못 들었지만요."

"난 이런 소문을 들은 적이 있어~. 그 세 사람 중 한 사람이 이곳 토야마 지부에 있다고 하던데? 하지만 그런 사람이 활약했다면 금세 소문이 쫙 퍼졌을 테니, 아마도 싸움에서는 별다른 활약을 하지 못한 게 아닐까?"

──그 말을 듣고 나는 잠시 생각에 잠겼다.

아마도 그 사람은 강해지기 위해 그 실험에 참가했을 것이다.

하지만 강해지기는커녕 오히려 약해지는 바람에 전투에서 자신의 능력을 제대로 쓰지 못한 상태가 되었다면.

"……아마, 힘들겠지."

불과 얼마 전의 나 자신이 떠올랐다.

그 사람 입장에서는 몹시 불쾌할 테지만, 나는 나도 모르게 그 사람을 동정하고 말았다.

◆ ◆ ◆

"──그렇군."

두 사람을 손님용 소파에 앉힌 뒤, 나카타키 씨에게 내어 달라고 부탁한 차를 홀짝이며 맞은편에서 두 사람의 얘기를 들은 나는 그렇게 말했다.

카고메는 자못 마뜩잖은 표정을 짓고 있었고, 오리쿠라는 나를 지그시 쳐다보고 있었다.

두 사람이 이곳에 온 이유는 지극히 간단했다.

요컨대——.

"두 번째 그래피티 습득 실험의 피험자였던 카고메를 강하게 만들어 달라고?"

——카고메는 2급 이레이저다. 하지만 어디까지나 실험 보수의 대가로 승급했을 뿐이다. 실제 실력으로 따지면 아마도 2급은커녕 3급 중에서도 하위에 속할 것이다. 최근의 전투에서 활약을 했다는 얘기가 전혀 들려오지 않는 것이 이를 뒷받침하는 무엇보다도 강력한 증거였다.

그리고 그에 대한 내 대답은 굳이 생각할 것도 없었다.

"그야 물론 좋고말고! 나야 얼마든지 환영이지!"

나는 쾌히 승낙했다. 일말의 망설임도 없이 수락한 내 모습에 카고메는 오히려 미심쩍은 눈길로 나를 쳐다보았다.

"······그 말은 즉, 강하게 만들어 주는 대신에 하라는 대로 따르라는 뜻인가?"

"넌 날 뭐라고 생각하냐?"

내가 무슨 미나세 같은 줄 아나······. 뭐, 그 경우엔 먼저 말을 꺼낸 사람이 나지만.

"역시 사사미~! 고마워!"

"아니, 그렇게까지 순순히 고마워하니까 오히려 당황스러운데?"

카고메와는 정반대로 오리쿠라는 환한 표정을 지으며 뛸 듯이 기뻐했다. 상대방의 속내나 의도는 전혀 생각하지도 않는 태도도 좀 그렇지 않나 싶은데. 이 녀석의 장래가 우려되었다.

"그건 오히려 내가 할 말이지만. 그렇게 간단히 쾌히 승낙하다니, 신뢰하기 어렵군."

의심 많은 카고메와 의심할 줄 모르는 오리쿠라.

뭐랄까, 참 극과 극이라는 생각이 들었다.

뭐, 오히려 그렇기에 이 녀석들은 서로 죽이 잘 맞는 거겠지만.

"뭐어, 어쨌거나 이거 참 기대되는데?"

나도 모르게 입가에 절로 웃음이 지어졌다.

마침 약체 강화 프로그램을 본격적으로 실행하기에 앞서 시범 케이스가 한 사람 정도 더 있으면 좋겠다고 생각하던 차였다. 두 번째 그래피티 습득 실험의 피험자도 강하게 만드는 데 성공한다면 그 파급 효과는 상당할 테지.

누가 봐도 보잘것없는 능력을 가진 약체를 키울 수 있는 기회가 이렇게나 빨리 찾아올 줄이야……. 웃음이 절로 나올 수밖에.

하지만—— 그런 내 모습을 봐서 그런지 카고메가 나직이 중얼거렸다.

"……넌 힘이 있어서 좋겠네? 난 힘이 없어서 고민인데. 아마 내 고민은 이해 못하겠지?"

"응? 그건 내가 신경 써 줘야 하는 부분이야? 그나저나 네가 고민이 있네 마네 티를 다 내고 왜 그래? 오히려 넌 남한테 동정받는 걸 싫어하는 성격 아니었어?"

"윽……. 너의 그런 점이 마음에 안 든다니까."

소파에서 일어난 카고메가 말했다.

"──한시라도 빨리 그래프를 죽일 수 있도록 강하게 만들어 줬으면 싶어. 솔직히 말해서 나도 내가 원해서 너한테 부탁하는 게 아니거든."

카고메는 한층 더 직설적인 말을 남기고는 방 밖으로 나갔다.

……아무래도 난 미움받고 있나 본데. 뭐, 내가 남들보다 상대적으로 미움받기 쉽다는 건 알고 있긴 하지만.

아마 나 같은 녀석에게 '칠식' 처럼 말도 안 되는 힘이 깃든 게 썩 달갑지 않은 거겠지. 그래피티 능력에 질투하는 전형적인 사례라 할 수 있다.

"……미안해, 사사미~."

"응? 아니, 딱히 네가 사과할 일도 아니잖냐."

방 밖으로 나간 카고메 쪽을 바라보며 오리쿠라가 다소 미안하다는 듯이 말하자 나는 그렇게 답했다.

"쥰짱은 그래프를 죽이고 싶어 할 만큼 미워하지만, 원래 가지고 있던 그래피티도 공격에 적합하지 않은 능력이었는데…… 하필 그 실험 때문에 더더욱 약해지는 바람에……."

"죽이고 싶어 할 만큼 미워한다라……. 그리고 보니 그 녀석도 그래프 피해자였다고 했던가?"

훈련 기간 중에 이런 소문을 들은 적이 있었다. 카고메는 그래프에게 복수하기 위해 화이트 캔버스에 왔다고 말이다.

뭐, 그래프를 죽이는 건 현 상황에서 불가능하다는 게 위에서 내린 결론이다. 게다가 그래프를 봉인한 금서를 불태워 봤자 정말로 죽는지조차 알 수 없는 데다 세컨드 하프 내부에서 격퇴해 봤자 다시 저쪽으로 돌아갈 뿐이다.

그런 기본적인 사실을 그 녀석이 모를 리 없을 테지만 그럼에도 죽이고 싶다는 말을 입에 달고 다니는 걸 보면…… 그래프가 어지간히도 미운 모양이었다.

"……이참에 한번 물어보는 건데, 넌 왜 여기에 입단한 거냐?"

"나? ……아하, 혹시 나도 그래프에게 복수하기 위해 여기에 온 줄 알았어?"

그런 게 아니야, 오리쿠라는 웃음을 머금고 손을 내저으며 부정하더니 입을 열었다.

"난 말이야, 준짱이 걱정돼서 여기에 온 거야."

오리쿠라 카오리는 마치 남동생을 걱정하는 누나처럼── 혹은 자식을 걱정하는 부모처럼 그렇게 말하며 소파에서 일어났다.

"그럼 나도 이만 준짱을 따라가 볼게. 갑자기 찾아와서 미안해, 사사미~."

"아, 맞다. 이왕이면 그 녀석한테 내일부터 훈련 시작할 거라고 전해 줄래? 내일 오전 9시에 훈련동 3층 제2훈련실에서 보는 걸로."

"알았어. 전해 줄게. 오늘은 고마웠어, 사사미~."

◇ ◇ ◇

오리쿠라가 방을 나간 뒤, 조용히 업무를 마무리하던 나카타키 씨가 입을 열었다.

"사사미야 실장님."

"응? 왜 그래, 나카타키 씨."

"약체 강화 프로그램이라는 이름은 영 별로예요."

"이제 와서 그런 소리를……?"

갑작스럽게 날아든 지적에 그날 남은 시간은 프로그램 이름을 수정하는 데 써야 했다.

제2장 소박한 의문과 담담한 대답

——아침에 가장 먼저 그래피티 훈련실에 도착한 나는 얼어붙을 것만 같은 겨울의 한기에 싸늘하게 식은 방과 몸을 데우고자 난방기의 전원을 켰다. 그러고 나서 재킷 위에 껴입은 상의를 벗고 가볍게 준비 운동을 했다. 사사미야 선배가 오면 곧바로 훈련에 임할 수 있도록 미리 준비해야 하기 때문이다.

발밑에서 미약한 진동이 느껴졌다. 8기 훈련생들이 1층 대형 훈련실에서 단체로 뛰는 중인 것 같았다.

불과 몇 달 전까지만 해도 나도 저런 시절이 있었지, 왠지 모르게 그리움이 느껴졌다. 나는 관절을 충분히 풀어 준 뒤, 방 안을 다섯 바퀴 정도 돌고 나서 호흡을 가다듬었다.

그 외에도 제자리에서 뛰거나 뜀박질을 하고 있으니,

"안녕~. 코토짱."

"오, 쿠치하라. 일찍 왔네?"

니나와 이치히코 선배도 왔다. 니나는 제복 위에 귀여운 피코트를 걸치고 있었고, 이치히코 선배는 이번에도 재킷만 입고 있었다. ……이치히코 선배는 몸 안에 무슨 열원이라도 있는 걸까?

나는 준비 운동을 대충 마무리 지었다. 사사미야 선배는 언제쯤

오려나? 내가 안절부절못하며 사사미야 선배를 기다리고 있는데, 니나가 피식 웃으며 말했다.

"코토짱, 사사미야 실장이 언제쯤 올지 신경 쓰여?"

"하윽?!"

정곡을 찔린 나는 얼굴이 아래쪽에서부터 빨갛게 물드는 걸 느꼈다.

"내, 내가 언제 그런 생각을…… 했다고……."

"거짓말하면 못써. 아까부터 몇 번이나 문 쪽을 쳐다봤잖니."

"어, 내가 그랬어?"

"5분 동안 벌써 서른 번이나 쳐다봤어. 10초에 한 번은 그러던데?"

"아으아으아으……."

부끄러워서 고개를 들 수가 없었다. ……내가 고개를 푹 숙였을 때 문 열리는 소리가 났다.

"오호라, 오늘도 빨리 왔군, 쿠치하라."

"앗!"

나는 펄쩍 뛰며 문 쪽을 쳐다보았다. 얼굴은 반반해도 존재감이 희박한 용모, 정돈하지 않은 검은 머리, 별 문양의 흉장을 단 코트. 사사미야 선배가 서 있었다. 드디어 왔구나 싶어 표정이 풀어질——.

"…………."

——뻔 했다가 아무 말 없이 음흉한 미소를 짓는 니나가 신경 쓰이는 바람에 강철과도 같은 정신으로 표정을 다잡았다. 으으, 저

의미심장한 웃음은 대체 뭐냐고…….

아니, 얼굴은 왜 또 멋대로 풀리는 건데. 이러니까 내가 꼭 사사미야 선배를 진심으로 기다린 것 같은……. 으으, 아무튼 아니라니까! 난 사사미야 선배가 싫다고!

나는 자신의 마음을 필사적으로 억누르며 사사미야 선배 쪽을 흘끗 쳐다보았다.

……응?

"야호~. 어제는 참 아까웠어, 쿠치하라짱."

"미, 미요리 씨?"

코스프레가 취미인 연구원이자 능력 해석의 일인자, 마츠바 미요리 씨가 수녀복을 입고 어깨에 흰 가운을 걸친 차림으로 사사미야 선배의 뒤를 따라 들어왔다. 오늘 여기에 온다는 말은 없었을 텐데……?

그리고 다시 그 뒤쪽에서 두 사람이 따라 들어왔다. 빵모자를 쓴 소년과 쇼트 보브 헤어스타일의 여자애였다. 어, 이, 이게 무슨 일이지?

"아, 오늘 훈련 시작하기 전에 잠시 소개부터 할게. 이런저런 사정 때문에 이 녀석들도…… 아니지."

사사미야 선배가 빵모자를 쓴 소년을 손가락으로 가리키며 말을 이었다.

"이 녀석도 약체 강화 프로그램에 합류하기로 했어."

"어…… 그건, 저에게 무언가를 가르치기 위함인가요?"

흉장에 새겨진 숫자는 'Ⅱ'였다. 다시 말해 2급 이레이저다. 설마 나처럼 강화를 받는 쪽은 아닐 줄 알았지만.

"아닌데? 얘도 너랑 같은 처지야."

"어, 2급인데도요?"

나도 모르게 그 말을 입에 담자마자, 마치 레이저를 내쏠 듯한 기세로 빵모자의 챙 밑에서 소년의 눈이 나를 찌릿 노려보는 바람에 나는 몸을 움츠렸다.

"뭐, 그 얘길 하자면 길어질 것 같으니까 짧게 한마디만 할게."

그런 우리의 모습을 보고 사사미야 선배가 어깨를 으쓱이며 말했다.

"얘는 두 번째 그래피티 습득 실험의 피험자였거든."

──그 한마디에 우리는 대략적인 사정을 이해할 수 있었다.

바로 조금 전에 시로가네 군이 나에게 도움을 청하러 왔다. 자초지종을 들은 나는 쾌히 승낙했다. 그도 그럴 게, 그 두 번째 그래피티 습득 실험 피험자의 능력을 해석할 기회는 좀처럼 없으니까 말이지. 재미있── 어흠, 흥미로운 얘기 아닌가.

시로가네 군이 카고메짱과 오리쿠라짱을 소개한 뒤, 두 사람을 데리고 온 이유를 간략하게 설명했다. 설명하는 도중에 카고메짱과 오리쿠라짱의 팀 리더인 모토바네라는 사람의 이름이 나오자 아스카 군이 고개를 갸웃거리던 게 좀 신경 쓰이긴 했지만.

반면에 시로가네 군은 별로 신경 쓰지 않는 기색인지 오늘 일정을 설명했다.

"그런고로 나는 미요리 씨와 함께 카고메의 그래피티 능력 해석 작업에 들어가게. 미안하지만 쿠치하라는 일단 평소 하던 훈련을 계속하고 있어."

"……알았어요."

"자아, 코토짱, 오늘은 나도 같이 훈련할 테니 둘이서 열심히 해 보자."

겉으로는 불만을 표하지 않았지만 왠지 모르게 쿠치하라짱은 불만스러워 보였다. 과연 그 불만에는 무슨 의미가 담겨 있을지…… 후후후, 이거 재미있겠는데?

나마츠바 미요리의 그런 시선을 알아차렸는지 쿠치하라짱이 눈길을 돌렸다. 그리고 도망치듯 방의 구석진 곳으로 향하더니 작은 타월을 펼친 상태로 공중에 던졌다. 그러고는 타월 쪽으로 팔을 뻗은 채, 공중에 뜬 타월을 스스로 계속해서 통통 튕겨 냈다.

"와, 저게 뭐지? 재미있을 것 같아."

그 광경을 본 오리쿠라짱이 마치 장난감이라도 발견한 어린아이 처럼 천진난만한 목소리로 말했다.

"저게 바로 쿠치하라짱의 그래피티, '삼탄총'^{앱솔루트 로어} 이지."

'물질을 딱 3센티미터만 움직이는', 아니, '물질을 반드시 3센티미터 튕겨 내는' 그래피티.

"타월을 통통 튕겨 내는 훈련은 참신하네요~."

"그건 그려. 겉보기에는 씨잘데기 없는 짓 같아 보여도 본인은 나름대로 진지하니께 웃으면 안 디야."

아, 이런. 토야마 사투리를 좀 지나치게 썼나.

"아하하, 조심할게요~."

──싶었는데 의외로 잘 알아들었다. 뜻도 잘 이해한 것 같은데, 어쩌면 혹시──.

"오리쿠라짱, 토야마 출신이여?"

"네, 본가도 지부 바로 근처에 있고요."

"아, 그랬구나. 그럼 카고메짱도?"

아까 처음 만났을 적에는 오리쿠라짱이 카고메짱을 가리켜 절친이라 말했으니께. 그래서 그렇게 물어본 거였는데.

"아, 네, 맞아요. 같이 살고 있거든요."

"아하, 같이 살…… 어?!"

돌아온 답변은 상상을 초월했다. 시방 그게 뭔 소리여? 내가 그렇게 질문하려고 했을 때였다.

"미요리 씨~! 이제 슬슬 시작해 볼까요!"

"아, 응, 알았어!"

시로가네 군이 나를 찾았다. 이 이상 대화를 계속할 수도 없는 노릇이었다. 나는 찝찝한 기분을 뒤로하고 시로가네 군과 카고메짱이 있는 쪽으로 걸음을 옮겼다.

"있잖아, 오리쿠라. 혹시 모토바네 씨가 '불가시(不可視)의 마탄(魔彈)' 중 한 사람이야?"

"아, 예전에는 그렇게 불린 적도 있었다나 봐요. 아스카 선배……라고 하셨나요? 혹시 모토바네 씨랑 아는 사이예요?"

뒤쪽에서 아스카 군과 오리쿠라짱이 상당히 신경 쓰이는 대화를 주고받고 있었기에 더더욱 찝찝한 기분이 들었지만, 지금 입고 있는 의상에 걸맞게 신을 섬기는 수녀의 마음가짐으로 가슴팍을 장식한 로사리오를 따라 가슴 앞에서 십자 성호를 그었다. 지금은 내가 할 수 있는 일에 집중해야 한다.

"──자, 일단은 자료를 조사해 봤으니까 알고는 있지만, 그래도 일단은 네 그래피티를 실제로 한번 봤으면 싶은데?"

"······알았어."

썩 내키지 않는다는 기색이었지만, 그렇다고 반대할 이유도 없다며 카고메짱이 왼팔을 어깨 높이까지 들어 올렸다. 그러자 마치 마술로 비둘기라도 꺼낸 것처럼 작은 새 한 마리가 갑자기 나타났다. 금색 깃털을 가진 그 자그마한 새의 모습은 카나리아와 비슷해 보였다.

다만── 날개와 꼬리에서 희미한 금색 실 같은 게 뻗어 나왔다는 점이 특이하다고나 할까.

"······내가 할 수 있는 거라곤 이게 다야. 작은 새를 출현시키는 것밖에 못 해."

하아, 카고메짱이 한숨을 섞어 가며 설명했다. 그러자 카고메짱의 손 위에 있던 작은 새가 마치 자기 주인을 위로하듯 뾰~. 하고 울었다. 귀여워라.

"······이건 또 이거대로 보잘것없는 능력이로군. 마음에 들어."

시로가네 군이 히죽거리며 중얼거리자, 카고메짱이 무어라 따지듯이 시로가네 군을 째려보았다. 하지만 그것도 한순간이었다. 실제로 본인이 생각하기에도 엄청 약한 능력이라 생각하고 있을 테니께.

"……이거, 정말로 강하게 만들 수 있어……?"

손 위에 올라가 있는 작은 새와는 대조적으로 카고메짱은 절망적인 표정을 지었다. 그 모습을 본 시로가네 군은 카고메짱을 안심시키려는 모양인지 카고메짱의 어깨에 손을 올리고 웃으며 말했다.

"아니."

"그럼 대체 날 왜 여기로 오라고 한 건데!"

카고메짱은 눈물을 글썽이며 자신의 어깨에 놓인 시로가네 군의 손을 뿌리치고는 그렇게 소리쳤다. ……뭐, 그런 대답을 들으면 누구라도 그렇게 소리치겠지.

심지어 강해지려고 여기에 왔는데 강하게 만들어 줄 사람이 저런 식으로 말한다면 더더욱.

하지만 시로가네 군은 자신을 노려보는 카고메짱을 똑바로 쳐다보며 여유로운 표정으로 이렇게 말했다.

"뭐, 내가 말한 건 그래피티를 강하게 만드는 건 어렵다는 얘기야. 그래피티는 제어할 수 있어도 기본적으로 성장은 할 수 없다는 거, 너도 강의 때 배워서 알 거 아냐. 물론 그래피티에 따라서 다르다고 생각은 하지만 적어도 이건 성장하는 종류의 능력은 아닌 것 같아."

그렇지만, 시로가네는 그렇게 운을 떼며 말을 이어 나갔다.

"결국 관건은 그래피티를 가진 녀석이 그걸 어떻게 사용하느냐에 달려 있거든. 쿠치하라한텐── 그러고 보니 말하지 않은 것 같기도 하지만, 어쨌든 간에 지금 내가 너에게 할 말은 하나밖에 없어."

씨익, 시로가네 군은 입가를 끌어 올리며 카고메짱에게 손가락을 내밀었다.

"이 세상에 약한 이레이저는 있을지언정 약한 그래피티는 없어. 어떤 능력이든 간에 사용자가 하기 나름이라는 사실을── 너에게 가르쳐 줄게."

"……읏."

시로가네 군의 망설임 없는 말에 카고메짱이 입을 다물었다.

"그러니 일단은 능력부터 해석해 볼까? 미요리 씨, 이거."

시로가네 군은 그렇게 말하더니 클립으로 고정한 자료 몇 장을 나에게 건넸다.

"본부에서 실험을 했을 당시의 데이터예요. 새의 이동 속도나 강도, 동시에 얼마나 출현시킬 수 있는지 등등이 적혀 있죠."

"준비성 좋은데? 덕분에 손이 좀 덜 가네 그려. 그럼…… 어디 보자."

나는 서류를 눈으로 대강 훑었다.

"이동 속도는 대략 시속 60킬로미터. 참새가 50킬로미터를 약간 넘는 수준이니 속도는 일반 새랑 거의 비슷한 수준인 것 같고. 그렇지만 강도는 거의 없는 거나 마찬가지. 얻어맞거나 베이면 그걸로 끝……. 아, 조금 전에도 느낀 거지만, 그 새는 어느 정도 자율적으로 행동할 수 있나 봐?"

"……네. 아무래도 그런 것 같아요."

방금 멋대로 울음소리를 낸 것도 그렇고, 지금은 카고메짱의 어깨에 앉아 그루밍을 하는 것도 그렇고 묘하게 생물처럼 행동하는 것 같은 느낌이 들었는데 역시나 그렇군.

"기본적으로 제 명령은 잘 들어요. 예를 들면── 이 방을 한 바퀴 돌고 와."

카고메짱이 자신의 어깨에 앉아 있는 카나리아에게 명령을 내렸다. 그러자 그 새는 뾰이, 하고 짤막한 울음소리를 내며 어깨를 박차고 날아올랐다. 그리고 방 안에 있는 모두와, 히라카미짱이 연습용으로 자그맣게 전개한 열 개의 구체 결계 '십구의'와 충돌하지 않게끔 방 안을 한 바퀴 돌고 나서 다시 카고메짱의 어깨에 앉았다.

"대충 이런 식이에요. ──다만 수가 많으면 많을수록 명령을 안 듣는 경우도 많지만요."

"응, 마침 그 데이터를 읽던 참이었어. 마음만 먹으면 열 마리든 스무 마리든 출현시킬 수 있지만 다섯 마리를 넘으면 명령을 안 듣나 봐?"

"네, 맞아요. 많이 출현시켜 봤자 그래프를 상대로는 기껏해야 잠시 시선 끌기용으로밖에 못 쓰죠. 오히려 새들은 그래프를 보면 금세 달아나 버리고요."

"영 쓸데가 없네~."

시로가네 군이 웃으며 그렇게 말했다. 이번에도 카고메짱이 짜증스럽게 눈꼬리를 치켜세웠지만 정작 시로가네 군은 전혀 아랑곳하지 않는 기색이었다.

쟤도 참 여전하단 말야. 나는 쓴웃음을 지으면서도 서류를 마저 읽어 나갔고──.

"저 실이 뭔지 신경이 쓰이는데?"

나는 카나리아의 날개와 꼬리에서 뻗어 나온 실을 가리키며 조사해 보고 싶다는 말을 꺼냈다.

"……아, 역시나. 평범한 카나리아치고는 딱 봐도 부자연스럽죠?"

"맞아, 시로가네 군. 아무래도 본부 사람들은 저걸 단순한 장식── 원래 가지고 있던 그래피티의 잔재로 본 모양인데, 내 견해는 조금 달라."

그 이유는 카고메짱이 원래 가지고 있던 그래피티 때문이었다. 나는 자료를 눈으로 읽어 나가며 말을 이었다.

"'구속승(鋼束繩)' ── 가느다란 생김새와는 달리 엄청난 강도를 자랑하는 로프를 출현시키는 그래피티로, 힘껏 묶으면 제아무리 그래프라 할지라도 쉬이 빠져나오기 힘들다는 지원 계열 능력이지. 나중에 습득한 그래피티는 자세한 사항을 알 수 없지만, '구속승(鋼束繩)'이라는 그래피티와 합쳐진 결과가 그 카나리아인 걸 보면 그 실에도 모종의 힘이 깃들었을 가능성이 커 보이거든."

나는 카고메짱에게 다가가 어깨 위에 앉아 있는 카나리아의 실을 건드려 보았다.

"우와, 가볍네."

분명 만지고 있을 텐데도 너무나도 가벼운 탓에 만지고 있다는 사실 자체를 못 느낄 정도였다. 마치 거미줄 같았다. 그리고 강도가 어느 정도일지 한번 당겨 보았더니, 너무나도 어이없이 툭 끊어지고 말았다.

"최소한 강도 면에서는 성질을 전혀 이어받지 못한 것 같은데요?"

시로가네 군의 의견에 고개를 끄덕이면서도, 나는 카나리아에서 늘어지는 금색 실을 가만히 바라보았다.

"흐~음……. 카고메짱, 혹시 이 실을 길게 뻗어 본 적 있어?"

"어, 아뇨. 없는데요……."

"그럼 한번 해 볼래? '구속승(鋼束繩)^{타이트 로프}'이었을 적에는 길게 뻗어 봤었지?"

"아, 네……."

카고메짱은 굳이 왜 그런 걸 시키냐는 듯이 언외로 물었지만, 그래도 집중을 하려는 모양인지 눈을 감았다.

그리고 잠시 후——.

"오, 역시 되네."

카나리아의 꼬리와 날개의 실이 길게 뻗어 나오기 시작했다. 정말로 될 줄은 몰랐는지 카고메짱이 눈을 휘둥그레 치켜뜨며 자신의 어깨 위에 앉은 카나리아를 쳐다보았다.

"할 수 있는 게 하나 더 늘었군."

"뭐, 그렇지만 강도는 변함이 없지만 말여."

나는 그렇게 말한 뒤, 뻗어 나온 실을 손으로 뚝 끊었는데——.

"아."

끊어진 실이 난방기에서 나오는 따뜻한 바람을 타고 날아가 버렸다. 그 앞에는 기도하듯 손을 모으고 〈십구의〉 연습을 하고 있던 히라카미짱이 있었다.

"히라카미짱, 미안혀. 그쪽으로 실이 날아가 버렸지 뭐여."

"어, 실이라고요……? 푸헙?!"

느닷없이 금색 실이 얼굴에 걸리는 바람에 히라카미짱이 다급히 손으로 실을 털어 내려고 하다가―― 갑자기 움직임을 멈추었다.

"웅? 히라카미짱, 왜 그려?"

"…… '십구의^{익스피어}' 가, 사라졌어요."

듣고 보니 조금 전에 자그맣게 전개해 놓았던 구체 결계가 하나도 남김없이 소멸해 버렸다.

"어이쿠, 연습하는 데 방해해서 미안혀, 히라카미짱."

집중하는 데 괜히 내가 방해했나 싶어서 담담한 투로 말하는 히라카미짱에게 사과했는데, 히라카미짱은 고개를 저으며 털어 내려던 실을 손가락으로 집으며 말했다.

"그게 아니에요. 그게 아니라―― 이 실이 저에게 닿은 순간에 결계가 사라져 버렸어요."

"……?!"

그 말이 뜻하는 바는.

"실제로 지금도 다시 '십구의^{익스피어}' 를 전개하려고 하는 중이지 만…… 능력을 쓸 수가 없어요."

설마.

"카고메짱, 한 번 더 실을 길게 뻗어 봐!"

"가, 갑자기 무슨 일――."

"얼른!"

"아, 넵!"

카고메짱이 어깨를 움찔 떨었다. 잠시 후에 카나리아의 실이 길게 뻗어 나왔다. 나는 그것을 네 가닥으로 잘라 그중 한 가닥을 "오, 필이 제대로 꽂혔나 본데?" 라고 중얼거리는 시로가네 군에게 건넸다.

"시로가네 군, 이걸 쥐고서 '칠식^{세븐즈 액터}'을 전개해 봐!"

"알았어요."

"아스카 군, 쿠치하라짱, 오리쿠라짱! 너희도 이 실을 쥐고서 그래피티를 한번 사용해 봐!"

"네, 네에?"

"대체 뭔데?"

"갑자기요~?"

"얼, 른, 혀!"

꾸물거리는 세 사람의 모습이 답답한 나머지 나는 흥분을 억누르지 못한 채 소리쳤다.

그러자 마치 무서운 것이라도 본 것처럼 모두가 아무 말 없이 재빨리 행동에 나섰다.

내 예상이 맞다면——.

"……미요리 씨, 역시나 안 되네요. '칠식'을 전개할 수가 없어요."

시로가네 군의 말을 시작으로 나머지 세 사람도 입을 모아 그래피티를 쓸 수 없다고 말했다. 시로가네 군은 어느 정도 예상하고 있었다는 기색이었지만, 나머지 세 사람은 이상하다는 듯이 고개를 갸웃거렸다.

──역시나 그랬구먼.

"카고메짱, 아무래도 네 그래피티는──."

대체 무슨 일이 일어나고 있는지 갈피를 못 잡고 있는 카고메짱에게 나는 말했다.

"아무래도 실과 접촉한 상대의 그래피티를 봉쇄할 수 있나 본데?"

카고메짱이 빵모자 밑에서 눈을 치떴다.

큭큭큭, 뜻밖의 사태에 나는 수녀복을 입고 있다는 사실도 잊은 채 사악하게 웃었다.

주위 사람들이 기이한 눈빛으로 날 바라보든 말든 아무렴 어때.

"이거 일이 재미있게 돌아가는데, 시로가네 군?"

"그러게요. ──그냥 보잘것없는 능력이라고만 여겼었는데, 쿠치하라의 경우랑 상황이 좀 비슷한 것 같은데요? 하나같이 저평가된 데이터 속에서 특이한 특성을 딱 하나 발견할 줄이야."

시로가네 군 또한 음흉한 미소를 지었다.

"이제 검증해야 할 게 늘었네요."

"그야 물론이지. 자, 그럼 이제 뭐부터 시작해 볼까……?"

나는 속으로 이런저런 생각을 하며 카고메짱에게 다가갔다.

"히익."

──그런데 내 표정을 보자마자 어째선지 카고메짱이 한 발짝씩 뒷걸음질 쳤다. 끝내 벽면까지 내몰려 더 이상 달아날 곳을 잃은 카고메짱이 이제는 옆으로 달아나려고 하자, 나는 팔을 벽으로 뻗어 진로를 막았다.

흔히들 말하는 벽쿵 비슷한 자세가 되었다. 설마 내가 벽쿵을 하는 쪽이 될 줄은 꿈에도 몰랐지만 말이다.

"설마 도망칠 수 있을 거라 생각했니?"

"사, 살살 해 주세요……."

"오오, 깜짝 놀랐네…… 난 또 마츠바가 카고메를 덮치려는 줄 알았잖아."

"이치히코 군, 아무리 그래도 그 말은 너무 심하지 않니? 당장 무릎 꿇고 싹싹 비는 게 어때?"

갑자기 날벼락을 맞은 카고메짱이 내 품 안에서 굉장한 표정을 짓고 있었다. 무슨 말을 하고 싶은지는 이해할 수 있었다. 아마도 옆에서 봤을 땐 그런 식으로 보이는 모양이었다.

뭐, 물론 내가 뭐라 반박할 말은 없었지만.

◆ ◆ ◆

──카고메의 능력 검증 작업도 얼추 마무리되었다.

작업을 마치고 나서 내가 느낀 바를 한마디로 표현하자면,

"역시나 써먹기 힘드네."

카나리아에서 뻗어 나온 '능력을 봉쇄하는 실'은 이미 발동이 끝난 그래피티에 닿으면 효과를 발휘할 수 없다는 사실이 밝혀졌다.

예를 들어 내가 '칠식'을 사용해 실을 끊으면 '칠식'은 봉쇄당하지 않는다.

하지만 대신에 발동 중이든 아니든 간에 이레이저 본인이 실에

닿은 경우라면 그래피티 사용을 봉쇄할 수 있다.

"그 말대로 무진장 써먹기 힘들긴 하지만, 그래도 이거 엄청난 그래피티여. 아직 가설의 영역이긴 해도 원래 그래피티는 그래프로부터 비롯된 것이니 아마 십중팔구 그래프의 능력을 봉쇄할 수 있지 않을까 싶거든. ——그건 그렇고, 그 그래피티에 이름을 붙이자면 '구속승(鋼束繩)' 보다는 '금사작(禁絲雀)' 이 더 어울린다고나 할까?"

미요리 씨가 히죽히죽 웃으며 그렇게 말했다.

다시 말해, 어떻게든 실을 상대에게 휘감을 수만 있다면 그래프와 이레이저의 능력을 봉쇄할 수 있다는 얘기다. 하지만 문제점이 있었다.

"역시나 실의 강도가 너무나도 처참한 수준이란 말이죠."

"시로가네 군, 그거 웃으면서 할 얘기는 아닌 것 같은디?"

"그러는 미요리 씨야말로 웃고 있으면서 뭘 그래요."

"에이, 그래도 너만큼은 아니지."

"……눈앞에서 대놓고 꽁냥거리지 좀 말았으면 싶은데, 사사미야."

"아니, 우리가 언제 꽁냥거렸다고 그래?"

"그럼, 우린 원래 늘 이런 식인데 뭘."

"…………."

카고메의 눈이 빵모자 밑에서 도끼눈으로 노려보는 바람에 나는 어깨를 으쓱였다. 그런데 뒤쪽에서도 시선이 느껴졌다. 고개를 돌렸더니 쿠치하라가 이쪽을 지그시 쳐다보고 있었다. 그런데 내가 고개를 돌리자마자 쿠치하라는 곧바로 다시 훈련을 하러 갔다. 뭐지?

"어쨌든 간에 실의 강도가 없으니 휘감는 족족 찢어지고 말 거야. 그 문제를 어떻게 해결하느냐가 관건인데, 설령 상대 몰래 휘감는 데 성공했다고 해도 몸체가 밝은 금색이니까 눈에 확 띄어."

검토 중에 미요리 씨가 여러 차례 몸을 들이대는 바람에 카고메는 주눅이 든 상태였다. 그 빵모자 위에 앉아 있는 카나리아가 마치 항의하듯 뽀~. 하고 울었다.

──문득 한 가지 '전법'이 떠올랐다.

지금 이 자리에 없는 모토바네 씨.

만약 그의 그래피티를 사용한다면, 혹시──.

하지만 솔직히 좀 고민이 되었다. 그건 카고메가 바라는 싸움과 살짝 어긋난 게 아닐까 싶었기 때문이다.

하지만 어차피 이상만 좇아 봤자 죽도 밥도 안 된다. 일단은 '싸울 수 있도록' 만드는 것이 최우선이다.

당분간은 카고메에게 앞으로 있을 일들은 가급적 숨기면서 훈련에 임하게끔 만들어야겠군.

나는 미요리 씨와 거듭 대화를 주고받으며 대략적인 훈련 방침을 세웠다.

"그럼 훈련용 도구를 가지고 올 테니까 잠시만 기다려."

그러고는 그런 말을 남기고 일단 훈련실을 나섰다.

복도의 냉기를 몸으로 받으며 쿠치하라 때 이후로 처음 맛보는 고양감에 자기도 모르게 들뜬 걸음으로 발을 뗐다.

자, 그럼 어디 한번 해 볼까!

◆ ◆ ◆

으으, 추워 죽겠네…….

나는 제복인 추리닝 위에 껴입은 점퍼 주머니에 손을 찔러 넣은 채 싸늘하게 식은 복도를 걸어 나갔다.

어느새 해가 중천에 떠 있었다.

우리 팀원인 카고메가 사사미야 밑에서 훈련을 받겠답시고 오늘 아침 9시에 집합한다는 얘기는 들었지만—— 이거야 원, 대기 당번도 아니었던 나는 깜빡 늦잠을 자고 말았다. 덕분에 눈을 뜬 게 바로 조금 전이었다.

에휴, 난 원래 아침에 약한 편인지라 어쩔 수 없단 말이지, 응.

이제 와서 서두른다고 뭐가 달라지겠는가. 나는 반쯤 자포자기한 심정으로 입에 꼬나문 담배를 피우며 천천히 훈련실로 향했다.

"……사사미야와 만나는 건 그 녀석이 장례식을 치른 이후로 처음이군."

발걸음이 무겁게 느껴지는 건…… 아마도 내 기분 탓이겠지.

이윽고 내 몸은 지정된 훈련실 앞에 다다랐다.

문을 열고 안으로 들어서자——.

"우, 웃기지 마!"

갑자기 노성이 날아들었다. ——왠지 모르게 귀에 익은 목소리인가 싶더니, 카고메의 목소리였다.

아무래도 카고메가 분노를 터뜨린 대상은 실장인 사사미야로 보였다.

"이게 대체 뭔 수작이야, 사사미야——."

힘주어 노려보는 카고메와 그 시선을 정면으로 받는 사사미야.

대체 뭐야. 갑자기 이게 웬 아수라장이지?

"훈련으로 공기놀이나 하라니, 그게 말이 돼?!"

너무나도 뜻밖의 말에 나는 무릎에 힘이 풀렸다.

"아, 모토바네 씨. 안녕하세요~. 지각하셨다고요, 지각~."

"……넌 이런 상황에서도 여전하구나, 오리쿠라."

훈련실에 들어선 나에게 오리쿠라가 말을 걸었다. 그리고 그것을 계기로 주위의 이목이 나에게 쏠렸다.

이 방 안에 있는 인원은 낯익은 얼굴, 그리운 얼굴, 처음 보는 얼굴, 이렇게 대략 세 종류로 나눌 수 있었다.

"……아, 어흠."

일단은 초면인 녀석들—— 사이드 테일 2급과 거유 2급, 그리고 생뚱맞게 여기에 왜 있는지 영문을 알 수 없는 수녀와 간단히 인사나 나눌까.

"2급 이레이저인 모토바네 엔지다. 올해로 21세지. 우리 팀원이 폐를 끼친 것 같아서 면목이 없군."

내 자기소개를 듣고 초면인 녀석들이 차례로 자기 이름을 밝혔다.

"아, 저기, 전 쿠치하라 코토네라고 해요. 잘 부탁드리겠습니다."

"히라카미 니나예요. 제가 의외로 남들 시선은 잘 알아차리는 편인데, 초면 사이에 여자애 가슴부터 쳐다보는 건 삼가는 게 어떨까요?"

"토야마 현 18년산 연구원인 마츠바 미요리라고 합니다. 잘 부탁해요~."

입이 험한 녀석이 한 명 있군……. 히라카미라면, 이 녀석이 바로 그 코코로의 여동생인가……. 이제 보니 눈이 살짝 닮긴 했군. 그것 말고는 닮은 구석이 전혀 없지만.

"여어, 사사미야. 오랜만이다."

나는 적당히 그 세 사람에게 답변을 하고 나서 사사미야에게 스스럼없이 말을 걸었다.

"……그러게요. 오랜만이네요. 벌써 1년이 지났나요?"

반면에 사사미야는 어딘지 모르게 거리감이 느껴지는 투로 답했다. 이거야 원.

"그때 그 일은 신경 쓰지 마. 너랑은 거의 상관도 없는 일이니까."

"그야 알고는 있지만…… 그 일만큼은 어쩔 수가 없더라고요."

"……너도 참 답답한 녀석이로군."

──으음, 분위기가 살짝 묘하게 흘러가는 것을 느낀 나는 화제를 전환했다.

"그러고 보니 너네 무슨 일이야? 아까 둘이서 뭐라 그러는 것 같던데."

"……사사미야가 특별 훈련을 하겠다고 해서 구체적으로 무엇을 하는지 물어봤던 거예요."

"그래서 공기놀이를 하라고 했더니 얘가 막 화를 내더라고요."

"지금 내가 화 안 나게 생겼어?! 지금 노닥거리고나 있을 때야?!"

"워워, 진정 좀 해, 카고메. 사사미야도 다 이유가 있어서 그러는 거겠지."

내 말에 사사미야는 자못 당연하다는 듯이 고개를 끄덕였다.

"카고메, 네가 강해지기 위한 최선의 지름길은 카나리아를 확실하게 제어하는 것이야. 그것도 한 마리뿐만 아니라 여러 마리를—— 가능하다면 최소 다섯 마리나 그 이상을 동시에 제어할 수 있어야 해."

"수로 압도할 수 있으면 실을 휘감을 가능성도 올라가니께. 한 마리를 미끼로 쓰고 나머지로 휘감는 거여."

옆에 있던 마츠바가 보충해서 설명했다. 그리고 사사미야가 세 개의 공기로 공기놀이를 하기 시작했다.

"그래서 공기놀이를 해야 하는 거라고. 계속해서 아래로 떨어지는 공기의 위치를 파악한 상태에서 다시 던져 올리는 요령을 이용해 카나리아 한 마리 한 마리의 위치와 상황을 파악한 상태에서 적절한 명령을 내려야 하거든. 요컨대 여러 마리의 카나리아를 동시에 제어하기 위한 훈련인 셈이지."

"……그럼 처음부터 그냥 카나리아를 쓰면 되잖아."

"그러면 될 것 같지? 그런데 그 카나리아는 내구력이 낮기는 해도 엄연히 실체가 있거든. 만약 네가 제어를 잘못하거나 명령을 잘못 내리는 바람에 그 부리가 다른 사람의 눈을 찌르면 어쩌려고?"

사사미야가 일부러 공기를 카고메의 가슴 쪽으로 던졌다.

"…………. ……그래, 알았어. 하면 되잖아."

완전히 납득한 기색은 아니었다. 그렇지만 사사미야의 말에 뭐라 반박할 수도 없었는지 카고메는 마뜩잖은 표정을 지으며 발치에 떨어진 공기를 주웠다.

그리고 사사미야로부터 추가로 두 개의 공기를 건네받아, 그 세 개를 순서대로 공중에 던져 올렸다.

"웃, 아, 으, 으, 앗!"

하지만 서툰 손놀림 탓에 던져 올린 공기가 전혀 엉뚱한 방향으로 날아가 버렸다. 카고메가 황급히 그것을 주우러 갔다.

"거봐, 생각보다 어렵지?"

"……구, 굴욕적이군."

카고메가 몸을 부르르 떨면서 나직이 그렇게 말했다.

힘겹게 공기놀이를 하는 카고메의 신선한 모습을 한동안 바라보고 있을 때였다.

"역시 모토바네 씨였잖아. 오랜만에 뵙네요."

누군가가 나에게 말을 걸었다. 그 목소리의 주인은 커다란 몸집에 근육질인 1급 이레이저였다.

"오호라, 이거 오랜만이로군, 아스카."

나는 입가를 끌어 올리며 아스카 이치히코에게 답했다.

나와 이 녀석은 같은 3기생이다. 소속된 지부는 서로 같지만 요즘엔 제대로 대화를 나눌 기회조차 없었던지라 간만에 만나니 반가웠다.

"이야, 이젠 너도 1급이 다 됐군. 축하한다."

"아, 감사합니다. 그건 그렇고, 모토바네 씨. 요즘은 담배도 피우시나 보네요."

"근데 피워 봤자 맛 하나도 없어. 웬만하면 담배는 거들떠도 보지 않는 게 좋아."

"그러는 모토바네 씨는 왜 피우시는데요?"

"뭐……. 딱히 별다른 이유는 없어. 그러고 보니 넌 코코로 걔랑 아직도 부대끼고 지내냐?"

코코로 아스카. 나에게 사사미야의 정보를 제공한 봉인반 인원이다. ──그게 필명임은 알고 있지만 거기에 '아스카'가 들어간 건 과연 우연일까?

"부대끼는 거야 뭐. 저흰 소꿉친구잖아요. 끊으려야 끊을 수 없는 끈질긴 악연인 셈이죠."

내심 불순한 쪽으로 생각하는 나에게 아스카가 상큼하게 웃으며 말했다. ……만약 내 생각이 맞다면 코코로 그 녀석은 앞으로 고생길이 훤하겠군.

"끈질긴 악연이 아니라 질긴 악연이겠지. 그럼 혹시 다음에 걔랑 만나거든 나 대신 고맙다는 말 좀 해 줄래? 걔 덕에 우리 팀원이 답을 찾은 것 같다고 말이야."

──훈련생 시절에 아스카와는 그럭저럭 친분이 있었다. 그리고 그게 인연이 되어 코코로와 대화를 나눌 기회도 있었다. 정식으로 이레이저가 되고 나서는 동기 친구와 팀을 짰는데, 마침 봉인반 인원이 없었던지라 코코로가 우리 팀과 함께 행동하기도 했었다.

내가 실실 웃으며 말한 뒤에 아스카가 말했다.

"그건 그렇고 우리 팀원이라……. 모토바네 씨가 팀을 새로 짰다는 말을 얼핏 듣긴 했었는데, 그게 사실이었군요."

"뭐야, 난 팀을 다시 짜면 안 된다는 법이라도 있냐?"

"그런 게 아니라요. 다만……."

아스카가 말을 고르느라 뜸을 들였다.

"……야노 씨는, 이제 완전히 떠나보내신 건가 싶어서요."

"……하."

아스카의 보기 드문 배려를, 나는 코웃음을 치며 웃어넘겼다.

"떠나보내고 말고 간에, 난 애초부터 걔한테 연연한 적 없었다고."

"그래요? 그렇지만, 모토바네 씨……."

아무래도 아스카는 내가 한동안 혼자 있던 시기를 언급하고 싶어 하는 것 같았다.

"그런 거 아니야──. 그건 야노 그 멍청이가 죽은 바람에 충격을 먹어서 그랬던 게 아니었다고."

나는 아스카의 말을 부정하며 담배 연기를 빨아들였다.

옛 파트너의 모습이 잠시 머릿속에서 떠올랐다.

있는 힘껏 담배 연기를 토해 낸 나는 자학적이고 자조적으로 나직이 말했다.

"난, 혼자서 걷는 방법을 몰랐던 거야."

"……어? 그럼 그 일이 있은 뒤로 한동안 기어서 다니셨나요?"

"…………후우."

방금 내가 한 말 돌려 내, 이 자식아. 나는 그런 내 심정을 담배 연기에 담아 아스카에게 토해 냈다.

"으허억?! 콜록, 콜록! 사람 얼굴에다 그렇게 대놓고 담배 연기를 내뿜는 건 매너가 아니죠!"

"그건 네가 잘못한 거라고."

괜히 무게 잡아서 말한 난 뭐가 되냐.

"콜록, 후우……. 그나저나 영 할 게 없네요."

"어엉? 갑자기 왜 그래?"

"심심해서요."

"그렇게 말한다고 뭐가 달라지냐……. 음? 아, 그렇지. 마침 심심풀이로 딱 좋은 게 있어."

"오, 무슨 좋은 생각이라도 있나요?"

"이봐~. 오리쿠라!"

"네에~ 네에~! 오리쿠라 카오리, 지금 막 대령했습니다!"

방 한쪽 구석에서 사이드 테일 여자애── 쿠치하라라고 했던가? 우리 쇼트 보브 팀원은 걔가 훈련 중인 모습을 보고 있다가 내가 부르자 일말의 망설임도 없이 즉각 이쪽으로 달려왔다. 그러더니 심지어 나한테 경례까지 했다. 뭐, 이 녀석의 기행이 어디 하루 이틀 일인가.

"너, 지금 한가하냐?"

"보기만 해도 제법 보는 재미가 있기는 하지만, 그렇다고 딱히 할 일이 있는 건 아니에요!"

"그럼 그래피티를 써서 아스카랑 한번 대련이나 해 볼래?"

"알겠습니다! 아스카 선배, 잘 부탁드려요!"

"뭐, 그렇게 됐다. 아스카."

"오호라! 정말 심심풀이로는 딱이군요!"

오오, 역시 바보들답군. 같은 초면끼리 대련을 하라고 했는데 설마 아무런 의문도 못 느낄 줄이야. 이 녀석들의 장래가 진심으로 걱정되었다.

그렇게 되었기에, 둘이서 대련하는 데 필요한 공간을 사사미야에게 부탁해 확보했다. 면적으로 치면 이 방의 대략 절반 정도였다.

두 사람은 그 중심에 서서 서로 마주했다. 아스카 그 녀석은 몸을 쭉 뻗으며 스트레칭을 했고, 오리쿠라 그 녀석은…… 형용할 수 없을 만큼의 기묘한 행동을 취하고 있었다. 마치 쥐어짜이는 걸레 흉내를 내고 있다고 해야 하나? 아니, 애당초 저거 몸 푸는 거 맞아?

"이치히코 군, 적당히 살살 해야 하는 거 잊지 마~."

그렇게 말한 사람은 아까 그 매운맛 거유 여자애, 히라카미였다. 연습할 장소가 없어지는 바람에 구경하러 온 모양이었다.

"아니, 적당히 살살 하라니?"

"그렇게 미리 주의를 주지 않으면 이치히코 군은 분명 온 힘을 다할걸요? 게다가 오리쿠라 씨는 2급 이레이저고요."

깔보고 있는 건…… 아닌 모양이었다.

객관적으로 봤을 때 아스카는 1급이고 오리쿠라는 2급이다. 그런 두 사람이 대련을 하는 만큼 1급인 아스카가 적당히 살살 해야 하는 것도 당연할 것이다. ——하지만.

"이봐, 언니. 그건 애초에 쓸데없는 걱정이라고."

"어?"

"자, 다들 준비 됐냐!"

히라카미가 어리둥절한 표정을 지었지만 일부러 무시했다.

내 목소리를 들은 아스카가 몸을 요란하게 흔들었고, 오리쿠라는 편한 자세를 취했다.

스윽, 나는 한쪽 팔을 들어 올렸다가—— 다시 내렸다.

"시작!"

"자아, 전 '의심암귀(擬心暗鬼)'를 쓸게요!"

오리쿠라가 한쪽 손을 허리에 대고 반대쪽 팔을 비스듬하게 뻗으며 자세를 취했다. 그러자 그 녀석의 눈앞에서 그림자 같은 것이 모여들더니—— 이내 실체화하여 바닥을 밟고 섰다.

그것을 한마디로 표현하자면 오니라 할 수 있겠지.

키는 2미터 후반이지만 허리를 구부정하게 숙이고 있어서 살짝 작아 보였다. 몸통은 두터운 것 같아 보여도 전체적인 균형을 고려하자면 썩 그렇게까지 두터운 편도 아니었다. 체형은 사람을 그대로 확장한 것 같은 모양새였다.

마치 그림자처럼 새까맣고 평평한 편이라 몸 굴곡도 적었지만, 머리에는 뿔 두 개가 자라나 있었다. 그리고 마치 거기에만 구멍이 뚫린 것처럼 얼굴에 난 새하얀 눈이 아스카를 응시했다.

길쭉한 팔 끝에 달린 다섯 손가락도 마치 손톱처럼 예리하고 뾰족했다.

──오리쿠라 카오리의 그래피티, '의심암귀^{글래디에이터}'.

정신을 오니의 형태로 바꿔 실체화하는 그래피티다.

"호오, 그런 그래피티였군."

그것을 보고도 아스카는 그다지 놀라워하는 기색이 아닌 것 같았다.

"보아하니 힘깨나 쓰는 것 같지만, 원래 이런 종류의 그래피티는 대체로 속도에 문제점이──."

아스카가 말을 중간에 끊었다.

마주하는 오니가 자세를 잡은 오리쿠라의 움직임에 맞춰 구부리고 있던 몸을 쭉 펴며 오른쪽 다리를 반 보 뒤로 물리더니, 마치 격투가 같은 자세를 취했기 때문이다.

"……아니, 설마."

"자아, 갑니다앗!"

오리쿠라의 기합 소리 및 예비 동작과 함께 오니가 움직였다.

쉬익, 마치 채찍을 휘두르는 듯한 소리와 함께 오리쿠라의 오른쪽 다리가 바닥 위를 미끄러지듯이 이동한 바로 그때였다.

오니가 그 움직임을 그대로 따라 하며 마치 탄환과도 같은 기세로 아스카의 얼굴을 향해 검은 주먹을 날렸다.

"으억?!"

거대한 덩치에 어울리지 않는 그 재빠른 움직임에 눈을 치켜뜬 아스카가 몸을 왼쪽으로 물렀다. 그러고는 위로 치켜든 오른쪽 주먹을 오니의 팔에다 때려 박았지만 오히려 튕겨 나가고 말았다.

뭐, 비록 튕겨 나가긴 했어도 직격으로 주먹을 맞는 건 피했지만 말이다.

"쳇, 무슨 힘이 이렇게 세……!"

오른팔을 휘두르며 그렇게 중얼거리는 아스카의 모습에 나는 자기도 모르게 휘파람을 불었다. 아스카의 그래피티 '사경'은 신체 능력을 끌어 올릴 수도 있는 걸로 아는데, 설마 오리쿠라의 선빵을 막아 낼 줄이야.

하지만 오리쿠라는── 오니는 다음 동작을 이어 나갔다.

내지른 주먹이 빗나갔음을 알자마자 즉각 오른쪽 팔을 뒤로 물린 오리쿠라가 이번에는 왼쪽 손으로 장타를 날렸다. 오른쪽 팔을 뒤로 물렀을 때의 허리 움직임을 그대로 공격으로 활용했다. 움직임에 군더더기 하나 없는 깔끔한 추가 공격이었다.

당연하게도 오니의 왼쪽 장타가 아스카를 향해 날아들었다.

"흡!"

하지만 이미 예상한 건지, 아니면 '사경'으로 이미 읽은 건지── 아스카는 오른쪽 대각선 앞으로 발을 내딛고 오니의 왼팔과 교차하는 모양새로 자신에게 날아든 장타를 피했다. 그뿐만 아니라 오니와의 거리를 단숨에 좁혔다.

그리고 오니의 옆구리에 '사경'으로 강화한 주먹을 때려 박──.

"어림없어요!"

──아 넣으려던 찰나에, 오니의 오른쪽 발뒤꿈치가 아스카를 향해 날아들었다.

왼쪽 장타를 날렸을 때의 기세를 그대로 활용해, 유연하게 몸을 꺾어 돌린 오니가 돌려차기를 날렸다.

"이거 피가 끓는군! 으랴압!"

아스카는 이에 아랑곳하지 않고 곧바로 주먹을 발뒤꿈치에다 때려 박았다.

콰앙! 마치 폭발한 것 같은 충격음이 울려 퍼졌다. 아스카의 주먹과 오니의 발뒤꿈치가 서로 맞버티며 꼼짝도 하지 않았다.

"……제법인데!"

"아스카 씨도요!"

아스카가 오리쿠라에게 상큼한 미소를 지었다. 하지만 그 미소에는 어딘가 사나운 기세가 느껴졌다.

오리쿠라 또한 즐겁다는 듯이 웃음 지으며 답했다.

아스카가 한 발짝 거리를 벌리자, 오니도 다리를 뒤로 물리며 자세를 다시 잡았다.

"흡!"

"하아앗!"

기합 소리와 함께 내지른 오니와 사람의 주먹이 정면에서 서로 충돌했다. 그리고 곧바로 서로 내지른 발차기가 교차했다.

두 사람은 자신들이 대련을 하고 있다는 사실조차 벌써 잊었는지 맹렬한 기세로 싸움에 임했다.

웬만해서는 보기 힘든, 손에 땀을 쥐게 하는 박진감 넘치는 싸움이었다. 이제 보니 방 안에 있는 모든 이의 이목이 이 싸움에 집중하고 있었다.

◆ ◆ ◆

나는 내가 해야 할 훈련도 잊은 채 이치히코 선배와 오리쿠라 선배의 싸움을 주시했다.

"굉장해⋯⋯. 2급인데도 이치히코 군과 호각이잖아."

니나가 눈앞에서 벌어지는 싸움을 바라보며 나직이 중얼거렸다.

"카오리는 아직 2급이지만, 순수한 전투력만 따지면 결코 1급에도 뒤지지 않거든."

니나의 중얼거림을 들은 카고메 선배가 그렇게 답했다.

"카고메 선배, 저 그래피티는 그렇게나 강력한가요?"

내 물음에 카고메 선배는 잠시 생각에 잠겼다가 답했다.

"아니, '의심암귀'는 정신을 단순히 오니의 형태로 실체화할 뿐이야. 오니도 그럭저럭 힘은 있지만 단순히 명령만 내려서는 저런 무술을 선보이지는 못해. 저렇게까지 움직일 수 있는 건 순전히 카오리의 노력 덕분이지."

오리쿠라 선배는 이치히코 선배와 검은 오니의 움직임에 맞춰 마치 섀도우 복싱을 하는 것처럼 주먹을 내지르거나 발차기를 날려댔다. 그리고 그런 오리쿠라 선배의 모습을 카고메 선배가 쳐다보고 있었다.

불과 조금 전까지만 해도 상상조차 할 수 없었던, 어째선지 기뻐하는 듯한 눈빛으로 말이다.

"실은, 저 동작을 가르친 사람이 바로 나야."

그러고는 의기양양한 표정을 지으며 그렇게 말했다. 이건 또 뜻밖의 모습이었다. 이런 표정도 지을 수 있구나…….

"그래요?"

"어, 원래 난 그래프와의 싸움을 대비해 무술과 스포츠를 닥치는 대로 배워 왔거든. 그래서 몸 쓰는 덴 꽤 자신 있어. 그리고 그래피티를 습득한 뒤에 카오리가 강해지고 싶다며 나에게 몸 쓰는 법을 가르쳐 달라고 했거든. 자랑은 아니지만 그래피티 없이 맨몸으로 대련을 하면 아직 내가 더 강해."

그야 뭐, 남자랑 여자가 맞붙으면 남자인 카고메 선배가 훨씬 유리하겠지만.

"……그러니, 저만한 힘이 나에게 있으면……."

방금 전까지 기뻐하는 기색은 온데간데없이 카고메 선배가 그늘진 표정을 지었다.

그런 선배의 모습을 보고 나는 한 가지 의문이 떠올랐다.

지금까지 들은 바로는, 카고메 선배가 첫 번째로 습득한 그래피티는 공격력만 떨어질 뿐이지 결코 약한 능력은 아니었다.

그런데도 굳이 구태여 위험을 무릅쓰고 두 번째 그래피티 습득 실험에 참가했던 건 싸우는 데 힘이 필요했기 때문일까?

무술과 스포츠를 배운 건 싸우는 방법을 배우기 위해서였을까?

머릿속에 떠오른 내 소박한 의문이 나도 모르는 사이에 입 밖으로 줄줄 흘러 나왔다.

──왠지 이런 건 내가 물어보면 안 될 것 같긴 하지만.

"저, 저기…… 카고메 선배는, 왜 그렇게 강해지고 싶어 하세요?"

카고메 선배가 나를 곁눈질로 흘끗 쳐다보았다. ……역시나 물어보면 안 되는 거였을까. 곧바로 후회감이 들었다. 하지만 카고메 선배는 한 차례 한숨을 내쉬며 내 물음에 답해 주었다.

그 눈동자에는 깊은 슬픔과 어렴풋한 동요가 비쳤다.

"4년 반 전에, 우리 부모님이 그래프에게 죽었거든. 내 친구도 눈앞에서 죽었고. 그래서 난 그래프를 죽일 힘을 가지고 싶어. 강해지려는 데 다른 이유가 필요하겠어?"

담담한 대답이 돌아왔다. 하지만 그렇기에 누구나 납득할 수 있는 이유였다.

그 말을 듣고 나는 흔들렸다.

소심한 나 자신을 바꾸고 싶다는 이유로 강해지고 싶어 하는 나는, 어쩌면 엄청 이기적이고 불순한 게 아닐까.

흔들림이 마음에 파문을 일으켰다. 내 안에서 무언가가 기울어질 것만 같았다.

나는──그런 이유만으로, 정말 여기에 있어도 되는 걸까.

──결국 이치히코 군과 오리쿠라 씨의 대련은 결판이 나지 않

은 채 종료되었다.

이마에 땀방울이 송골송골 맺힌 두 사람이 웃는 얼굴로 서로 팔꿈치를 마주 대는 장면에서는 왠지 모를 감동마저 느껴졌다.

"······저어, 오리쿠라 씨."

대련이 마무리되고 나서 나는 오리쿠라 씨에게 말을 걸었다.

"응? 히라카미······ 양이라고 했던가? 무슨 일이야~?"

오리쿠라 씨가 방긋 웃으며 말했다. 나는 괜한 참견이 아닐까 싶으면서도 오리쿠라 씨에게 귓속말로 말했다.

"미니스커트 차림으로 그렇게 움직이시면 못써요."

"응? 왜?"

아, 이 사람하고는 말이 안 통하네. 아무 생각도 자각도 없잖아······. 대련 중에 미니스커트 차림으로 발차기를 날리거나 몸을 격렬하게 움직이는 바람에 속옷이 몇 번이나 드러났는지 원. 다행히 남자들은 박진감 넘치는 싸움에 정신이 팔려 알아차리지 못한 것 같지만.

"코토짱처럼 속바지는 안 입으시고요?"

"으~음, 속바지를 입으면 땀이 차서 개인적으로 영 별로거든~. 아, 혹시 팬티가 보여서 그러는 거야? 그럼 걱정하지 마. 밑에 입고 있는 건 수영복이거든!"

"아니, 그런 문제가 아니라요······."

스커트 자락을 살짝 들어 올리는 오리쿠라 씨에게 나는 그렇게 말했다. 아니, 팬티가 아니라도 여러모로 안 된다고요. 팬티든 수영복이든 간에 남자들의 마음에 불을 지피는 건 마찬가지거든요?

"좀 머리를 쓰세요. 그랬다간 남자들이 어떤 눈길로 쳐다보겠어요……."

"머리를 써……? 박치기를 하란 소리야?!"

"…………."

뭐랄까, 이렇게나 말이 안 통하는 사람은 난 딱 질색이란 말이지. 이치히코 군과 맞먹을 만큼 머리가 나빴다. 나는 관자놀이를 지그시 누르며 자리를 떠났다.

"……모토바네 씨."

그러고는 오리쿠라 씨의 팀 리더인 모토바네 엔지 씨가 있는 쪽으로 향했다. 머리를 짧게 자른 그는 께느른한 표정을 짓고 있었다. 주름진 추리닝 형태의 제복이 한층 더 께느른한 느낌을 강조했다. 키는 남자 중에서도 꽤 큰 축에 속했다. 이름을 불린 모토바네 씨가 입에 담배를 꼬나문 채 나를 내려다보았다.

"오? 누님, 무슨 일이야?"

"……나이는 제가 더 어린데 그런 식으로 부르니까 여러모로 마음엔 안 들긴 하지만, 그보다 오리쿠라 씨 좀 어떻게 해 보세요."

"어떻게 해 보라니……?"

"속바지가 싫다면 하다못해 반바지라도 입히세요. 저렇게 길이가 짧은 스커트 차림으로 팬티랑 구분이 안 가는 수영복을 드러내며 싸우는 건 그냥 노출증 환자라고 자랑하고 다니는 꼴이잖아요. 그건 알고 계세요?"

"……어라, 그건 내가 신경 써야 하는 부분이야?"

"리더 맞으시죠? 팀원의 옷차림이 문란하다면 바로잡으셔야 하지 않나요?"

"……정말 네 언니랑은 여러모로 안 닮았다니깐. 그래, 알았어. 일단 말은 해 둘게. 그렇지만 별 기대는 하지 마."

모토바네 씨는 쓴웃음을 지으며 그렇게 말하고는 자리를 떠났다.

괜한 참견임은 알고 있다. 내가 신경 꺼도 별 상관은 없겠지만 그래도 개인적으로 용납할 수 없는 선이란 게 있으니까.

한편 시원하게 땀 좀 흘렸다는 듯이 상큼한 미소를 짓고 있는 이치히코 군과는 대조적으로 사사미야 실장으로부터 가르침을 받는 코토짱과 카고메 씨는 엄청 무거운 표정을 짓고 있었다. 무슨 일이라도 있었던 걸까.

이치히코 군과 오리쿠라 씨가 대련하는 중에 둘이서 무슨 얘기를 나누던 것 같았지만, 주먹과 발차기가 맞부딪치는 소리 때문에 안 들렸으니까 말이지.

그리고 얼마 지나지 않아 오늘 훈련은 끝을 맞이했다.

"수고했어~. 쥰짱."

"응, 너도 수고했어, 카오리."

"오늘은 이대로 곧장 집으로 갈 거야?"

"아, 마침 샴푸가 다 떨어져서 가는 길에 사야 할 것 같은데, 같이 갈래?"

"그야 물론이지!"

──훈련이 끝나자마자 카고메 씨와 오리쿠라 씨는 생활감 넘치는 대화를 주고받기 시작했다. 조금 전 분위기와는 완전 딴판이었

다. ……뭐랄까, 연인 사이를 넘어 꼭 부부가 나눌 법한 대화라고
나 할까.

내가 속으로 그런 생각을 하고 있을 때였다.

"그러고 보니 너희 둘이서 같이 산다고 했던가?"

미요리 씨가 그렇게 물었다. 갑작스럽게 나온 그 충격적인 발언
에 나와 코토짱은 물론이거니와 이치히코 군마저 화들짝 놀랐다.

"아, 네. 그런데요?"

""에에에에에에에에에엥?!""

그 물음에 오리쿠라 씨는 시원시원하게 그렇다고 답했다. 너무
나도 충격적이었기에 나와 코토짱은 자기도 모르게 소리를 질렀
다.

"아니, 뭐야. 그럼 오리쿠라와 카고메는 서로 사귀는 중인 거
야?"

이치히코 군의 물음에 카고메 씨와 오리쿠라 씨가 어안이 벙벙한
표정을 지었다.

"……픕!"

"크흑…… 큭큭."

어째선지 사사미야 실장과 미요리 씨는 웃음을 참지 못하고 키득
거렸다. ……뭐, 뭐야?

"……아, 이제 알겠네~."

오리쿠라 씨는 무슨 상황인지 이해했다는 듯이 그렇게 중얼거리
더니, 뒤이어 이렇게 말했다.

"쥰짱은 여자앤데?"

""""……뭐어?!""""

나와 코토짱, 이치히코 군의 목소리가 동시에 튀어나왔다. 그와 동시에 사사미야 실장과 미요리 씨의 웃음소리가 더해졌다.

"……아, 몰랐나 보네. 하긴, 처음 만나는 사람은 그렇게 착각하는 경우가 많더라. 말투가 특이하다는 말도 자주 듣고."

우리 세 사람의 이목이 집중되자 부끄러운 모양인지 카고메 씨가 빵모자를 깊숙이 눌러쓰며 고개를 돌렸다.

방금 그 말을 들으니 본인은 딱히 숨길 생각이 없었던 모양인데, 솔직히 지금도 믿기지가 않았다. ……애초에 남자 차림으로 그런 말투로 이야기하면 좀 특이한 남자로밖에 안 보이는걸!

그런 우리를 보더니 오리쿠라 씨가 마침 좋은 생각이 떠올랐다는 듯이 카고메 씨의 뒤로 이동했다.

"에잇!"

"우와앗?! 이, 이게 무슨 짓이야, 카오리?!"

오리쿠라 씨가 그…… 아니, 그녀가 입고 있는 코트를―― 아래로 쭉 내렸잖아?!

갑작스러운 사태에 카고메 씨는 깜짝 놀랐지만, 오리쿠라 씨는 이에 아랑곳하지 않고 카고메 씨의 겨드랑이 밑으로 손을 집어넣더니――.

사이즈가 큰 코트 안에 감추어져 있던, 흉부에 봉긋하게 솟은 부분을 손으로 힘껏 움켜쥐었다!

"이러면 믿겠어? 준짱은 의외로――."

"――으와아아아아아아아아아아앗이바보멍청아이게무슨짓이야카오리이이이잇!"

새빨개지는 카고메 씨의 얼굴이 정점에 달한 순간, 카고메 씨가 업어치기의 요령으로 오리쿠라 씨를 냅다 날려 버렸다.

……음, 뭐랄까.

오늘은 여러모로 충격적인 하루였다. 끝.

제3장 답을 찾아 품 안으로

"좋았어. 이제 눈 떠도 돼, 쿠치하라."

"네, 네에……."

사사미야 선배의 말에 나는 머뭇머뭇 눈을 떴다.

"아니, 아직도 공중에 있잖아요!"

──세컨드 하프 내부였기에 눈은 내리지 않았지만 그래도 엄청 싸늘한 하늘 아래에 있었다. 결계를 발판 삼아 서 있는 사사미야 선배가 흔히들 말하는 공주님 안기 자세로 나를 들어 올리고 있었다.

……대체 어쩌다 이렇게 된 건데?!

사건은 오리쿠라 선배가 카고메 선배의 가슴을 주무른 바로 다음 날── 12월 28일에 일어났다.

"……그럼 미요리 씨는 카고메 선배가 여자였다는 거 알고 계셨어요?"

"그야 뭐, 그 두 번째 그래피티 습득 실험 참가자였으니께. 네 경우와 마찬가지로 일단 이름 정도는 기억하고 있었거든. 그래도 설마 오리쿠라쨩이랑 한집에서 살고 있을 줄은 몰랐지만."

나는 훈련 중에 미요리 씨와 그런 대화를 주고받았다. 사사미야 선배는 카고메 선배랑 동기니까 당연히 알고 있었다고 쳐도, 미요리 씨는 어떻게 알고 있었는지 궁금해서 물어본 참이었다.

참고로 오늘 미요리 씨는 검은색을 바탕으로 한 고딕 롤리타 차림이었다. 위에서부터 아래까지 하늘하늘하고 치렁치렁한 느낌으로 가득했다. 매번 드는 생각이지만 이런 의상은 대체 어디에서 입수해 오는 걸까.

"같이 산다라······."

그래피티 훈련실 내부—— 내가 흘끗 쳐다본 시선 끝에는 사사미야 선배 앞에서 공기놀이를 하는 카고메 선배가 있었다. 공기의 수는 네 개로 늘어나 있었고, 어제보다 익숙한 손놀림으로 리듬을 타며 공기를 던져 올렸다.

——부모님이 돌아가신 이후로 오리쿠라 씨의 집에서 신세를 지고 있는 걸까.

······카고메 선배가 강해지고 싶어 하는 건 그래프에게 복수하기 위해서다.

그런 카고메 선배의 모습을 보다가 문득 이런 의문이 들었다. 나는 나 자신을 위해서 강해지길 원하고 있지만 정말 그래도 되는 걸까, 나는 아직도 그 의문에 답을 찾지 못했다.

"······그건 그렇고 너도 이제 많이 익숙해졌나 벼? 타월을 튕겨 내는 와중에도 아무렇지 않게 대화를 주고받을 수 있다니."

미요리 씨가 감탄한 기색으로 싱긋 웃어 보였다. 칭찬을 받으니 살짝 멋쩍었지만, 집중력을 잃지 않도록 바로 위에 떠 있는 타월 쪽으로 팔을 뻗은 상태를 계속 유지했다.

"아무래도 기초적인 훈련이다 보니, 매일매일 하다 보면 아무래도 익숙해지니까요."

"이야, 역시 하면 된다는 말이 괜히 있는 게 아니여."

나는 그 말을 들으며 생각했다.

나는 대체 뭘 위해서 강해지길 원하는 걸까.

복수…… 이건 아니다. 나는 그래프의 피해를 받지 않았다.

정의…… 이것도 좀 아니다. 나에게는 거창하게 내세울 만한 정의가 없다. 그래프의 습격을 받고 곤경에 처한 사람들을 구하려고 행동하는 건, 그게 사람으로서 마땅히 해야 할 도리이기 때문이지 결코 정의를 위해서가 아니다.

전투…… 이것도 아니다. 나는 결코 전투광이 아니니까…….

생각하면 할수록 사고의 늪에 점점 빠져드는 것 같은 허무함이 느껴졌다.

그리고 결국에는 나 자신을 위해서라는 결론에 다다랐다.

그렇다면 그것은 과연 올바른가. 여기에서 다시 생각해 봤자 결국에는 다시 원점으로 돌아올 뿐이었다. 결론은 나오지 않았고 내 생각은 맴돌기만 할 뿐이었다.

꼬리에 꼬리를 무는 의문에 답은 아직 나오지 않았지만, 그렇다고 해서 훈련에 소홀해지면 그보다 어리석은 짓도 없다.

답을 찾기 위한 계기가 될지도 모를 무언가를 발견하면 곧바로 행동에 나서자, 속으로 그렇게 다짐한 나는 다시금 훈련에 몰두했다.

◇ ◇ ◇

——그리고 5분도 채 지나지 않았을 때, 그 계기가 찾아왔다.

"……아, 진짜."

사사미야 선배가 팔에 차고 있는 팔찌형 통신기에서 삐삐삐, 하는 짤막한 소리가 거듭 울렸다. 그 소리를 들은 사사미야 선배의 표정이 눈에 띄게 흐려졌다. 그리고 사사미야는 즉각 통신을 시작했다.

"여보세요, 사사미야입니다. 어느 쪽입니까?"

『두 번째—— 700미터급 쪽입니다. 바쁘신 와중에 죄송하지만 부탁드리겠습니다.』

"알겠습니다. 제 그래피티의 외부 사용 허가만 내 주세요."

『알겠습니다.』

사사미야 선배가 짧게 통신을 주고받은 직후에 팔찌형 통신기에서 '그래피티 사용 허가'라는 기계음이 나왔다. 그 소리를 들은 이치히코 선배가 사사미야 선배에게 물었다.

"어엉? 지금 그건 외부에서 그래피티를 사용할 때 받는 허가잖아?"

이레이저가 습득한 그래피티는 지부 및 세컨드 하프 내부를 제외하고는 기본적으로 사용이 금지되어 있다. 하지만 예외적으로 외부 사용 허가가 떨어지는 경우도 있다.

예를 들면 그래피티를 사용해서라도 신속하게 이동해야 할 만큼 사태가 긴급할 경우라든가.

"맞아요. SOS 신호가 들어온 것 같거든요. 잠시 다녀올게요."

쩌적, 훈련실 내부의 분위기가 얼어붙은 것 같은 느낌이 들었다. 그만큼 지금의 사사미야 선배는 진지했다.

세컨드 하프 출현 알람은 훈련 중에 두 번 정도 들은 적이 있었다. 원래 대기 당번의 통신기에서만 알람이 울리지만, 사사미야 선배는 방위실 '실장'이라는 지위에 있기 때문에 관련 정보가 상시 들어오는 모양이었다.

당연하게도 대기 중이던 이레이저 팀은 이미 세컨드 하프로 출동한 상태였다.

하지만 SOS 신호가 들어왔다는 말은——— 아마 지금 세컨드 하프에 있는 이레이저들에게는 1분 1초가 급할 것이다.

사사미야 선배에게 처음으로 구조를 받았던, 그때의 내가 그러했듯이 말이다.

"그렇게 됐으니, 미안하지만 쿠치하라와 카고메는 각자 알아서 계속 훈련을———."

"사, 사사미야 선배! 저도, 데, 데려가 주세요!"

퍼뜩 정신을 차렸을 땐 이미 그렇게 소리친 뒤였다. 방 안에 있는 모든 이들이 깜짝 놀란 표정으로 나를 쳐다보았다. 그 무언의 압박감에 움츠러들 것 같았지만, 그래도 나는 방금 입 밖에 낸 말을 취소하지 않았다.

——SOS 신호가 들어오면 사사미야 선배가 출동하는 건 알고 있다. 실제로 내가 구조를 받았을 적에도 그랬었고, 지금까지 훈련을 받는 중에 딱 한 번 그런 적이 있었다.

사사미야 선배는 강력하면서도 비길 자가 없는 그래피티 '칠식'[세븐즈 액터]을 주로 사람을 구하는 데 사용하고 있다.

내가 원하는 '싸우기 위한 힘'과 '강력한 힘'을 모두 겸비한 사사미야 선배는 대체 어떤 심정으로 행동에 나서는 걸까.

사사미야 선배와 함께하면 나도 무언가를 알 수 있을지 모른다.

——나 자신을 위해 강해지려는 이유, 그 옳고 그름에 대한 해답을 말이다.

——물론 내가 사사미야 선배를 따라가려고 하는 이유는 그뿐만이 아니다.

단순히 SOS를 발신한 사람들이 걱정되어서 그렇다는 것도 이유 중 하나다. 저번에는 아직 싸우기 위한 힘도, 자기 스스로를 지킬 수단도 없었기에 따라가지 못했었지만—— 지금의 나는 그때랑은 다르다.

사사미야 선배가 내 눈을 지그시 쳐다보았다.

이건 장난이 아니라며 거절당하는 건 아닐까? 사사미야 선배가 언짢아하면 어쩌지? 어차피 도움도 안 되니 따라오지 말라고 하면 어쩌지? 만약 내가 선배의 발목만 잡는다면? 내 마음속에서 온갖 생각이 소용돌이쳤다. 심장이 커다랗게 요동쳤다.

사사미야 선배는 과연 어떤 대답을——.

"알았어. 그럼 같이 가자. 따라와, 쿠치하라."

사사미야 선배는 그저 짤막하게 답할 뿐이었다. 내 말에 난색을 표하지도 의문을 표하지도 않았다. 너무나도 시원시원한 그 대답에 잠시 머리가 멍해졌다. 사사미야 선배는 그렇게 말하자마자 곧바로 발길을 돌려 방문 쪽으로 향했다.

　"네, 넵!"

　나는 그렇게 답하고 나서 사사미야 선배의 뒤를 따라가——.

　"코토짱."

　——려고 했는데, 니나가 나에게 말을 걸었다. 무슨 일인가 싶어 고개를 돌리자, 니나가 내 전용 장비인 거대한 비닐우산을 나에게 던졌다. ……이거에 조만간 이름을 지어야겠는데. 계속 거대한 비닐우산이라고만 하면 폼이 안 나니까.

　내가 그것을 잡자, 니나가 나에게 말했다.

　"세컨드 하프에 갈 거면 그거 잊지 말고 꼭 챙겨 가!"

　"고, 고마워, 니나!"

　나는 고맙다고 말하고는 이번에야말로 사사미야 선배의 뒤를 따라갔다.

　서둘러야지, 나는 속으로 그렇게 생각하며 복도로 나왔다. 사사미야 선배가 바로 앞에 서 있었다.

　"갑자기 데려가 달라고 한 이유는 나중에 물어볼게. 지금은 얘기할 시간도 아까우니까."

　사사미야 선배는 그렇게 말하더니…… 어?

　어째선지 창문을 열었다. 눈이 내리는 싸늘한 바깥 공기가 단숨에 지부 안으로 들어오는 바람에 내부 온도가 뚝 떨어졌다.

" '칠식'．"

세븐즈 액터

사사미야 선배가 그렇게 나직이 말함과 동시에 등 뒤에서 원형으로 공중에 떠 있는 여섯 자루의 검이 나타났다.

레이피어, 일본도, 유엽도, 플랑베르주, 일본도, 직도—— 저마다 다른 능력을 가진 사사미야 선배 최강의 그래피티, '칠식'.

세븐즈 액터

"——쿠치하라, 5초만 생각할 시간을 줄게．"

사사미야 선배는 어째선지 살짝 겸연쩍은 듯이 머리를 긁적이며 다른 한손으로 일본도를 쥐었다.

"나에게 안길지 내 뒤에 매달릴지 골라."

"…………네?"

지금 사사미야 선배가 대체 무슨 소릴 하는 건지 이해가 가질 않아서 나도 모르게 되물었다.

"그러니까 내 말은, 지금부터 세컨드 하프까지 온 힘을 다해 이동할 건데, 네가 날 따라올 수 있을 리 없잖아? 게다가 SOS 신호가 들어온 긴급한 사태니까 차량으로 이동할 수도 없는 노릇이고. 그러니 내가 널 거기까지 옮겨다 줄 건데, 어떤 식으로 옮겨 주면 좋을지 물어보는 거야."

"어, 어어……!"

갑작스럽게 궁극의 양자택일을 해야 하는 상황에 놓이게 되자 나는 자기도 모르게 한 발짝 물러섰다.

아, 안긴다는 건, 내가 구조되었을 당시처럼 사사미야 선배가 날 공주님 안기로 안아 준다는 말인데—— 부, 부끄러워. 그건 안 돼. 특히나 지금은 더더욱……!

그치만, 매, 매달리는 것도 좀! 내가 사사미야 선배의 목에 팔을 두르고 매달리는 모양새가 될 텐데, 그러면 틀림없이, 가, 가슴이 등에 닿을 거라고……. 비, 비록 커다란 편은 아니지만 그래도 없는 건 아니거든? 그러니 가슴을 꽉 누르는 모양새로 매달리는 것도 좀——.

"자, 시간 다 됐어. 간다."

"흐, 엑?"

사사미야 선배는 망설이는 내 손을 붙잡더니 자기 쪽으로 확 끌어당겼다. 그리고 그 직후.

"영, 차."

"와, 와아악?!"

사사미야 선배가 내 등에다 팔을 두르는가 싶더니 무릎 아래쪽에도 나머지 팔을 둘렀다. 그러자 내 발바닥이 공중에 떠올랐다.

이건 누가 봐도 공주님 안기 자세였다. 지나가던 다른 단원들이 눈을 동그랗게 치켜뜨고서 이쪽을 쳐다보는 모습이 눈에 들어왔다. 잠깐, 보, 보지 마!

"가만히 있어. 이동하는 중에 떨어지면 아마 살아남기 힘들걸?"

"네, 네에에……!"

중심이 맞지 않는 모양인지 사사미야 선배는 바로 코앞에서 내 얼굴을 내려다보며 그렇게 말했다. 가, 가깝잖아……!

너무나도 갑작스럽게 사사미야 선배와 밀착하게 되자 내 얼굴이 순식간에 빨갛게 달아올랐다. 분명 바깥 날씨는 추울 텐데도 내 뺨은 엄청 뜨거웠다. 그래도 비닐우산만큼은 선배한테 방해가 되지 않게 어찌어찌 손에 잘 쥐긴 했는데, 으, 으아아아…….

"자, 그럼 가 볼까?"

"……어라?"

그리고 사사미야 선배는 현관에 발을 내딛는 모양새로 창틀에 발을 걸쳤다.

"……저, 저어, 사사미야 선배?"

하지만 사사미야 선배는 내 물음에 아무 말도 하지 않았다. 어느새 오른손에는 레이피어를 쥐고 있었는데, 선배는 오른쪽 팔로 내 등을 지탱하면서 레이피어를 능숙하게 휘둘렀다. 이 검은 분명 결계를 만들어 내는 검이었을 텐데——. 사사미야 선배가 그린 검의 궤적에서 벽처럼 생긴 무언가가 나타나자 한기가 약간 차단된 것 같은 느낌이 들었다. 그리고 선배가 눈길을 계단 쪽으로 돌리며 말했다.

"아, 저기, 죄송한데요. 제가 나간 뒤에 이 창문 좀 닫아 주실래요?"

복도를 지나가다가 우리를 쳐다보던 단원들이 아무 말 없이 고개를 끄덕였다.

"하나, 둘!"

그러자 사사미야 선배는 놀랍게도 3층 창문 밖으로 몸을 날렸다.

"아—— 으햐아아아아악?!"

추락하는 건가 싶어 내가 숨을 들이쉰 순간, 우리는 경치가 휙휙 바뀔 정도의 엄청난 속도로 이동했다. 추락에 대한 공포가 상상을 초월하는 속도에 대한 공포로 바뀌었지만 어차피 내 입에서 나오는 건 비명밖에 없었다.

이, 이게 바로── '칠식'이 가진 능력 중 일부란 말이구나! 너무 빨라서 무진장 무섭잖아! 사사미야 선배는 늘 이런 속도로 이동했던 거야?!

갑자기 속도가 줄어드는가 싶더니── 사사미야 선배가 어느 건물의 지붕에 착지했다. 그러고는 다시 지붕을 박차고 세컨드 하프가 있는 쪽으로 향했, 히이익!

주변 일대가 온통 눈으로 뒤덮여 있었던 탓에 경치가 휙휙 바뀌어도 새하얀 경치가 계속해서 이어졌다. 대체 얼마나 빠른 속도로 이동 중인지는 모르겠지만 좌우지간 빠르다는 건 이해했다! 그리고 발을 디딜 수 있는 다음 지점에 착지할 때 몸 안쪽이 두둥실 뜨는 게 솔직히 제일 무섭── 히익!

"……부탁이니까 제발 가만히 있어야 한다? 아스카 씨와는 달리 난 힘이 썩 그렇게 세지 않거든."

그 말은 즉, 자칫 몸부림쳤다가는 정말로 추락할 수도 있다는 경고였는지도 모른다.

"무서우면 눈 꼭 감고 가만히 있어. 정 뭣하면 내 몸을 끌어안든가."

"그럼, 시, 실례할게요!"

이젠 더 이상 부끄러움도 남들 시선도 신경 쓸 처지가 아니었다. 나는 사사미야 선배의 목에 팔을 둘러 꽉 끌어안고 눈을 감았다.

……아, 사사미야 선배의 몸, 따뜻해…… 아니, 그게 아니라!

크, 큰일 날 뻔했네. 눈을 감은 채 몸을 밀착시키고 있으니 반대로 사사미야 선배의 체온이 고스란히 느껴지잖아! 이러다 결국엔 가슴마저 밀착시키게 될지도 모르겠지만, 그렇다고 어중간하게 팔만 두르고 있으려니 불안하기도 하고 무섭기도 했다. 하지만 이렇게 짝 달라붙어 있으면 내 심장 박동이 엄청나다는 사실마저 선배한테 전해질지도 모른다. 난 대체 어쩌면 좋은 거냐고!

……그, 그치만 무서워서 그런 거니 어쩔 수 없는걸! 나는 선배의 몸을 끌어안을 수밖에 없는 이유를 스스로 정당화했다.

게다가 내 심장이 이렇게 두근거리는 것도 공중을 터무니없는 속도로 날면서 이동하다 보니 무서워서 그런 거라고.

그야 난 사사미야 선배를 싫어하니까.

……마음속으로는 그렇게 생각했다. 하지만 내 가슴속 어딘가에서는.

순전히 무서워서 심장이 두근거리는 거라면 몸 안쪽이 이렇게나 달아오르진 않았을 텐데? 라는 체념과도 같은 말이 떠올랐다.

……그런 거, 굳이 말 안 해도 다 알거든?

나는 깜깜한 시야 속에서 내 가슴에 대고 그렇게 중얼거렸다.

──그러고 나서 3분도 채 지나지 않은 시점에 우리는 그 세컨드 하프에 도착했다.

……기억을 더듬어 올라간 결과, 왜 이 지경이 되었냐는 내 의문에는 이렇게 답할 수밖에 없었다.

어떻게 보면 자업자득이라고 말이다.

……그, 그래도 운이 좋았다는 생각은 하나도 안 했거든!

◆ ◆ ◆

흐릿한 오로라 같은 색을 띤 돔 형태의 이공간. 그 형태에서 따와 재앙의 알이라고도 불리는, 2차원과 3차원을 연결하는 2.5차원의 협계, 세컨드 하프.

그것은 아무런 전조도 없이 별안간 공중에서 나타나 낙하한 지점의 풍경을 2.5차원에다 똑같이 복제하는 성질이 있다.

그 내부에 돌입한 뒤, 나는 전황을 살피기 위해 건물을 박차고 상공으로 올라갔다. 그러고는 결계를 쳐서 발판으로 삼은 뒤 공중에 섰다.

"미안하지만 조금만 더 가만히 있어, 쿠치하라."

"네, 네에……."

아까부터 나를 끌어안고 있는 쿠치하라가 중얼거리듯 그렇게 답했다. 이런 자세로는 어쩔 수 없다고는 하지만, 쿠치하라가 내 귓가에 대고 속삭이듯 말하니까 묘하게 오싹한 기분이 들었다.

안아 올린 쿠치하라의 몸은 옷 너머임에도 꽤나 부드럽고 따뜻했다. 마치 열이라도 나는 게 아닐까 싶을 정도였다. 그리고 이런 말을 하기도 좀 그렇긴 하지만, 쿠치하라는 무난하게 귀여운 축에 속했다. 그런 녀석과 몸을 밀착시키고 있다 보니 내 제자임에도 괜히 쓸데없는 생각이 들 것만 같았다.

어쩌다 이 지경이 되었을까…… 싶기도 했는데, 뭐, 그냥 덤이라 생각하기로 했다.

그보다 지금은 내부 상황을 살피는 게 급선무다.

나는 기묘한 색채로 일그러진 돔 천장에 닿을 듯 말 듯 한 위치에서 아래에 펼쳐진 경치를 살폈다.

"……이거 장난 아닌데."

이 세컨드 하프가 낙하한 지점에는 수많은 공장이 인접한 공업 지대가 있다. 공장 지붕과 덮개에 씌워진 중장비, 바닥은 눈으로 하얗게 물들어 있었다.

"어쨌든 절대로 붙잡히지 말고 시간을 벌어! 지원이 올 때까지 이 녀석을 유인해!"

"그 지원은 대체 언제 오는데?!"

"조금 전에 밖으로 사람을 보냈으니 곧 올 거야! 떠들 시간 있으면 움직이기나 해!"

그 새하얗게 물든 공장 지대 안에, 눈 때문에 발이 푹푹 빠지는 와중에 창을 던지며 공격을 가하다가도 도망치는 이레이저들을 뒤쫓아 돌진하는 거대한 그래프 한 마리가 있었다.

"뭐……뭔가요, 저건?! 너무 크잖아요?!"

소리가 발생한 곳을 본 쿠치하라가 흠칫 놀라며 내 품 안에서 몸을 흔들었다.

저걸 한마디로 표현하자면 바위 뱀이라고나 할까.

그 거대한 회색 뱀은 군데군데 울퉁불퉁 마디가 져 있는 회색 몸을 구불거리며, 말 그대로 지그재그로 움직이면서 장애물을 닥치는 대로 뭉개 나갔다.

"그러게. 저번에 봤던 그 수장룡은 비교도 안 될 만큼 무진장 커다란데?"

몸길이는 어림잡아도 무려 50미터에 이르렀다. 게다가 머리는 세로 폭이 5미터, 가로 폭이 10미터에 이르는 괴물급 사이즈였다. 위쪽 턱에서 예리하게 뻗어 나온 송곳니도 3미터는 되어 보였다.

하지만 그 바위 뱀에게는 인간으로 말하자면 정중선에 해당하는 부분——다시 말해 정중앙이 없었다.

바로 정면에서 봤을 때 얼굴도 둘로 쪼개져 있을 것이다. 하지만 몸이 둘로 나뉘어 있음에도 뻐끔거리는 입은 왼쪽이든 오른쪽이든 마치 원래부터 하나인 것처럼 자연스럽게 움직이고 있었다.

그리고 자세히 보면 몸 곳곳이 색도 두께도 옅었다. 마치 수묵화에 물을 흘린 것 같은 흐릿한 윤곽이 가까스로 바위 뱀의 전체적인 모습을 자아냈다.

그것이 바로 그래프였다.

세컨드 하프 내부에 나타난, 불완전하면서 어중간한 몸을 가진 괴물.

놈들은 세컨드 하프 밖으로 나가는 것——. 밖으로 나와 3차원에서 몸을 얻어 완성하는 것을 목적으로 삼고 있다고 한다.

우리 화이트 캔버스가 놈들을 저지하는 이유는, 4년 반 전에 세컨드 하프가 처음 출현했을 당시에 그래프들의 대대적인 침공을 받은 일본이 크나큰 피해를 입었기 때문이다.

그렇기에 세컨드 하프가 아직 알의 형태로 있는 동안에 그 안에서 날뛰는 그래프를 격퇴하거나 봉인한다.

그것이 바로 화이트 캔버스에 소속된 우리 이레이저의 역할이다.

다만——이번처럼 이레이저가 위험에 처하는 경우도 있지만 말이다.

"아, 사, 사사미야 선배! 저기 저 그래프의 몸 아래쪽 좀 봐 보세요!"

고개를 뺀 쿠치하라가 내 어깨 너머로 내려다보며 그렇게 말했다. 그것도 숨결이 닿을 만큼 바로 코앞에서 말이다. ……가까운데.

나는 쿠치하라의 말대로 바위 뱀 그래프의 몸 아래쪽을 살폈다. 부서진 공장의 벽이 원형 그대로 흡수된 것처럼 그래프의 몸 표면과 하나가 되어 있었다.

"……박살 낸 걸 흡수하는 능력인가?"

"자세히 보니까 저 그래프의 몸 표면은 대부분 공장 외벽으로 이루어져 있어요."

아하, 그랬군. 이제야 돌아가는 상황이 좀 파악되었다.

아마도 저 그래프는 싸움이 시작되기 전부터 공장의 벽을 흡수하고 있었을 것이다. 심지어 이곳에 온 이레이저팀과 싸우는 동안에도 공장을 부수며 흡수를 계속했고, 결국에는 도저히 감당이 안 될 크기로 거대해진 것이다.

——그렇다면 더 이상 시간을 주면 안 되겠군.

왼손에 쥐고 있던 일본도——날이 닿는 범위 안에 들어온 것을 닥치는 대로 베어 버리는 발도의 검으로, 손에 쥐고 있을 때에는 내 이동 속도를 높여 주는 능력이 있다. 내가 순신검이라 부르는 그 검을 나는 손에서 놓았다.

그리고 오른손에 쥐고 있던 레이피어── 휘두른 궤적상에 결계를 출현시키는 결계검을 왼손으로 바꿔 들었다. 그리고 등 뒤에서 날아온 직도를 오른손으로 쥐었다.

이 직도는 참렬검(斬裂劍)이라고 한다. 검에 닿은 것을 가차 없이 두 동강 내는 검으로, 손에 쥐고 있는 동안에는 내 힘을 강화하는 능력도 있다.

"자, 그럼── 쿠치하라, 미안하지만 잠시 동안 내 몸을 꽉 끌어안고 있어 줄래?"

"흐엑?"

나는 결계검을 자유롭게 휘두를 수 있게끔 왼팔을 쿠치하라의 무릎 아래로 뺐다. 그리고 쿠치하라의 등을 떠받치고 있던 오른쪽 팔은 위치를 살짝 아래로 내린 다음 쿠치하라의 몸을 단단히 끌어안았다.

"히익?! 사사, 아니, 거긴 허리라고요!"

"……이래 봬도 꽤 신경 쓴 거라고. 겨드랑이 밑으로 팔을 둘렀다간 가슴이랑 닿을 텐데, 그래도 돼?"

"하으윽……. 그, 그건……."

쿠치하라는 얼굴을 새빨갛게 물들였지만 딱히 반박은 하지 않았다. 허리에 팔을 둘러도 된다는 무언의 허락을 받은 나는 발치에 있던 결계를 해제했다.

"어──. 꺄아악?!"

낙하하는 동안에 몸 안쪽이 들려 올라가는 듯한 감각이 느껴졌다. 팔을 뻗었다가 물리기를 거듭하던 쿠치하라가 갑작스러운 위기 상황에 곧바로 내 목에다 팔을 두르더니 자신의 몸을 밀착시키듯 내 몸을 끌어안았다.

"사삿사사미야아선배애?!"

"걱정 마, 간닷!"

나는 그렇게 말하며 뒤쪽과 정면에 다시 결계를 쳤다.

대각선으로 60도 가량 기울여 친 두 결계. 나는 뒤쪽에 친 결계의 발바닥을 대고 참렬검으로 강화한 다릿심을 이용해 결계를 박찼다.

우리는 마치 탄환과도 같은 기세로 힘차게 날아갔다.

"우와아아악?!"

제트 코스터는 명함도 못 내밀 정도의 급격한 방향 전환에 쿠치하라가 비명을 질렀다.

우리는 도망치는 이레이저들과 그래프의 사이로 향했다. 설령 이 속도로 맨땅에 처박힌다 하더라도 정면에 친 결계가 방패가 되어 줄 테니 문제는 없을──줄 알았는데.

"앗, 이런……!"

놀랍게도 바위 뱀이 입을 커다랗게 벌리고서 이레이저들을 집어삼키고자 몸을 앞으로 내밀었다. 마침 내가 착지할 위치에 그 머리가 있었다.

이건 상당히 좋지 않았다. ──우리는 딱히 아무렇지도 않을 테지만 문제는 그래프였다.

베어 내는 거라면 또 모를까, 이런 속도로 머리에 처박히면 분명 그래프는 박살 나고 말 것이다. 그렇게 되면 녀석은 볼 것도 없이 한 방에 아웃이다.

——그래프를 저지하는 방법은 두 종류가 있다.

첫 번째 방법은 '격퇴' —— 그래프에게 치명적인 피해를 입혀 이 세컨드 하프에서 2차원 쪽으로 밀어내는 방식이다.

가장 손쉬운 방법이지만, 차원적으로 애매한 존재인 그래프를 상대로 이건 근본적인 해결책이라 할 수 없었다.

격퇴했을 경우에는 시간이 지난 뒤에 그 녀석이 다시 침공해 올 가능성이 있다. 만약 지능이 높은 그래프라면 모종의 대책을 강구해서 올 수도 있다.

그렇기에 가능한 한 이레이저에게 권장되는 방법이 바로 두 번째 방법인 '봉인'이다.

2차원으로부터 습격해 오는 그래프는 그림과 문장이라는 형태로 완성시킴으로써 그 존재를 2차원 쪽에 붙들어 맬 수 있다는 특성이 있다. 이 방법으로 그래프를 봉인한 책을 금서라고 하는데, 이 경우에 봉인된 그래프는 두 번 다시 출현할 수 없다.

——그렇기에.

착지하기까지 불과 찰나의 시간 동안 나는 열심히 머리를 굴렸다.

이 바위 뱀은 되도록이면 봉인하고 싶었다. 이 세컨드 하프의 크기는 대략 700미터 정도—— 평균의 약 2배에 달한다. 직경이 크면 클수록 그 안에 있는 그래프도 강해지는 경향이 있다. 실제로 저 바위 뱀처럼 생긴 그래프는 상당히 성가신 능력을 지니고 있다.

지능이 그리 높아 보이지는 않지만, 어쨌거나 격퇴하는 건 상책이 아닐 테지.

여기로 오는 동안 들은 정보에 따르면 아무래도 SOS 신호를 발신한 팀의 팀원 중에는 봉인반 인원도 있다는 모양이다.

그렇다면——.

"이렇게 하면 되지!"

나는 전방에 친 결계를 해제한 뒤, 내 몸과 쿠치하라를 옆으로 틀고 왼손에 쥔 레이피어를 휘둘러 아까 전개해 놓았던 결계보다 더 얇은 결계를 쳤다. 그러자 눈앞에 닥쳐오는 바위 뱀 바로 옆쪽에 투명한 방벽이 나타났다.

이변을 알아차린 바위 뱀이 눈알을 뒤룩거리며 이쪽을 쳐다보았다.

하지만 알아차려 봤자 이미 늦었다. 나는 몸을 더더욱 비틀었고——.

"꺄아아아아아악?!"

나의 터무니없는 움직임에 휘말리는 바람에 비명을 내지르는 쿠치하라에게 속으로 미안하다고 사과하면서.

강화된 다릿심으로 결계와 함께 바위 뱀의 면상을 있는 힘껏 발로 걷어찼다.

◆ ◆ ◆

마치 유리가 깨지는 듯한 소리가 난 직후에 코앞에서 폭죽이 터진 것 같은 소리와 충격이 났다.

사사미야 선배가 결계와 함께 그 거대한 그래프의 아래턱을 발로 걷어찼기 때문이다.

당연히 결계는 산산조각 났고, 그래프의 아래턱은 찌부러졌다. 게다가 그뿐만이 아니었다.

걷어차인 머리와 함께 몸길이 약 50미터에 이르는 거대한 몸이 땅바닥에서 수평으로 날아갔다. 마치 물수제비를 뜰 때 쓰는 돌처럼 한동안 그래프는 직선상에 있던 건물들을 닥치는 대로 무너뜨리며 날아갔고, 마침내 지진이 난 것 같은 진동과 함께 가까스로 멈추었다.

아직 공중에 떠 있다는 사실조차 잊은 나는 벌어진 입을 다물 줄을 몰랐다.

"마……말도 안 돼……."

나도 모르게 눈앞에 펼쳐진 현실을 부정했다. 반면에 사사미야 선배는 전혀 개의치 않는 기색이었다. 오히려 자신이 날려 버린 그래프가 소멸하지 않았음을 확인하고는 안도의 한숨을 내쉬었다.

"진짜 큰일 날 뻔했네……. 하마터면 격퇴할 뻔했지 뭐야."

그 한마디에 나는 완전히 할 말을 잃고 말았다. 아까 그래프를 향해 친 결계를 일부러 공격해서 박살 냈던 것은 설마 발차기의 위력을 줄이려고 그랬던 거야?

결계를 사용해 일부러 위력을 줄였는데도 그 거대한 몸이 저만치 날아갈 정도의 엄청난 힘이었다. 사사미야 선배가 지닌 그래피티의 엄청난 위력에 섬뜩함이 느껴지는 건 예나 지금이나 마찬가지였다.

나를 끌어안은 사사미야 선배가 땅바닥에 착지했다. 나도 곧장 내려왔지만, 이쪽저쪽 급격하게 방향 전환을 거듭했던 탓에 아직도 머리가 살짝 어질어질했다.

"야, 괜찮냐?"

"괘, 괜찮아요."

사실은 엄청 힘들었다. 롤러코스터에서 이제 막 내린 직후에 땅이 흔들리는 듯한 느낌이 내 몸을 덮쳤다. 하지만 고작 이런 걸로 우는소리를 할 순 없었기에 나는 애써 태연한 척 우산을 지팡이 삼아 섰다. 바로 그때였다.

"그렇다고 억지로 무리하진 말고. 어쨌거나 내가 너무 무리하게 움직이는 바람에 많이 힘들었지? 미안해."

사사미야 선배가 그렇게 말하며 내 어깨를 손으로 잡으며 내 몸을 지탱해 주었다.

……서로 몸을 바짝 밀착시켰던 게 불과 조금 전이었다.

그런데 지금은 어깨를 손으로 잡기만 했는데도 왜 이렇게 가슴이 뛰는 걸까.

"……어흠."

헛기침 소리에 내 어깨가 움찔! 튀어 올랐다. 조금 전까지와는 다른 이유 때문에 얼굴이 새빨개졌다. 하지만 사사미야 선배는 동요하는 기색 없이 태연하게 고개를 뒤로 돌렸다.

"설마 사사미야 실장이 올 줄이야. 그것도 여자랑 함께."

공중에서 잠시 내려다보았을 적에 도망치는 이레이저들의 후미를 맡고 있던 남자가 그렇게 말했다. 그것도 살짝 짓궂은 투로.

"여자랑 함께 왔다기보다는 제자랑 함께 온 거죠. 먼저 따라오고 싶다고 말한 건 이 녀석이었는데, 제가 무리하게 움직이는 바람에 여러모로 고생이 많았죠."

"뭐, 나도 남의 인간관계에 괜히 트집 잡을 마음은 없어⋯⋯."

그래프에게 창을 던지며 후미를 맡았던 사람이 내 얼굴을 보더니 어깨를 으쓱였다. 무슨 뜻으로 그렇게 말한 건지는 구태여 생각하지 않기로 했다.

"난 나기마라고 해. 보다시피 현 상황이 썩 그렇게 좋진 않아. 우린 전원 2급으로 이루어진 3인 팀과 4인 팀인데, 현재 일곱 명 중 두 명이 중상을 입었고 네 명이 경상을 입었지."

"그건 그렇고 머리에 난 그 상처는 경상인가요?"

"그야 당연히 경상이지."

나기마 씨는 어이가 없다는 투로 사사미야 선배에게 답했지만, 그 머리에서는 피가 철철 흐르고 있⋯⋯. 아, 쓰러졌네. 머리 밑에 깔린 눈이 붉게 물들어 나갔다. 그런데도 그는 인상을 쓰며 끝까지 우겼다.

"⋯⋯그야 당연히 경상이지."

"전혀 설득력이 없는데요."

"중상은 세 명이네요, 사사미야 선배."

그의 뒤쪽에는 다리가 부러진 모양인지 다른 사람의 어깨를 빌리고 있는 사람과, 팔을 누르고 있는 사람이 한 명씩 있었다. 다들 입고 있는 제복에 성한 부분이 없었다. 개중에는 피가 묻어 있는 사람도 있었다. 지금 이 자리에 왜 여섯 명밖에 없나 싶었다가 금세 알아차렸다. 이곳에 없는 일곱 번째 사람은 세컨드 하프 밖으로 나와 SOS 신호를 보냈던 것이다.

세컨드 하프 내부에서는 외부와 연락을 취할 수 없기 때문이다.

"전원 2급, 이라……."

사사미야 선배의 중얼거림에 나기마 씨는 여전히 쓰러진 채로 인상을 쓰며 말했다.

"……네가 봐도 전력이 부족해 보이지?"

그는 분하다는 듯이 말했다.

이번 세컨드 하프는 직경이 약 700미터로 이는 평균의 2배에 달한다.

정석에 따라 전력을 고려하자면 1급 이레이저를 포함한 팀 하나로 대응해야 했거나, 이곳에 있는 인원에 더해 2급으로 이루어진 팀 하나를 더 추가해서 대응해야 하지 않았을까 싶었다. 솔직히 말해서 애당초 승산은 낮았을지도 모른다.

그리고 그의 말을 들은 사사미야 선배는——.

"아뇨?"

라고 대담하게 웃으며 부정했다.

"제가 봤을 때 전력은 부족하지 않아요. ——방법에 따라서는 저 그래프를 상대로도 충분히 이길 수 있겠죠."

——그렇다. 사사미야 선배는 원래 이런 사람이다.

약한 능력을 가장 선호하며, 실력은 아이디어와 노력으로 커버하며 역전을 노린다.

나기마 씨를 비롯하여 이곳에 있는 이레이저들의 그래피티가 약한지의 여부는 일단 제쳐 두더라도, 역전극을 좋아하는 사사미야 선배가 그래프와 전력 차이가 명백하게 벌어져 있는 지금 이 상황을 결코 놓칠 리 없다!

"──우리만으로도 충분히 이길 수 있다는 거냐? 진짜로?"

나기마 씨가 상체를 일으켜 세우고 사사미야 선배에게 물었다. 뒤쪽에 있는 이레이저들의 눈에도 투지의 불꽃이 타오르는 것처럼 보였다.

처참하게 박살 난 상대에게 한 방 먹이고 싶은 마음은 역시나 다들 매한가지였을까.

"단."

하지만 사사미야 선배가 조용히 말했다.

아주 살짝 아쉽다는 듯이.

"모두의 몸 상태가 좀 더 좋았다면 말이죠."

"……윽."

나기마 씨가 분하다는 듯이 이를 갈았다. 뒤쪽에 있는 이레이저들 중에서는 괜히 쓸데없는 희망을 주었다고 사사미야 선배를 째려보는 사람도 나오기 시작했다.

……사사미야 선배가 또 이런 점도 있단 말이지. 뭐랄까, 남들에게 곧잘 미움받는 이유를 일부나마 이해한 듯한 느낌이 들었다.

하지만 나는 방금 그 말을 듣고 내가 그동안 사사미야 선배를 조금 오해하지 않았나 싶어 반성했다.

아무리 역전극을 좋아한다고 해도── 역시나 부상자까지 싸우게 할 생각은 없는 것 같았다. 사사미야 선배라면 당연히 이 상황을 놓칠 리 없을 거라 생각했던 나 자신이 부끄러웠다.

사람이라면 그게 당연할 텐데 말이다.

바로 그때였다. "쉬이이이익!" 하는 울음소리가 세컨드 하프 내부에 울려 퍼졌다.

"오호라, 저만치 날려 버렸는데도 아직 팔팔하네?"

사사미야 선배가 미소를 지으며 그렇게 중얼거리더니 플랑베르 주를 발치에 꽂았다.

"여러분은 흩어지지 마시고 뒤에서 한데 모여 주세요. 그런데 봉인반 인원은 누구죠?"

"그, 그래. 봉인반 인원은 저 사람이야."

나기마 씨가 엄지손가락으로 뒤에 있던 장발의 여성을 가리켰다. 그녀를 본 사사미야 선배는 잘됐다며 고개를 끄덕였다.

"그럼 제가 시간을 벌 테니 봉인 작업 좀 잘 부탁드릴게요."

"아…… 네!"

그 여성은 그렇게 대답하고는 손에 쥐고 있던 백책을 펼치고 허리 주머니에서 펜을 꺼내 문장을 술술 써 내려가기 시작했다. ──참고로 백책은 그래프를 봉인하는 데 필요한 공책 형태의 도구다.

──그래프를 봉인하는 방법에 따라 봉인반은 크게 두 부류로 나눌 수 있다.

그림을 이용해 그래프를 다시 그려 완성하는 '환화사(幻畵師)'. 우리 팀원 중 한 명인, 나이를 속이고 있는 게 아닐까 의심이 드는 아사모리 유키코 씨가 이에 해당한다.

그리고 문장을 이용해 그래프를 표현, 완성하는 '문호(文豪)'.

니나의 언니인 코코로 아스카 씨가 그 에이스에 해당한다.

열심히 문장을 써 내려가는 그녀는 아마도 후자인 것 같았다.

"그리고——쿠치하라, 너한테 세 가지를 부탁하고 싶은데."

사사미야 선배는 그렇게 말함과 동시에 나에게 무언가를 휙 던졌다.

"아, 네!"

나는 대답하면서 그것을 손으로 받았다. 작은 돌멩이였다. 이게 뭐냐고 눈빛으로 물었더니 사사미야 선배는 일단 가지고 있으라는 눈빛으로 답했다. 그래서 일단은 주머니 안에 넣어 두었다.

"지금부터 난 저 녀석을 잘게 썰어 버릴 건데, 어쩌면 그 과정에서 눈 먼 파편이 날아올지도 몰라. 그땐 네가 저 사람들을 지켜 줘. 그리고 봉인할 준비가 끝나면 나한테 연락해 주고. 또, 마지막으로——."

사사미야 선배가 씨익 웃으며 말했다.

"내가 신호를 보내면 저 녀석에게 그래피티를 써 줘."

그 한마디에 나는 모든 것을 이해했다.

사사미야 선배가 나에게 무엇을 바라는지를 말이다.

그렇기에 나는 그 기대에 부응하고자,

"……네!"

짤막하게 답했다.

"자, 그럼── 사사미야 시로가네, 갑니다!"

오른손에 일본도, 왼손에 직도를 쥔 사사미야 선배가 이쪽을 향해 지그재그로 다가오는 그래프와 정면으로 맞섰다.

"……이봐, 거기 2급 이레이져."

그 직후에 뒤에서 나를 부르는 소리가 들려왔다. 아직도 머리에서 피를 흘리고 있는 나기마 씨가 쓰러진 채로 말을 걸었다.

"여기 방어를 너한테 맡겨도 괜찮아? 그……."

"아, 저는 쿠치하라라고 해요."

"……쿠치하라? 아니, 그럼 설마 네가……."

바위 뱀이 입을 커다랗게 벌리고서 사사미야 선배를 집어삼키려 들었다. 사사미야 선배는 직도를 휘둘러 바위 뱀의 송곳니를 날려 버렸다. 그리고 다시 검을 뒤로 물릴 때 나머지 송곳니도 마저 베었다. 그러고는 옆으로 이동하여 부풀어 오른 그래프의 몸을 따라 직도를 일직선으로 그어 나갔다. 마치 바나나 껍질을 벗겨 내듯 그래프의 몸 바깥 부분이 떨어져 나갔다.

"얼마 전에 미나세랑 한판 붙었던 녀석인가. 그러고 보니 그 우산도 낯이 익는데……. 그 우산이 네 그래피티냐?"

……보고 있었다니 좀 부끄러운데. 나는 속으로 그런 생각을 하면서 그 질문에 답했다.

"아, 아뇨. 이건 그냥 좀 튼튼한 비닐우산이에요."

"그럼 그래피티의 능력으로 우산을 강화해서 미나세의 탄환을 막아 냈단 건가……. 사사미야가 일부러 데리고 왔을 정도니, 꽤나 강력한 효과라도 있나 봐?"

그래프는 자못 성가시다는 듯이 몸을 비틀었다. 그리고 급속도로 방향을 전환했다.

나는 그 모습을 보고 나서 진지한 표정으로 나기마 씨에게 답했다.

"아뇨, 제 그래피티는 물질을 딱 3센티미터만 튕겨 내는 능력이라서요."

"어……. 나, 나기마 씨! 쟤, 걔예요! 추락한 샛별이라고 불리는 그 7기생 최우수 훈련생이요!"

워드 실러
문호 소녀의 말이 내 가슴이 푹 박혀 들어왔다. 나도 모르게 바닥에 주저앉을 뻔했지만, 지금은 이럴 때가 아니라며 스스로 마음을 다잡았다.

"뭐, 추락한 샛별이건 말았건 딱히 상관은 없는데……. 정말 너한테 맡겨도 괜찮을까?"

거대한 덩치에 어울리지 않게 재빠른 속도로 움직인 꼬리가 공장 벽을 닥치는 대로 쓰러뜨렸다. 아주 한순간 동안만 닿았기 때문에 흡수되지 않은 외벽이 이쪽을 향해 날아들었다. 크기는 대략 2미터에 달했다.

워드 실러
그 광경을 본 문호 소녀가 자그맣게 비명을 지르고, 나기마 씨는 어떻게든 억지로 몸을 움직이려고 했다. 반면에 나는 약간의 긴장감만 느낄 뿐, 확신을 가지고서 비닐우산을 펼쳤다.

"네, 전 물질을 딱 3센티미터만 튕겨 낼 수밖에 없지만——."

나는 뒤쪽에 있는 사람들을 지키기 위해 눈을 부릅뜨고서 때를 기다렸다.

"제 방어는, 절대적이거든요!"

외벽에 날아왔다. 3, 2, 1── 지금이야!

'삼탄총'.
<small>앱솔루트 로어</small>

나는 내 그래피티 능력을 비닐우산에 사용했다.

그로 인해 튕겨진 비닐우산이 곧바로 외벽과 충돌했다. 원래라면 우산살이 찢어지고 뼈대가 꺾인 뒤, 우리는 크게 다쳤을 것이다.

하지만 비닐우산은 외벽을 막아 냈다.

외벽이 비닐우산과 충돌한 순간, 삐걱거리는 소리와 함께 외벽은 곡선을 그리는 우산살의 표면을 따라 대각선 위쪽으로 튕겨져 나갔다. 눈을 질끈 감고 있던 문호 소녀가 머뭇거리며 눈을 떴고, 나기마 씨는 "크하하." 하고 자그맣게 웃었다.

"……이제 좀 믿음이 가세요?"

내 그래피티 '삼탄총'. 그 능력은 '물질을 반드시 3센티미터 튕겨 내는' 능력이다.
<small>앱솔루트 로어</small>

이 능력으로 튕겨진 물질은 3센티미터를 움직이는 동안에는 그 어떠한 방해도 받지 않고 반드시 자신의 형태를 유지한 채 앞으로 나아간다.

그리고 이러한 특성을 거꾸로 이용한 것이 아까 그 비닐우산을 이용한 방어법이다. 외벽과 부딪히기 바로 직전에 우산을 튕겨 냄으로써, 비닐우산이 자신의 형태를 유지한 채 앞으로 3센티미터 나아가는 동안에 날아든 외벽을 막아 낸 것이다.

"아, 어쩐지 미나세의 탄환도 잘 막아 내더라니……. 이제 마음

놓고 뒈질 수 있겠군."

"어, 바, 방금 대체 무슨 일이……?!"

"야, 너도 놀라지만 말고 하던 일이나 마저 해. 아무래도 안전은 보장된 것 같으니까 얼른 완성이나 시켜."

"어, 네, 넵."

그런 대화가 오가는 동안에도 사사미야 선배는 그래프를 차례차례 썰어 나갔다.

베이고 깎이는 바람에 그래프의 몸은 시시각각 작아져 갔다. 아무래도 한 번 흡수한 외벽을 다시 흡수할 수 없는 모양이었다. 바위 뱀 그래프는 가혹한 강제 다이어트에 시달리며 이리 휘둘리고 저리 휘둘렸다.

그런데도 아직 몸길이는 30미터에 가로 폭은 5미터에 달했지만 말이다.

그래프가 목을 쳐들고 사사미야 선배를 노렸다. 사사미야 선배는 민첩한 움직임으로 그 공격을 피했지만 마치 채찍처럼 내리쳐진 박치기의 위력은 상당했다. 폭발음과 함께 땅이 요동쳤고, 머리가 처박힌 지점은 마치 운석이 충돌했을 때처럼 크레이터가 생겼다.

"어, 사사미야 선배?!"

그 공격을 본 사사미야 선배는 대체 무슨 생각인지 일본도를 땅에 꽂았다.

그래프는 다시금 목을 쳐들었고 사사미야 선배는 직도를 양손으로 쥐었다. 설마──정면으로 받아치려는 걸까?

마침 딱 좋은 먹잇감이 눈앞에 있다는 듯이 그래프가 머리를 내리찍었다.

그리고 사사미야 선배는── 놀랍게도 결계도 사용하지 않고서 직도의 몸통으로 그 공격을 받아 냈다!

힘을 강화한 상태임에도 역시나 그 위력을 죽이지는 못했는지 사사미야 선배가 두 발로 딛고 있는 땅이 움푹 파였다. 뭐, 애초에 수십 미터에 달하는 거구의 그래프와 평범한 키의 인간이 서로 대등하게 힘 싸움을 벌이고 있다는 것 자체가 이상한 구도이긴 했지만.

사사미야 선배는 무엇이 그리도 즐거운지 웬일로 사나운 미소를 짓고 있었다.

그리고 그 직후에 변화가 일어났다.

갑자기 그래프가 균형을 잃고 몸을 뒤로 젖혔다. 자세히 보니 치켜든 몸을 지탱하느라 땅바닥과 접하고 있던 몸 뒤쪽 부분이 땅속에 푹푹 빠져들고 있었다.

뭐지? 액상화 현상은 들어 봤지만, 그게 마침 이 타이밍에── 설마! 나는 방금 사사미야 선배가 땅에다 꽂은 일본도 쪽을 쳐다보았다.

저건, 두 번째 일본도가 지닌 능력?

그래프의 몸 뒤쪽 부분이 땅속에 가라앉았음을 확인한 사사미야 선배 또한 스스로 땅속에 발을 푹 빠뜨리더니 땅에 꽂았던 일본도의 자루를 쥐고 다시금 땅바닥을 갈랐다. 그러자 쩌적, 하는 소리가 들렸다.

그래프는 자기 나름대로 발버둥 쳤지만 땅속에서 헤어 나오지 못

하는 모양이었다. 액상화한 땅이 다시금 굳어진 걸까?

하지만 그렇다면 사사미야 선배도 마찬가지일 텐데── 다리가 무릎까지 푹 빠진 사사미야 선배의 모습을 보고 그래프는 빠져나오기를 포기하고 다시금 머리를 쳐들었다가 아래로 내리찍었다.

그럼에도 사사미야 선배는 당황하지 않았다. 곧바로 일본도를 손에서 놓더니, 물결 모양 도신의 양날검인 플랑베르주로 검을 바꿔 쥐었다.

그 순간, 사사미야 선배의 모습이 마치 아지랑이처럼 이글거리며 사라졌다. 그리고 빈 공간을 향해 내리쳐진 박치기가 땅에 크레이터를 만들었다. 바위 뱀은 머리를 뽑은 뒤 눈알을 굴리며 주위를 둘러보았다.

"이봐, 누구 찾는 사람이라도 있냐?"

그래프의 오른쪽 눈썹 바로 위에 사사미야 선배가 서 있었다.

──그러고 보니 저번에 저 검에 관해서 들은 적이 있었다. 전신 검이라는 이름으로, 순간 이동할 수 있는 능력이 있다고 했다.

아무래도 다리가 땅바닥에 파묻혀 있는 상태에서도 능력을 사용하는 데는 전혀 문제가 없는 것 같았다.

"와, 완성했어!"

그때, 뒤에서 문호 소녀가 그렇게 소리쳤다. 작업이 엄청 빨리 끝난 게 아닌가 싶었지만 우리가 이곳에 오기 전부터 문장을 쓰고 있었을 테니 생각해 보면 당연했다. 나는 곧바로 팔찌형 통신기를 켜고 사사미야 선배에게 보고했다.

"사사미야 선배! 완성했어요!"

『오케이! 그럼 먼저 이 녀석을 본인이 원하는 대로 땅속에서 뽑아 내야겠군!』

그 직후에 사사미야 선배와 바위 뱀 그래프의 모습이 함께 사라 졌다. 그리고 바로 위—— 상공 30미터쯤 되는 지점에 다시 나타 났다. 사사미야 선배는 왼손에 쥐고 있던 직도는 계속 쥐고서 오른 손에 쥐고 있던 플랑베르주를 손에서 놓았다. 그리고 빈 오른손으 로 그래프의 눈꺼풀을 단단히 움켜쥐었다.

『오옷……. 으랴압!』

그러고는 그대로 몸을 비트는가 싶더니, 그래프의 거구를 공중 에서 한 바퀴 돌리며 땅바닥에 철퍼덕! 내동댕이쳤다. 사사미야 선 배는 레이피어를 쥐고 결계를 친 뒤, 그것을 발판 삼아 대각선 아 래쪽 방향으로 몸을 날렸다. 마침 착지 지점이 그래프의 꼬리였 다. 사사미야 선배는 꼬리를 짓밟으며 착지했다.

『아, 쿠치하라, 넌 거기에 있어! 움직이지 않아도 돼!』

사사미야 선배가 몸을 비틀며 그렇게 말했다. 이제 막 그쪽으로 뛰쳐나가려던 나는 그 지시에 의문을 느꼈다.

"그치만 지금 이 거리에서는 범위 밖인데요?!"

『문제없어! 이유는 나중에 알 수 있을 테니까!』

그렇게까지 딱 잘라 말하니 뭐라 반박할 말이 없었다.

사사미야 선배는 몸을 비트는 과정에서 레이피어를 일본도로 바 꿔 쥐었다. 그러고는 직도와 일본도를 교차시켜 겨눈 뒤, 무릎을 구부리고—— 정중선의 '없는' 부분을 폭발적인 기세로 달음박 질쳤다.

사사미야 선배는 이제 막 내동댕이친 그래프의 몸을 마치 생선을 손질하듯 해체해 나갔다.

　"어…… 아니, 잠깐. 지금 봉인하는 중인데?! 저러다 자칫 격퇴라도 하면 어쩌려고!"

　그 광경을 본 나기마 씨가 깜짝 놀라 항의하듯 소리쳤다.

　──그래프를 봉인하는 데에는 반드시 필요한 요소가 몇 가지 있다.

　첫째로 그래프의 부자연스러운 결손 부위를 자연스러운 부위로 보충하여 완성할 수 있는 봉인반 인원.

　그리고 또 하나── 그래프를 해치우지 않는 선에서 피해를 가하여 그 존재를 최대한 2차원 쪽으로 밀어내는 것.

　그래프는 피해를 입으면 입을수록 실체화한 부분이 옅어지면서 조금씩 2차원 쪽으로 밀려나다가 결국에는 희미한 윤곽만 남는다.

　그런 식으로 피해를 가하면서도 해치우지 않도록 해야 하는 것이 어려운 부분이다.

　지능이 높은 그래프라면 자신이 봉인되고 있음을 알아차리고 자살하거나 스스로 도망치는 경우도 있다.

　하지만 사사미야 선배는 봉인과는 전혀 동떨어진 행동을 취하는 중이었다. ──누가 봐도 그래프의 숨통을 끊으려는 것처럼 보였다. 나기마 씨가 화들짝 놀라는 것도 당연했다.

　하지만──.

　"괜찮아요. 그래프가 2차원으로 가지 못하게 제가 막을 테니까요."

"아니, 학는다니, 대체 무슨 수로?!"

역시나 이해가 안 되는 모양인지 나기마 씨가 소리쳤다.

하지만 그것은 뭐라 말로 설명하기가 힘들었다. ──솔직히 말해서 나도 아직 반신반의하고 있을 정도니까.

그래도 사사미야 선배는 움직이지 말라고 했다. 그렇다면 나는 그때를 기다릴 뿐이다.

사사미야 선배가 바위 뱀의 뼈와 살을 분리하자마자 세컨드 하프의 바깥 둘레와 같은 색을 띤 타원형 물체가 갑자기 나타나 그래프를 향해 다가갔다.

우리가 '창문' 이라 부르는 불가사의한 존재였다. 그 외에도 세컨드 하프의 핵, 그래프가 이쪽 차원으로 올 때의 입구라고도 불리지만.

누적된 피해가 한계에 다다른 그래프는 그 타원형에 삼켜져 2차원으로 강제 송환된다.

하지만 그것을 막는 게 내가 맡은 역할이다.

사사미야 선배가 일본도에서 플랑베르주로 바꿔 쥐었다. 사사미야 선배의 목소리가 팔찌형 통신기를 통해 울려 퍼졌다.

『이쪽으로 와, 쿠치하라!』

순간적이라고 하면 순간적일 테지.

팔찌형 통신기와 내 귀, 양쪽에서 사사미야 선배의 목소리가 들려왔다. 어느새 나는 그래프의 바로 코앞에 있었다. 사사미야 선배가 플랑베르주를 쥔 오른팔로 내 어깨를 지탱하며 나를 자기 품 안에 안고 있었다.

"꺄악?! 사, 사사미야 선배?!"

"미안, 좀 급했거든. 부탁 좀 할게!"

그 말을 들은 나는 이러고 있을 때가 아니라며 마음을 다잡고 정신을 집중했다.

뼈와 살이 분리되는 바람에 이제 실체라고는 희미한 윤곽밖에 남지 않았지만, 그럼에도 아직 숨통이 끊어지지 않은 그래프가 눈알을 뒤룩거리며 나를 노려보았다.

하지만 나는 겁먹지 않았다.

우산을 뒤로 물리고 오른팔을 앞으로 뻗었다. 서로의 거리는 3미터도 채 되지 않았다.

이미 그래프는 내 절대 영역 안으로 들어와 있었다.

무언가를 단단히 고정하는 말뚝의 이미지를 머릿속으로 그리며 나는 그래피티를 사용했다.

"삼탄총^{앱솔루트 로어}'!"

콰앙! 하는 충격과 함께 직경 3미터 범위 내에서── 희미한 윤곽으로부터 딱 3센티미터만, 바위 뱀의 얼굴이 실체화했다.

──그러고 보니 사사미야 선배가 보는 앞에서 이 행위를 하는 건 이번이 처음이었다.

내 그래피티는 '물질을 반드시 3센티미터 튕겨 낼 수 있는' 능력이다.

차원적으로 애매한 세컨드 하프 내부에서는 그래프의 몸조차 그 대상에 들어갔다.

딱 3센티미터이기는 해도 2차원 쪽으로 밀려난 그래프의 몸을 3

차원으로 튕겨 냄으로써 실체화할 수 있다.

이러면 무슨 일이 일어나는가── 먼저, 원래라면 누적된 피해가 한계를 초월하여 강제 송환될 그래프가 창문에 삼켜지는 걸 막을 수 있다.

그래프는 누적된 피해가 한계를 넘으면 온몸이 희미한 윤곽만 남고, 그 뒤에 다가온 창문이 그래프를 삼켜 2차원으로 강제 송환해 버린다.

이것이 절대적인 규칙이자 전개라고 하는데, 내가 3센티미터 튕겨 내 그래프의 몸을 실체화하면 그 전개에 제동을 걸 수 있다. '그래프의 온몸이 윤곽만 남는다'는 전제 조건을 무너뜨렸기 때문이다.

그리고 아주 아슬아슬하게 2차원 쪽으로 내몰린 그래프의 몸은 당연하게도 어떻게 되었는가 하면──.

창문이 그래프로부터 딱 3센티미터 앞에서 움직임을 멈추었다. ──그리고 그 직후에 그래프의 온몸에서 희미한 빛이 뿜어져 나왔다.

그래프의 몸이 빛의 입자로 변해 뒤쪽으로 날아갔다. 그리고 믿을 수 없다는 듯이 입을 쩍 벌리고 있는 문호 소녀가 손에 쥐고 있는, 저절로 페이지가 팔랑팔랑 넘어가는 백책^{워드 실러}으로 모여들었다. 그리고 빛이 완전히 사라지자 그녀는 그제야 퍼뜩 정신을 차리며 그래프를 봉인한 백책── 금서에 가죽 커버를 씌웠다.

이걸로 그래프의 봉인 작업이 완료되었다.

"……말로는 들었지만 직접 보니까 굉장하잖아, 쿠치하라! 정말

2차원으로 가지 못하게 막을 줄이야!"

"아……. 감사. 합니다."

사사미야 선배가 더할 나위 없이 기뻐하는 얼굴로 그렇게 말하자 나는 나도 모르게 뺨이 살짝 달아올랐다.

기뻐하는 모습이 꼭 어린아이 같아서 귀여운데…… 아니, 이게 아니지!

"저, 저기……. 사사미야 선배, 그런데 아까 저한테 뭘 하신 건가요?"

"아하……. 아까 내가 너한테 건넨 작은 돌멩이 있지? 그거 한번 꺼내 봐."

주머니에서 꺼낸 작은 돌멩이—— 그 표면에는 자그맣게 베인 자국이 있었다.

"그건 전신검^{플랑베르주}으로 낸 자국이야."

"……아, 혹시 아까 발치에다 꽂았을 적에?"

그러고 보니 아까 그래프가 요란하게 울음소리를 낸 직후에 선배가 그런 행동을 취한 적이 있었다. 그때는 대체 뭘 하나 싶었지만.

"전신검은 표식이 있는 쪽으로 순간 이동할 수 있고, 반대로 표식과 닿아 있는 것을 내 쪽으로 순간 이동시킬 수도 있지."

"그럼 전 이걸 가지고 있었기에 사사미야 선배 쪽으로 순간 이동했던 거예요?"

"그렇지. 미안해, 미리 설명했어야 했는데."

"……아뇨, 괜찮아요. 그땐 한층 그래프가 달려들던 때였으니까요."

나는 고개를 돌릴 타이밍을 놓치는 바람에 사사미야 선배의 눈을 계속 쳐다보고 말았다.

그런데 사사미야 선배도 나와 마찬가지였는지 좀처럼 나에게서 눈을 떼지 않았다.

두근, 가슴이 뛰었다. 뭐, 뭘까, 지금 이 상황은. 이거 꼭——.

"……근데 너희는 언제까지 그러고 있을 거냐?"

찬물을 끼얹는 듯한 목소리와 함께, 그제야 나는 아까부터 줄곧 사사미야 선배가 내 어깨를 끌어안고 있었다는 사실을 알아차렸다. 누가 먼저랄 것도 없이 서로 동시에 떨어진 직후에 나는 얼굴이 붉게 달아올랐다.

부, 부끄러워……!

"……그나저나 이거 놀라운데?"

머리가 붉게 물든 나기마 씨가 어깨를 으쓱이며 나직이 말했다.

"사사미야 실장의 힘이 소문 이상이었다는 것도 그렇지만…… 설마 이런 터무니없는 비장의 패를 가지고 있었을 줄이야."

나기마 씨의 시선이 나를 향했다.

"방금 그건 뭐냐? 격퇴되기 바로 직전의 그래프를 2차원으로 가지 못하게 막다니, 이런 건 난생 처음 본다고. 7기생 최우수 훈련생이 아무짝에도 쓸모없다는 소문은 들었지만 설마 방금 그걸 감추기 위한 눈속임이었던 거냐?"

"아뇨? 실제로 제가 눈도장을 찍기 전까지만 해도 앤 그냥 폐급 중의 폐급이었는데요 뭘. 솔직히 지금도 혼자서 싸울 능력이 있는지 미심쩍기도 하고요. 게다가 실전에 나서기 시작한 것도 얼마 안 됐으니까요."

"······이봐, 쿠치하라의 표정이 무진장 험악해졌는데, 그런 말을 그렇게 막 해도 되나?"

사사미야 선배가 워낙 막말을 퍼붓는 바람에 나는 뺨을 잔뜩 부풀리고서 사사미야 선배를 찌릿 노려보았다. 하지만 사사미야 선배는 별로 신경 쓰는 기색도 없이 내 쪽으로 걸어오더니 웃는 얼굴로 내 머리를 쓰다듬었다.

"으아, 앗, 사, 사사미야 선배······?!"

"이 녀석은 제 수제자, '절대 영역'의 쿠치하라 코토네예요. 앞으로 잘 좀 부탁드릴게요."

"아니, 잠깐······. 사사미야 선배, 그, 그 말은 하지 말라니까요!"

그렇게 마치 별명처럼 말하니까 갑절은 더 부끄러운데······ 아까 내 능력을 스스로 절대 영역이라 생각했던 건 죽어도 비밀이지만.

"그, 그러는 사사미야 선배야말로 '절검의 은황^{오버로드}' 이잖아요!"

"난 딱히 그걸 부끄럽다고 여긴 적 없는데? 애초에 그 별명을 붙여 준 것도 너잖냐. 뭐, 네 센스가 꽤나 전위적이라는 건 부정 못 하겠지만."

"저, 전위적이라니, 그게 대체 무슨 소린데요?!"

아웅다웅 소란을 피우는 우리의 모습을 보며 나기마 씨는 어이가 없다는 듯한, 흐뭇하다는 듯한 표정으로 한숨을 내쉬었다.

◆ ◆ ◆

"······어쨌거나 덕분에 살았어, 사사미야."

나는 전신검을 사용하여 다 함께 바깥 둘레 근처까지 순간 이동했다. 그러고 나서 곧장 세컨드 하프로부터 탈출하여 우리를 데리러 올 셔틀 차량을 기다렸다. 그때 나기마 씨가 나를 향해 그렇게 말했다.

"뭘요. 그나저나 장난 아니었네요."

내 말에 나기마 씨는 쓴웃음을 짓다가 체념 섞인 투로 나직이 말했다.

"뭐, 어쩌겠어. 우리 실력으로 700미터급을 상대하기 힘들다는 건 처음부터 알고 있었지만, 1급이 있는 팀은 먼저 출현한 쪽으로 갔으니까. 근데 그렇다고 세컨드 하프에 안 갈 수도 없는 노릇이잖냐. 우린 이레이저니까 말이지."

——우리가 서둘러 달려온 이 세컨드 하프가 출현하기 바로 직전에 또 다른 세컨드 하프가 출현했다는 사실은 이미 알고 있었다. 같은 시간대에 두 개가 동시에 출현하는 건 보기 드문 경우다. ——불과 얼마 전까지만 해도 말이다.

······요즘 들어 복수 출현 빈도가 부쩍 늘어난 것 같은데.

실장인 나에겐 팔에 차고 있는 팔찌형 통신기를 통해 세컨드 하프 관련 정보가 상시 들어오고, 세컨드 하프가 출현할 때마다 알람이 울리도록 설정되어 있다. ——원래는 하루에 한 번 내지 두 번 울리면 많이 출현하는 편이었는데, 요 며칠 사이에는 알람이 하루에 세 번 이상 울리는 경우도 있었다. 심지어 각각의 발생 시간도 시간차가 거의 없었다.

세컨드 하프에 무슨 이변이라도 일어난 걸까.

어쨌거나 대기 팀 수를 늘리는 게 좋겠군. ──내가 속으로 그런 생각을 하고 있을 때였다. 쿠치하라의 입에서 "아." 하고 짧은 목소리가 나왔다.

그와 동시에 뒤에서 소리도 없이 세컨드 하프가 소멸했다.

내부에서 그래프를 격퇴하거나 봉인하고 나면 얼마간의 시간차를 두고 세컨드 하프는 소멸한다. 돔 형태의 이공간으로 덮여 있던 장소에는 마치 아무 일도 없었다는 듯이 공업 지대가 있었다.

뭐, 애당초 여기서는 아무 일도 없었으니까 말이지. ──세컨드 하프 내부는 2.5차원의 공간이다. 거기에서 일어난 일은 3차원에는 아무런 영향을 끼치지 않는다.

다만 쿠치하라가 그런 소리를 낸 이유가 신경이 쓰였기에 일단 물어보기로 했다.

"왜 그래?"

"아니, 그…… 아까 받은 작은 돌멩이가 사라져서요."

"뭐……? 그런 걸 굳이 들고나왔던 거야?"

작은 돌멩이라면 아까 내가 전신검으로 자국을 낸 그 돌멩이를 말하는 거겠지. 그걸 왜 굳이…….

"그리고 그래프와는 달리 세컨드 하프 내부 물질은 어차피 들고나와 봤자 세컨드 하프가 소멸하면 같이 소멸한다는 거 너도 알잖아."

"아, 그…… 뭐랄까, 기념품으로 삼을까 싶었거든요……."

"기념품이라."

고개를 푹 숙인 채 우물거리는 쿠치하라는 어째선지 얼굴이 빨갛게 달아올라 있었다.

"……하아, 그게 뭐라고 참."

쿠치하라는 얼굴을 빨갛게 물들이면서도 어째선지 꽤나 아쉬워하는 기색을 보였다. 그래서 나는 한 가지 제안을 건넸다.

"난 새해 첫날에 휴가를 냈는데, 그럼 나랑 같이 참배나 하러 갈래? 거기서 부적이든 뭐든 하나 사 줄게."

"어……. 아, 아니, 아무리 그래도 그건 좀 죄송한데요."

"신경 쓰지 마. 아니면 내가 사 주는 건 싫어? 그럼 어쩔 수 없지만."

"그, 그렇진……. 그, 그렇게 말씀하시는 거 너무 치사하잖아요. ……그, 그럼, 부탁드려도 될까요?"

"그럼, 이럴 땐 부담 없이 나한테 맡겨."

나는 웃으며 그렇게 말했다.

주위에서 이쪽을 바라보는 일곱 명의 시선이 살짝 신경이 쓰였지만 뭐, 그냥 무시하기로 했다.

눈도 쌓이고 조용한 공장 지대에 엔진 소리가 울렸다. 화이트 캔버스의 셔틀 차량, 미니밴이 등장한 것이다.

이제 차에 타 볼까──싶었는데 문제가 하나 발생했다.

"……아무리 그래도 한꺼번에 아홉 명은 못 타."

기사님이 그렇게 말했다.

머리에서 피를 흘리는 나기마 씨와 다리가 부러진 이레이저는 뒤로 젖힌 뒷좌석에 누웠고, 팔이 부러진 사람은 조수석에 앉았다. 그리고 나머지 네 사람은 가운데 열에 콩나물시루처럼 **빽빽**하게 앉았다. 그러고 나서 셔틀 차량이 출발했다. 도중에 경찰에 들키지 않으면 좋을 텐데.

사사미야 선배의 그래피티 사용 허가는 이미 시효가 끝났다. 우리는 이 추운 날씨 속에서 다른 셔틀 차량이 오기를 기다리기로 했다.

"그래서……."

사사미야 선배가 먼저 말을 꺼냈다.

"갑자기 날 따라오겠다고 한 이유가 뭐야?"

"아, 저기, 그…… 카고메 선배가 말했거든요. 그래프에게 복수하기 위해 강해지길 원한다고요. 아무리 복수가 이유라고 해도 누군가를 위해 싸우고자 하는 카고메 선배의 모습을 보고 있으니까 문득 이런 생각이 들었어요. 나는 소심한 나 자신을 바꾸기 위해 강해지길 원하는데, 정말 그런 이유여도 되는지……. 그래서 조금 고민이었거든요……."

나는 말을 계속 이어 나갔다.

"그래서 그 해답을 찾기 위해 사사미야 선배를 따라갔던 거예요. 그, 제 이상이나 다름없는 '칠식'을 가진 사사미야 선배가 싸우고 있는 모습을 보면 혹시 무언가를 알아낼 수 있을지도 모를 것 같아서……."

"……그랬군. 그래서, 뭐 알아낸 거라도 있어?"

"…………."

나는 아무 말 없이 고개를 저었다.

"그나저나 너도 꽤나 성가신 걸로 고민하고 있었나 보네……. 복수를 내세워 다른 사람들을 위해 강해지려고 하는 카고메와 같은 자리에 있으니까 무슨 열등감이라도 느낀 거야?"

──나는 잠시 고민하다가.

천천히 고개를 끄덕였다.

"으음, 뭐라고, 해야 하나……."

웬일로 사사미야 선배가 고민하며 신음했다.

"뭐랄까, 왠지 이런 종류의 얘기는 내가 말을 안 하는 게 나을 것 같거든……. 너한텐 미안하지만."

"아……. 괘, 괜찮아요. 저 스스로 어떻게든 답을 찾아낼 테니까요……. 그런데, 딱 하나 궁금한 게 있어요."

"응?"

"사사미야 선배는…… 무슨 이유로 싸우고 계세요?"

약한 능력을 구사하며 승리를 쟁취하고자 했던 사사미야 선배.

과거 사사미야 선배가 약한 능력을 원했던 건, 그 약한 능력을 십분 활용해 적을 꺾고 승리를 쟁취하고 싶었기 때문이다.

하지만 이제 와서 돌이켜 보면 사사미야 선배가 지금도 계속해서 싸우는 이유는 들은 적이 없었다. 그렇기에 그런 질문을 한 것이다.

그 이유가, 어쩌면 내가 찾는 해답과 연관이 있을지도 모른다는 생각이 들었기 때문이다.

하지만 사사미야 선배의 대답은——.

"쿠치하라, 만약에 여기서 내가 다른 사람을 위해 싸워야 한다고 말하면 넌 그렇게 할 수 있어?"

그런, 가정의 질문이었다.

"……모르, 겠어요."

솔직하게 대답했지만, 나는 거기에서 더 질문했다.

"그치만 사사미야 선배는 SOS 신호가 들어오면 즉각 현장으로 달려가시잖아요. 그건 누군가를 구하기 위해서—— 다른 사람을 위해서 그런 게 아닌가요?"

"……난 원래 그런 정의감과는 아무 인연도 없는 사람이었거든. 그러니까 뭐, 그것도 궁극적으로는 나 자신을 위한 거겠지. 다른 말로 하면 이기심일 테고."

사사미야 선배가 자조 섞인 투로 말했다.

"그나저나 어느새 이야기가 산으로 간 거 아니야? 싸우는 이유와 강해지길 바라는 이유는 서로 별개일 텐데."

"아…….."

듣고 보니 그랬다. 듣고 나서야 그 사실을 알아차렸다.

생각을 너무 많이 한 탓에 의문이 서로 뒤죽박죽 섞였던 모양이다.

"그, 그치만—— 참고, 참고 정도로 가르쳐 주세요. 사사미야 선배가 싸우는 이유를 말이에요."

그 말을 들은 사사미야 선배는 왠지 모르게 짓궂게 웃었다.

"아, 그렇지. 그럼 네가 강해지고 싶은 이유가 지금 그 이유여도 되는지 안 되는지, 그 답을 말해 주면 나도 가르쳐 줄게."

"어, 잠깐만요. 그건 치사하잖아요?! 전 어디까지나 참고하려고 질문한 거였는데요?!"

해답을 찾을 때까지 대답을 보류하겠다니, 사사미야 선배는 의외로 심보가 고약하다니까…….

으으. 내가 잠시 원망스러운 눈초리로 사사미야 선배를 쳐다보고 있으니 사사미야 선배가 어깨를 으쓱이며 웃었다.

"뭐, 너라면 뭐가 됐든 해답을 찾을 수 있을 거야. 기대하고 있을게."

──이리하여 이날은 아무런 해답도 찾지 못했다. 그저 해답을 향한 난이도만 높아졌을 뿐이었다.

이건 여담이지만── 이틀 뒤인 12월 30일.

"있잖아, 코토짱."

"왜 그래, 니나?"

웬일로 소곤소곤 귓속말을 하는 친구의 모습에 나는 고개를 갸웃거렸다.

"얼마 전에 사사미야 실장이 구해 주었다고 하는 이레이저 사람들로부터 들은 얘긴데."

"응, 뭐라 그러던데?"

"사사미야 실장과 비닐우산 여자애, 그 중2병 커플이 자기들끼리 염장질을 하면서 구해 주었대."

"흐꺄악?!"

어, 어, 어째서 그런 얘기가……?! 당혹스럽긴 했지만 그래도 찔리는 게 워낙에 많았던지라 얼굴이 빨개졌다. ……사사미야 선배가 날 공주님 안기로 안아 주었고, 어깨를 끌어안아 주었고, 게다가 별명에 관해 이런저런 말도 주고받았지…… 이제 와서 돌이켜 보면 오해를 살 요인이 차고 넘칠 지경이었다.

"게다가 새해 첫날에 데이트하자고 약속도 잡았다던데?"

"으엑……?! 그, 그건 데이트가 아니야!"

"……헤에, 코토짱. 새해 첫날에 같이 간다는 약속은 했었나 보네? 제법인데?"

"하으윽?!"

이, 이, 이런, 스스로 제 무덤을 팠잖아?!

"무무, 물론 너랑 이치히코 선배랑 유키코 씨도 같이 부르려 했다고?!"

"에이, 무리 안 해도 되는데~. 이왕 이렇게 된 거 그냥 둘이서 다녀오지? 괜찮아. 서로 마주치지 않게 시간대를 달리하거나 참배 장소를 바꾸면 되니까. 아, 전통 의상 입을 땐 나도 도와줄게. 사사미야 실장이 껌뻑 넘어올 정도로 섹시하게 꾸며 줄 테니까."

"그러니까 그런 게 아니라고 몇 번을 말해?!"

오해 모드에 빠진 니나의 오해를 푸는 데까지는 그러고 나서 약 1시간 정도의 시간이 걸렸다.

제4장 어긋나는 두 사람

연말연시를 지나── 오늘은 1월 4일이었다.

눈은 쌓였지만 하늘에는 구름 한 점 없었고 공기는 무척이나 맑았다.

몸이 얼 것 같은 싸늘한 기온을 제외하면 무척이나 상쾌한 아침이었다.

"나 참······. 사사미야 그 자식은 대체 무슨 생각인지 모르겠다니까. 안 그래? 카오리."

엄마의 배웅을 받으며 지부로 향하는 도중 준짱이 발걸음을 옮기면서 그렇게 나직이 말했다. 빵모자 밑으로 드러난 얼굴 표정은 언짢은 기색이 역력했다.

"아하하. 옆에서 보면 도저히 특별 훈련을 하는 걸로는 안 보이더라고~."

"······그렇겠지. 공기를 여섯 개나 다룰 수 있게 됐으니 이제야 좀 카나리아를 사용한 훈련으로 넘어가나 싶었는데, 불의 고리 뛰어넘기에 둥지 만들기나 시키다니──. 난 조련사가 되려고 훈련을 받는 게 아니라고."

하아, 토해 내는 한숨이 하얗게 흐려졌다가 허공에 녹아들었다.

"게다가 얼마 전엔 SOS 신호가 들어오니까 훈련 감독 노릇 내팽개치고 사람들 구출하러 갔었잖아."

그게 그러니까──일주일 전쯤에 있었던 일, 이었던가?

"뭐, 그건 어쩔 수 없잖아. 사람의 목숨이 달린 문제니까."

"……그야 물론 나도 알고는 있지. 하지만 이대로 계속 사사미야의 가르침을 받는다 한들, 정말 강해질 수 있을지 모르겠어."

"으~음."

어떻게 대답해야 좋을지 고민되었다. 쥰짱은 싸구려 동정 받는 거 싫어하니까. 그렇다면 내 생각을 있는 그대로 말할 수밖에.

"하지만 실제로 카나리아짱을 자유자재로 다룰 수 있게 되었지 않아?"

"……그건, 뭐, 그렇지만."

불의 고리 뛰어넘기나 둥지 만들기 등의 까다로운 명령을 수행하는 동안 쥰짱의 명령과 그에 따르는 카나리아짱의 정밀도는 점점 올라간 것 같았다. 그리고 쥰짱도 겉으로는 투덜대고 있지만 속으로는 그걸 실감하고 있는 것 같고.

"사사미에게 미요리 씨를 소개받지 못했다면 카나리아짱의 실에 능력 봉쇄 효과가 있다는 사실도 몰랐을걸? 그러니 좀 더 어울려 주는 것도 괜찮지 않을까?"

"하지만, 한시라도 빨리 강해져야 하는데……."

"조급하게 굴면 힘도 기술도 습득할 수 없어. 저번에 쥰짱이 나한테 그렇게 말했잖아?"

"끄응……."

과거에는 쥰짱이 말했고, 지금은 내가 말한 정론에 짱은 아무 말도 하지 못했다.

　그래도 그 심정은 이해가 갔다.

　그래프는 쥰짱의 부모님과 친구를 앗아갔다. 그리고 그 친구는 내 친구이기도 했다. 사실 그 그래프는 4년 반 전의 시점에 이미 봉인된 상태지만 말이다.

　하지만 그래프의 존재 자체를 증오하는 쥰짱은 한시라도 빨리 그래프를 죽일 수 있을 만한 힘을 얻길 원했다.

　그리고 그 모습을 나는 그 누구보다도 가까이에서 봐 왔다.

　"하지만 괜찮아, 쥰짱."

　나는 몇 걸음 앞으로 나아가 몸을 빙글 돌리며 쥰짱에게 웃어 보였다.

　"쥰짱이 확실하게 힘을 얻을 수 있을 때까진 내가 확실하게 그래프를 죽일게! 쥰짱한테 배운 이 몸 쓰는 기술로, 내 오니를 조종해서 마치 쥰짱이 싸우는 것처럼 그래프를 계속해서 죽일게!"

　그러니,

　"너무 그렇게 서두르지 말고, 천천히 힘을 습득해 나가면 돼!"

◆ ◆ ◆

　욱신, 가슴이 아팠다.

　"아, 얼었잖아! 아하하, 스케이트 타야지…… 꺄악?! 아야야~……."

얼어붙은 노면을 보고 꼭 어린애처럼 기뻐하며 들뜨다가 아니나 다를까 바닥에 꽈당 넘어져 스커트 안에 입고 있던 수영복도 그대로 드러낸, 바보처럼 순수한 카오리를 보며 내 가슴은 욱신거렸다.

그래프를 죽인다. 이것은 나의 가장 중요한 목표다. 지금도 그래프에 대한 내 증오심은 사그라들지 않았다.

하지만 그건 다른 그래프들의 입장에서는 엉뚱한 원한일지도 모른다. ──과거 회오리바람을 일으켰던 그 그래프는 이미 봉인되었으니까 말이다.

어쩌면 의외로 그래프를 하나라도 죽이고 나면 그냥 눈 녹듯 사라질 증오일지도 모른다.

그렇게 생각하니 나 스스로가 우스꽝스러웠다. 하지만 그럼에도 나는 그래프를 계속해서 증오해 왔다.

그래프를 죽이기 위한 힘을 계속해서 바라 왔다──. 하지만.

내가 힘을 원하는 건 단순히 그래프를 죽이기 위함만은 아니다.

"……내가 강해지려는 건."

──너 때문이기도 해, 카오리.

1월 4일. 새해 축제의 열기가 아직도 채 가시지 않았지만 그렇다고 계속 들떠 있을 수도 없는 노릇이다.

게다가 연말 즈음부터 품어 왔던 내 고민은 아직도 해답을 찾지 못했다. 솔직히 말해서 나는 살짝 조급함을 느끼고 있었다. 딱히 기한을 정한 것도 아니지만 꼭 사사미야 선배를 기다리게 하는 것 같은 기분이 들었기 때문이다.

……안 돼, 안 돼. 나는 기분을 전환하고자 한 차례 심호흡을 했다. 이제 곧 훈련을 시작해야 하니까…… 집중해야 해.

훈련실에 있는 사람은 나와 사사미야 선배, 니나, 이치히코 선배, 모토바네 씨, 그리고 웬일로 오리쿠라 선배가 혼자 있었다. 카고메 선배의 모습은 어디에도 보이지 않았다. 미요리 씨의 경우, 오늘은 오지 않은 모양이었다.

"자, 갑작스럽지만 오늘부터 쿠치하라에게 새로운 훈련을 시켜 볼까 하거든."

사사미야 선배의 말에 나는 바짝 긴장했다.

……이번엔 대체 또 어떤 말도 안 되는 훈련이 나를 기다리고 있을까.

"어, 어떤 훈련인가요?"

"그건 말이지──. 들어와!"

사사미야 선배가 훈련실 입구 쪽에다 말을 걸었다. 그러자 문이 열리며 모습을 드러낸 사람은 놀랍게도──.

"카, 카고메 선배?"

"…………"

큰 사이즈의 남자용 코트를 걸치고 빵모자를 썼으며, 언짢은 표정을 지은 채 입을 꾹 다물고 있는 카고메 선배가 서 있었다. 그리고 마침 내 비닐우산과 비슷한 길이의 목제 봉을 쥐고 있었다.

"······이봐, 사사미야. 넌 정말로 날 강하게 만들 생각이 있는 거 맞아?"

"그야 당연하지."

"저, 저기, 이건 대체 무슨 상황인가요······?"

내가 당혹스러워하며 그렇게 묻자, 사사미야 선배는 웃으며 답했다.

"쿠치하라, 넌 오늘부터 봉술을 배웠으면 싶어."

"보, 봉술이요?"

──랩이나 타월을 튕겨 내는 지금까지의 훈련에 비해 상당히 멀쩡하고 제대로 된 훈련 방법이었다. 내가 가장 먼저 느낀 건 당혹감이었다. 사실 그것 자체도 상당히 실례겠지만.

그리고 뒤이어 몇 가지 의문이 떠올랐다.

"어, 저기, 왜 봉술인가요?"

"그게, 사실 맨 처음엔 검술이나 그 비슷한 걸로 할까 싶었거든. 네가 휘두르기에 그 비닐우산은 너무 길잖아? 검으로 취급하고 사용하기에는 도신 부분이 너무 기니까, 이왕 이럴 거면 차라리 봉술이 어떨까 싶었지."

"사사미야 실장님, 코토짱이 궁금해하는 건 그런 게 아니라고 보는데요."

"나, 나도 알아. 잘 설명해 줄 테니까 그렇게 싸늘한 눈빛으로 쳐다보지 마."

찌릿 노려보는 니나의 시선에 사사미야 선배는 기가 죽은 모습이었다.

"왜 네가 봉술을 배웠으면 싶은지 얘기해 줄게. 분명 네 비닐우산과 그래피티를 병용한 방어 방법은 절대적이야. 하지만 우산을 계속 펼친 상태로 있으면 움직이기도 어렵고, 재빠르게 움직이는 상대에 대응하기도 힘들겠지? 게다가 접근전 도중에 상대가 우산 안쪽으로 파고들면 최악의 사태고. 그렇게 되면 뭐 사실상 손 쓸 방법도 없지."

나는 고개를 끄덕였다.

지금까지의 상대는 모두 크기가 거대했다. 공격도 위력은 높았지만 대부분 단조로웠다.

그렇기에 어느 정도 움직임이 느려도 그 비닐우산으로 방어하는데는 큰 문제가 없었다.

하지만 예를 들어—— 저번에 봤던 그 곰과 원숭이를 합친 듯한 그래프, '숲의 전사'처럼 재빠르고 공격 횟수가 많은 그래프는 나에게 천적일지도 모른다.

"그러니 너한텐 봉술이 딱인 거야. 그 비닐우산이라면 길이는 충분할 테니 접근전을 벌일 때 무기로도 쓸 수 있어. 우산을 봉처럼 휘두르다가 상대에게 닿은 순간에 진행 방향으로 '삼탄총'을 쓰면 훨씬 더 깔끔하고 신속하게 상대의 공격을 막아 낼 수 있지. 하지만 단순히 휘두르기만 해서는 아무 소용이 없을 테니 기본 동작을 카고메에게 배웠으면 싶은 거야."

……그렇구나. 나는 납득했다. 듣고 보니 맞는 말이었다.

그러고 보니 저번에 카고메 선배는 온갖 무기와 스포츠를 섭렵했다고 들은 것 같은데. 이렇게 내 지도 상대로 나온 만큼, 봉술도 잘 구사한다고 보는 게 자연스럽겠지.

"뭐, 빨리 마스터하라고 재촉할 마음은 없어. 일단 기본부터 배우면 돼. 나머진 시간을 들여 연습할 수밖에 없겠지. 오전엔 봉술을 배우고 오후부터는 다른 훈련을 할 거야. 그럼, 시작해."

"하아……. 썩 내키진 않지만, 알았어. 쿠치하라, 잘 부탁하지."

"아, 아뇨. 저야말로, 자, 잘 부탁드리겠습니다!"

나는 비닐우산을 손에 쥐고 카고메 선배에게 가르침을 청했다. 봉 쥐는 법, 팔과 다리를 움직이는 법, 기초 연습, 공격을 받아치는 방법 등등.

수많은 것을 처음으로 접하는 와중에 시간은 눈 깜짝할 사이에 지나갔고——

——오후가 되었다.

"쿠치하라, 잘돼 가?"

"잘돼 가느냐니……. 봉술 말인가요? 오늘 막 배운 참이라 아직 갈 길이 멀어요."

기초는 오전 중에 얼추 배웠지만 동작에 빈틈이 많았고 움직이는 도중에 봉을 손에서 놓을 때도 있었다.

"카고메, 네가 봤을 때 쿠치하라는 좀 어때?"

"……제법 소질이 있어. 숙달하는 속도도 제법 빠른 편이고. 그리고 무엇보다도 본인이 적극적으로 훈련에 임하고 있어."

"가, 감사합니다!"

"하지만 그래 봤자 아직 초짜에 불과해. 만약 실전에서 써먹을 수 있느냐고 묻는다면 나로서는 고개를 저을 수밖에."

그렇겠지. 사사미야 선배가 웃었다.

"뭐, 그 부분은 실전을 통해 보충해야겠지만."

"……그리고 보니 오후에는 어떤 훈련을 하실 건가요?"

"내용으로만 보자면 쿠치하라 VS 카고메라고나 할까?"

느닷없이 전투 훈련을 실시하겠다는 말에 나와 카고메 선배가 화들짝 놀랐다.

사사미야 선배는 뒤에 있는 화이트보드에 무언가를 빠르게 적어 나갔다.

"뭐, 그렇다고 해서 서로 치고받고 싸우라는 건 아니고. 이건 어디까지나 그래피티 훈련이니까── 좋았어. 대충 이런 식이라고 보면 돼."

화이트보드에 싸우는 방법이 적혀 있었다.

필드는 이곳 훈련실 중앙에 선으로 그은 평방 7미터 범위 내의 공간.

카고메 선배의 승리 조건은 카나리아를 사용해 그 능력 봉쇄의 실을 내 몸 아무 데나 휘감는 것.

반면에 내 승리 조건은 접은 우산을 사용해 카나리아를 총 15마리 격추하는 것.

그리고 추가로 하나 더. 제한 시간은 5분으로 그 안에 양쪽 다 승리 조건을 달성하지 못했을 경우에는 무승부로 취급한다고 한다.

"──실전 형식이란 말이지. 이제야 좀 훈련다운 맛이 나는군."

"사, 살살 좀 잘 부탁드릴게요. 카고메 선배."

이제야 좀 제대로 된 훈련을 하는 것이 기쁜 모양인지 카고메 선배의 입꼬리가 올라갔다.

반면에 나는 살짝 불안했다. 거의 벼락치기 수준으로 배운 봉술로, 움직이는 과녁을 과연 얼마나 격추할 수 있을까.

솔직히 내 참패로 끝날 가능성이 훨씬 더 높지 않을까 싶었다.

그치만── 사사미야 선배가 보는 앞에서 너무 못난 모습을 보이긴 싫은걸.

"좋았어. 그럼 둘 다 선 안으로 들어가."

우리는 사사미야 선배의 말에 따라 필드 중앙에서 같은 거리만큼 떨어져 서로 마주 보고 섰다.

후우, 나는 한 차례 한숨을 내쉬었다. 그러고는 오늘 오전에 배운 봉 쥐는 법을 떠올리며 비닐우산을 쥔 뒤, 카고메 선배의 움직임에 집중했다.

"좋았어, 그럼── 시작!"

기합 소리와 함께 나타난 카나리아가 이쪽을 향해 날아들었다.

나는 그 작은 금색 새를 향해 밑에서 비닐우산을 휘둘렀다.

◆ ◆ ◆

"이야……. 확실히 요즘 애들은 기운이 넘치네."

"아니, 그러는 모토바네 씨도 이제 겨우 스물한 살이시잖아요."

옆에서 쿠치하라와 카고메의 훈련을 보고 있던 아스카가 그렇게 따지고 들었다.

"뭐, 그건 그렇긴 한데…… 야노 그 멍청이가 죽은 뒤부터 시간의 흐름이 확 느려진 것처럼 느껴지더라고. 그러니 내 정신 연령은 누가 뭐래도 이미 영감님 수준이지."

후우우, 나는 쿠치하라가 우산으로 카나리아를 격추하는 모습을 보면서 담배 연기를 내뿜었다. 그러고는 휴대용 재떨이에다 담배를 탁탁 두드려 담뱃재를 털었다.

"……야노 씨라."

"어이쿠, 미안. 내가 괜히 쓸데없는 소리를 꺼냈나 보구먼."

"아뇨, 하지만…… 좋은 사람이었죠, 야노 씨는."

"뭐, 지나칠 정도로 착해 빠진 녀석이긴 했지."

꽤나 그리운 얘기였다.

야노 또한 그래프의 대침공 시기에 피해를 입은 피해자 중 한 사람이었다. 뭐, 정확히 말하자면 그 녀석 본인이 피해를 입었다기보다는 그 주변 사람들——수많은 친구가 희생되었다고는 하지만.

그렇기에 그 녀석은 그래프에게 피해를 받는 사람을 줄이겠답시고, 흔히들 말하는 정의를 위해 싸워 왔다.

별생각 없이 화이트 캔버스에 들어온 나와는 머리부터 발끝까지 다르다고 할 수 있겠지. 이제 와서 돌이켜보면 우리는 상당히 뒤틀린 콤비였군.

그런 야노와 내가 팀을 짰던 이유는 딱히 짚이는 부분이 없다.

뭐, 서로 간의 그래피티 상성이 나쁘지 않았다는 점, 그 녀석의 맹렬한 정의감에 답답함을 느끼면서도 적당히 그것을 받아 넘길 줄 아는 녀석이 3기생 중에서는 나 정도밖에 없어서 그랬던 걸지도 모르겠지만.

주체성이 없는 나하고는 딱 어울리는 상대였다고 볼 수도 있겠다. 그 녀석은 내가 아무것도 하지 않아도 알아서 승리를 끌어다 왔으니까.

"뭐, 그 멍청이는 그 착해 빠진 성격 때문에 죽었지만."

쿠치하라가 카나리아를 격추한 틈을 타 옆에서 치고 들어온 또 다른 카나리아가 쿠치하라의 팔에 실을 휘감았다. 결판이 났다며 두 사람을 멈추게 한 사사미야가 화이트보드에 전적을 기록했다. 현재 쿠치하라 2승, 카고메 1승이었다.

"꼭 그렇게까지 말씀하실 것도 없잖아요?"

"신경 꺼. 어차피 뒈진 놈은 들을 귀도 말할 입도 없으니까."

──지금으로부터 1년하고도 조금 전에 있었던 일이다. 이제 막 12월에 접어들었던 무렵이었던가.

출현한 세컨드 하프 안에 있던 그래프는 실로 흉악했다. 우리 두 사람은 궁지에 몰렸다. 야노가 1급이라고 방심했던 건 아니다. 그 그래프는 우리가 상상도 못했던 녀석이었다.

그리고 그 멍청이는 자기 멋대로 미끼를 자처하겠다고 나서더니 나에겐 SOS 신호를 보내러 밖으로 나가라고 말했다. 그게 대체 무슨 말도 안 되는 소리냐 싶었지만 이미 그 녀석은 튀쳐나간 뒤였다. 이미 돌이킬 수 없다고 판단한 나는 곧장 세컨프 밖으로 나와

SOS 신호를 보냈다.

　그러고 나서 약 7, 8분 정도 지나자 사사미야가 차를 타고 나타났다. 사사미야는 즉각 세컨드 하프 안으로 돌입하여 그 말도 안 되는 힘으로 그래프를 정리했지만── 이미 야노는 죽은 뒤였다.

　향년 19세──. 20세까지 한 달을 남긴 시점이었다.

　"……뭐, 사사미야가 SOS 신호를 받으면 즉각 날아서 오는 건 어쩌면 그 일 때문일지도 모르지. 만약 그렇다면 그 젊은 나이에 괜히 쓸데없는 업보를 짊어지게 한 게 아닐까 싶지만."

　그것도 뭐, 내가 신경 쓸 일은 아닐지도 모른다. 싸움이 일단락되고 쿠치하라와 카고메에게 조언을 하는 사사미야의 모습을 보며 나는 그런 생각이 들었다. 그런 나에게 아스카 그 녀석이 의아하다는 얼굴로 물었다.

　"모토바네 씨, 사사미야랑 무슨 일이 있었나요? 저번에도 잠시 대화를 주고받는 것 같던데……."

　"……내가 괜한 소리를 했나 보군. 그냥 잊어."

　나는 담배 연기를 빨아들이며 그렇게 답했다.

　──다음 날, 야노의 장례식 때 사사미야도 왔었다.

　그 녀석은 야노의 가족들에게 몇 번이고 사과했었다. 야노의 가족들은 모두 인성이 바른 사람들인지라 사사미야를 탓하지는 않았지만. 심지어 사사미야는 나한테도 사과했었다. 물론 나는 당치도 않은 일이라 여겼다.

　그 멍청이가 죽은 건 순전히 자업자득이었다. 오히려 사사미야는 그 일과는 아무 상관도 없었다.

실장이라는 지위에 있다 보니 그 점을 무겁게 받아들이는 건지, 아니면 그래피티를 썼다면 혹시 구할 수 있었을지도 모른다는 부담감을 느꼈는지.

뭐, 나로서는 역시나 거기까지는 알 수 없지만.

다만 SOS 신호가 들어올 때마다 그 녀석은 자신의 권한을 최대한 활용하여 외부에서 그래피티 능력을 사용할 수 있도록 허가를 받아 날아서 이동한다고 한다.

역시나 야노가 죽은 날과 아무 상관도 없다고 보는 건 무리겠지.

내 앞에서 이번에는 쿠치하라가 승리했다. 쿠치하라 4승, 카고메 3승, 1무.

"아, 맞다……. 이건 좀 다른 얘긴데, 요즘 옆에서 보고 있으면 어째 영 불안하단 말이지."

"불안하다고요? 아, 카고메요? 확실히 그래프에 대한 집념이 곱빼기 같긴 하지만요."

"걔가 무슨 배달 음식이냐?"

보통이 아닌 것 같다는 말이겠지?

"……뭐, 그 녀석은 겉모습만 봐도 여러모로 불안하긴 하지만."

"그러고 보니 그 녀석은 왜 남장을 하고 다닌대요?"

"거기까진 나도 몰라. 아, 내 말은 그게 아니고, 난 오히려 오리쿠라 쪽이 더 불안해."

"오리쿠라요? 걘 그렇게까지 불안해 보이진 않던데요?"

"그건 네가 정면에서 부딪쳐 보기만 해서 그런 거고."

나는 담배 연기를 빨아들이며 히라카미와 대화를 나누는 오리쿠라 쪽을 흘끗 바라보았다.

"……내가 걔네랑 새로 팀을 짠 것도 그 때문이거든."

보는 관점을 살짝 바꿔서 보면 걔네가 얼마나 뒤틀렸는지 잘 알 수 있겠지.

마치 과거의 우리처럼, 잘 어울리는 것처럼 보여도 미묘하게 어긋난 점이 말이다.

이번에는 카고메의 승리로 끝이 났다. ——전적은 쿠치하라 4승, 카고메 5승, 2무.

"아, 코토짱이 또 졌어."

"해냈구나, 쥰짱! 힘내!"

내 옆에서 오리쿠라 씨가 카고메 씨를 응원했다.

마침내 코토짱의 패배 횟수가 승리 횟수를 넘어섰다. 시합을 거듭할수록 카고메 씨가 조종하는 카나리아의 움직임이 점점 복잡해졌다. 게다가 조종하는 숫자도 한 마리뿐만 아니라 두 마리, 세 마리씩 점점 늘어났다. 코토짱은 이리 휘둘리고 저리 휘둘리며 격추조차 하지 못하다가 또 몸에 실이 휘감기고 말았다. 이번 시합도 카고메 씨의 승리로 끝났다.

코토짱 4승, 카고메 씨 6승, 2무.

"아, 미안 미안. 아직 얘기 안 끝났지? 어디까지 얘기했더라?"

오리쿠라 씨가 자리에 털썩 앉으며 웃어 보였다. 무릎을 끌어안은 자세로 앉았을 뿐만 아니라 스커트 자락을 아래로 내려야겠다는 생각 자체가 없는 바람에 아래쪽이 훤히 다 드러났다. 이 사람은 수치심도 없나? 나이는 나보다 한 살 더 많지만 연상이라는 느낌은 전혀 들지 않았다.

"오리쿠라 씨랑 카고메 씨가 같이 사시는 이유를 여쭤봐도 되냐고 물어보던 참이었어요."

"아, 그거~? 딱히 이상한 사연이 있는 건 아니야. 준짱은 부모님이 돌아가셨고, 나랑 준짱의 친구도 죽었거든."

"저어, 그게 같이 사는 이유랑 관계가 있나요? 부모님은 그렇다쳐도, 친구분 쪽은……."

코토짱이 미끼조로 날아든 카나리아를 두 마리 한꺼번에 격추했다.

"준짱은 개 무덤을 지키고 싶어 했거든. 그리고 다른 곳에 사는 친척이 준짱을 맡겠다고 나섰지만 준짱은 그걸 한사코 거절했고. 그래서 보다 못한 우리 부모님의 제안에 따라 우리 집에서 같이 살기로 한 거야."

코토짱은 옆으로 날아든 카나리아가 공격조임을 알아차렸는지 비닐우산을 능숙하게 돌리며 카나리아를 튕겨 냈다. 카고메 씨가 분하다는 듯이 이를 갈았다.

"……그랬군요."

"이야, 그건 그렇고 그 무렵의 준짱은 참 사나웠어."

지금이 열일곱 살이니까—— 4년 반 전이라면 중학교 1학년쯤이었을까?

"준짱이 남장을 하고 다니기 시작한 게 아마 그 무렵부터였던 것 같아."

"어, 더 어릴 때부터 그런 게 아니고요?"

뒤이어 세 마리의 카나리아가 복잡한 움직임을 취하며 날아들었다. 이번에 코토짱은 곧바로 행동에 나서지 않았다.

"전~혀. 옛날엔 그냥 평범한 여자애였는걸? 준짱도 여자애처럼 하고 다니면 참 귀여울 텐데~."

오리쿠라 씨가 그립다는 듯이 말했다.

코토짱은 미끼조든 공격조든 상관없이 가장 가까이 날아든 카나리아부터 차례로 격추시키기로 한 모양이다. 한 마리, 또 한 마리, 카나리아를 격추해 나갔다. 그 움직임도 처음에 비하면 상당히 깔끔해진 것 같았다.

"그치만 그 무렵의 사나운 모습을 본 나로서는 아무래도 준짱이 걱정돼."

"걱정……된다고요?"

"응. 난 준짱이 걱정돼서, 곁에서 도와줘야 할 것 같아서 화이트 캔버스에 들어왔는걸. 그리고 준짱은 혼자서 싸우면 망가질 때까지 멈추지 않을 것 같았고."

하지만, 오리쿠라 씨는 말을 이어 나갔다.

"준짱은 그 실험 때문에 그래피티가 약해졌거든. 그러니 준짱이 스스로 그래프를 죽일 수 있게 될 때까지는 내가 대신 열심히 할 거야. 내가 대신 그래프를 죽이고 또 죽일 거야."

오리쿠라 씨가 방긋 웃었다. 설령 그 대상이 그래프라 한들, 설마

저런 얼굴로 죽이겠다는 말을 아무렇지도 않게 입에 담을 줄이야.

살짝 위화감이 들었던 나는 한 가지 질문을 했다.

"오리쿠라 씨는 뭘 위해서 싸우시나요?"

"그야 물론 준짱을 위해서."

오리쿠라 씨가 일말의 망설임도 없이 그렇게 말했다. 정말로 그 외에 다른 이유는 없는 모양이었다.

"……그러다가, 만약 크게 다치기라도 하면요?"

"그럼 그건 내가 아직 약하다는 말이겠지. 그치만 준짱을 위해서라면 어쩔 수 없어."

……친구를 위해 목숨을 걸고 싸운다. 그렇게만 놓고 본다면 훌륭한 미담일지도 모른다. 하지만 오리쿠라 씨의 경우에는 어딘가 이상한 점이 있었다.

순수한 우정에서 비롯된 이 헌신은 이미 강박이라 봐도 무방할지 모른다.

아아, 거기에까지 생각이 미치자 나는 홀로 납득했다.

카고메 씨가 사사미야 실장을 찾아왔던 이유를 말이다. 물론 그래프에게 복수하기 위해 강해지고 싶다는 이유도 있을 것이다.

──하지만 어쩌면 오리쿠라 씨의 이런 부분을 알았기 때문이 아닐까.

카고메 씨가 강해지지 못하면 오리쿠라 씨는 친구를 위해 죽을 때까지 싸우고 또 싸울 것이다.

카고메 씨는 그것을 어떻게든 해결하려고 열심히 노력하고 있는 게 아닐까. 그런 느낌이 들기 시작했다.

한집에 살며 언뜻 친한 친구 사이로만 보였던, 이 두 사람의 미묘하게 어긋난 부분을 본 나는 내심 질린 표정을 지었다.

이제 카나리아가 딱 두 마리만 남았을 때, 아쉽게도 코토짱의 몸에 실이 휘감기며 시합이 종료되었다.

코토짱 4승, 카고메 씨 8승, 2무의 전적을 끝으로 훈련은 일단 휴식에 들어갔다.

◆ ◆ ◆

——솔직히 이렇게까지 이길 줄은 몰랐다.

쿠치하라 양이 아직 봉술 초보자이기는 해도 나는 그 공격을 요리조리 피해 가며 쿠치하라의 몸에 실을 휘감았다. 그리 대단한 일을 해낸 건 아니지만 그래도 나는 지금껏 느껴보지 못했던 고양감을 맛보았다.

여러 카나리아에게 순서대로 명령을 내려야 한다는 점을 상시 염두에 두고 능력을 사용했더니, 설마 그렇게나 복잡한 움직임까지 가능해질 줄이야.

새삼스럽긴 하지만 나는 그동안 사사미야로부터 받은 훈련에는 다 의미가 있었음을 실감했다.

"아, 카고메. 잠시 괜찮을까?"

훈련이 휴식에 들어가자마자 사사미야가 나를 불러 세웠다. 원래는 마실 걸 사러 가겠다고 한 쿠치하라의 뒤를 따라갈 생각이었다. 왠지 모르게 기선 제압을 제대로 당한 듯한 기분이 들었다.

그리고 주위의 다른 사람들도 저마다 어디론가 향했고——훈련실에는 나와 사사미야만 남게 되었다.

"뭔데? 무슨 문제라도 있어?"

"아니, 문제는 없어. 쿠치하라에게 더블 스코어로 이겼으니까. 이제 능력을 다루는 데 제법 익숙해졌나 봐?"

"……뭐, 인정하기는 싫지만, 이것도 다 네 덕분이겠지."

"아, 뭐, 다만……."

사사미야가 머리를 긁적이며 살짝 거북하다는 투로 말했다.

"이참에 확실히 말해 두겠는데, 너, 알고 있냐?"

"…………."

나는 사사미야의 눈을 똑바로 쳐다보았다.

질문의 의도를 파악하지 못했기 때문——이 아니다.

사사미야의 태도와 내 그래피티가 가진 성질을 고려해 봤을 때, 지금 사사미야가 무슨 말을 하는 건지는 대강 짐작이 갔다.

하아, 나는 한 차례 한숨을 내쉬며 답했다.

인정하기는 싫었지만 그래도 엄연한 사실과 넘을 수 없는 벽을 똑바로 쳐다보면서.

할 수 없는 것을 인정하고 말았다.

"……알고 있어. 내 그래피티로는 그래프를 죽일 수 없다는 말이지?"

사사미야는 잠자코 고개를 끄덕였다.

그런 건——이미 옛날부터 알고 있었다.

다만 인정하기 싫었을 뿐이다.

설령 그래프의 능력을 봉쇄했다고 한들 그래프를 죽일 힘이 내 그래피티에는——그 카나리아에겐 없음을 말이다.

훈련을 거듭한다고 강해질 힘도 아니다.

다시 말해, 아무리 발버둥 쳐도 나는 그래프를 죽일 수 없다.

"……뭐, 그렇긴 해. 물론 방법에 따라서는 못할 것도 없긴 하지만——."

"쓸데없는 동정은 필요 없어. 어차피 쓸데없는 희망을 가져 봤자 쓸데없는 절망만 맛볼 뿐이니까. 그리고 부아가 치밀긴 하지만 바로 조금 전에 그것을 인정한 참이기도 하고."

말을 이어 나갈 때마다 어쩔 도리가 없는 현실에 가슴이 아팠다. 저절로 고개가 숙여졌다.

"……하지만, 그렇다면."

나는 애당초 복수를 할 수 없음을 인정한 것이, 괴로웠다.

"사사미야……. 난, 어쩌면 좋지……?"

하지만 그래프를 죽이지 못하는 것보다도 지금 내 가슴을 옥죄는 건——.

눈물이 나올 뻔했지만 나는 필사적으로 참았다.

카오리가 싸우는 건 나를 대신해 그래프와 싸우기 위해서다.

카오리가 싸우는 건 내가 약하기 때문이다.

이렇게 놓고 보니——마치 내가 카오리에게 저주를 건 꼴이 아닌가.

그리고 내가 앞으로도 강해지지 못하는 한, 카오리는 아무리 시간이 지나도 내 저주로부터 해방될 수 없다.

카오리가 자신의 몸은 아랑곳하지 않은 채 나를 위해 싸우는 모습을 차마 볼 수가 없어서 나는 강해지기를 원했는데…….

어차피 운다고 해결될 문제가 아니다. ──알고는 있지만, 내가 미처 참지 못했던 딱 한 방울의 눈물이 바닥을 적셨다.

"──요즘, 쿠치하라가 고민이 많은 것 같아."

"……뭐?"

갑자기 뭐야. 눈물 젖은 눈으로 사사미야를 쳐다보았다. 하지만 사사미야는 전혀 개의치 않고 말을 이어 나갔다.

"쿠치하라는 네가 그래프에게 복수하기 위해 강해지려고 한다는 말을 듣고, 소심한 자기 자신을 바꾸기 위해 강해지려고 하는 자신은 정말 그런 이유로 싸워도 되는지 고민하는 것 같더라고."

그러고 보니 저번에 그런 얘길 했던 것 같은데…….

"……그래서 그게 뭐 어쨌다는 건데?"

"아니, 딱히 별일은 아니긴 해. 그렇지만 쿠치하라는 아직도 그 해답을 못 찾았거든."

하지만, 사사미야가 말을 이었다.

"힘이란 비단 그래프를 물리치기 위해서만 존재하지 않아. 공격력이 높은 힘 외에도 전투에서 도움이 되는 힘은 얼마든지 있어. 그런 점에서 네 그래피티의 힘은 충분하고도 남지."

"……내가, 치켜세워 주면 뛸 듯이 기뻐할 사람으로 보여?"

"그게 아니야. 하나만 물어봐도 될까? 자신의 한계와 자신이 할 수 없는 것을 안 지금의 너에게, 다시 한번 물어보고 싶은 게 있어."

잠시 침묵이 이어진 뒤.

"카고메 준. 넌 무엇을 위해서 강해지고 싶고, 무엇을 위해서 싸우고 싶어?"

——무엇을 위해서라.

불과 얼마 전의 나였다면 즉각 그래프에게 복수하기 위해서라고 말했을 것이다.

실제로 지금도 그 말이 목구멍까지 올라와 있고.

하지만 나는 그 말을 억누르고 삼켰다.

그래프에 대한 증오심을 억누르고, 그럼에도 내가 강해지려는 이유.

——그건 생각할 것도 없었다.

내 머릿속에 떠오른 건, 멍청하고 우직하고 그 누구보다도 친구를 위하는 친구의 얼굴이었다.

북북, 나는 눈물을 닦았다.

"……난, 카오리를 위해서 강해지고 싶어."

울먹이는 목소리는 아직도 살짝 떨리고 있었지만 그럼에도 나는 내 입으로 확실하게 말했다.

"나로서는 카오리를 막을 수 없지만——카오리를 막을 수 없다면 하다못해 곁에 있고 싶어. 더 이상 카오리 혼자 싸우게 두긴 싫어! 나도 함께 싸우고 싶어!"

"——멋진 이유야."

지금 내 대답을 듣고 사사미야는 활짝 웃었다.

"그렇다면 이제 본론으로 들어가면 되겠군. 네 능력을 활용하는 방법을——아니."

사사미야는 어째선지 한순간 짓궂게 웃더니 방 입구 쪽을 쳐다보았다.

——설마, 카오리가 있었나?! 그렇게 생각한 나도 그쪽으로 고개를 돌렸더니.

"두 사람의 능력을 활용하는 방법을 가르쳐 주지."

대체 언제부터 있었지.

"——호오, 그럼 어디 한번 들어나 볼까? 우리가 그래프를 상대로 어떤 식으로 싸우기를 원하는 거지? 엉?"

어째선지 즐거워하는 기색으로 담배 연기를 모락모락 피우는 우리 팀의 리더, 모토바네 엔지가 입구에 등을 기댄 채 서 있었다.

"하아……."

그 녀석의 모습을 보고 나는 들으라는 듯이 일부러 크게 한숨 소리를 냈다.

"……미, 미나세 선배."

눈앞에는 푸르스름한 검은색 머리를 사이드 테일로 묶은 여자애 —— 지금은 2급 이레이저가 된 쿠치하라 코토네가 있었다.

"……흥, 뭘 그렇게 겁을 집어먹고 그러지? 딱히 네 녀석한테 볼

일이 있어서 온 것도 아닌데."

지부 복도를 나아가는 와중에 우연히 쿠치하라와 딱 마주치고 말았다. 손에 마실 걸 들고 있는 모습을 보니 훈련을 받다가 지금은 잠시 휴식을 취하는 중인가? 뭐, 나랑은 상관도 없는 일이지만.

──이 녀석과의 결투에서 이긴 내가 사사미야에게 명령을 내릴 권한을 획득한 지 일주일하고도 조금 지났다. 그 이후로 나는 사사미야에게 어떤 명령을 내릴 고민하고 또 고민했다.

원래라면 '실장으로서 최선을 다해 일하라'고 명령할 작정이었다.

하지만…… 나는 사사미야를 제법…… 아니, 조금, 아주 조금 다시 보았다. 물론 군이 구태여 본인에게 그 말을 할 마음은 요만큼도 없지만.

얼마 전에 50개 이상의 세컨드 하프가 동시에 출현한 대사건이 일어났다. 그 사건을 해결하는 과정에서 사사미야는 신속하면서도 적확한 지시를 내렸을 뿐만 아니라 본인 또한 직접 전장에 나섰다. 그 덕분에 피해는 전혀 발생하지 않았다.

그 이전과는 전혀 다른 사람의 면모와 행동을 보였으니 사사미야를 다시 본 사람은 아마 한두 사람이 아닐 테지.

그리고 하나 더── 지금 내 눈앞에 있는 쿠치하라의 성장도 눈여겨볼 만했다.

'물질을 딱 3센티미터만 움직이는' 그래피티를 습득한 쿠치하라는 불과 얼마 전까지만 해도 밑바닥 신세를 면치 못하는 3급 이레이저였다.

그런 녀석을 사사미야가 육성하겠다고 나섰을 땐, 또 이 녀석이 쓸데없는 짓을 벌이는구나 싶었다. 뭐, 그런 생각이 들었을 뿐만 아니라 따지러 직접 쳐들어갔었지만.

하지만 실제로는 어땠는가. 나는 세컨드 하프 내부에서 쿠치하라에게 도움을 받았다. 그뿐 아니라 그래프를 봉인할 적에도 그 녀석의 그래피티가 없었다면 아마 그 수장룡은 달아났을 것이다.

그리고 가장 눈여겨볼 부분이 바로 얼마 전에 있었던 그 재결투 때다. 옆에서 봤을 땐 내가 압승한 걸로 보였겠지만——만약 내가 그 녀석을 얕보고 결투에 임했다면 반드시 큰코다쳤을 것이다. 확실히 여유롭긴 했지만 그렇다고 방심하진 않았다. 내가 쿠치하라를 상대로 말이다.

나는 쿠치하라가 성장했음을 인정할 수밖에 없었다. 그리고 그런 쿠치하라를 육성한 사사미야는 자기 할 일을 충실히 수행하고 있다고밖에 볼 수 없었다.

그리고 그 녀석은 앞으로도 약한 이레이저들을 육성해 나갈 계획이라고 한다.

그런 사사미야에게 '최선을 다해 일하라'고 말하는 건 좀 내키지 않았다. 그렇기에 나는 보류하겠다는 결론을 내렸다.

그리고 현재, 달리 할 일이 없었던 나는 지부 안을 거닐며 사사미야에게 어떤 명령을 내릴지 고민하는 중이었다. 아까도 말했다시피 나는 딱히 쿠치하라에게 볼일이 없다.

쿠치하라 또한 딱히 나에게 볼일이 없을 테니 나는 그대로 발걸음을 옮기기로 했다.

"자, 잠시만요! 미나세 선배!"

——그런데 뜻밖에도 나를 불러 세운 쪽은 다름 아닌 쿠치하라 였다.

"……뭐지? 다시 재결투라도 신청할 셈이냐? 미리 말해 두겠다 만, 네 녀석의 승산은 만에 하나라도 없어."

"아, 아뇨……. 그, 그게 아니라요."

"그럼 뭐지? 얼른 말해."

"저, 저기…… 질문 드릴 게, 있는데요."

"서론은 됐고 얼른 용건이나 말해. 대체 내 시간을 얼마나 낭비할 셈이지?"

"죄, 죄송합니다……."

"그러니까 사과할 시간이 있으면 얼른 그 질문인지 뭔지나 해. 당 장 말하지 않으면 난 갈 테니까."

——흥, 실력은 는 것 같지만 내면은 거의 변하지 않은 것 같군. 난 이런 자신감 없는 녀석은 딱 질색이란 말이지.

그리고 드디어 쿠치하라가 나에게 질문을 했다.

"저기…… 나 자신을 위해 강해지려고 하는 건, 잘못된 생각일까 요?"

"뭐어?"

나는 그 질문을 듣고 자기도 모르게 인상을 찌푸렸다.

"질문의 의도가 뭐지? 그래서 네 녀석은 지금 내가 잘못하고 있 다는 거야, 뭐야?"

"아, 아뇨, 그, 그런 게 아니라요!"

"――뭐, 됐고. 어쨌거나 그 질문에 답해 보자면, 나 스스로를 갈고닦는 게 대체 뭐가 잘못이지?"

흥, 나는 코웃음을 치며 딱 잘라 말했다.

"그럼 반대로 묻지. 자기 외에 다른 사람을 위해 강해지려고 하는 사람이 이곳 화이트 캔버스에 대체 얼마나 있을 것 같아?"

"그, 그건⋯⋯."

쿠치하라는 말을 머뭇거렸다.

"가끔 가다 꼭 있어. '이 땅의 평화를 지키기 위해 이레이저가 되었다'고 떠드는 녀석들이. 솔직히 내가 봤을 땐 영 믿음이 안 가는 이유지만."

알지도 못하는 남을 위해 싸운다 한들 알지도 못하는 남이 대체 나한테 뭘 해 주지?

"그런 녀석들도 결국엔 다 자기 자신을 위해 싸우는 거겠지. 말은 그럴싸하게 해도 어차피 사람은 다 궁극적으로는 자기 자신을 위해서만 싸우니까."

"그⋯⋯그건, 좀 극단적인 생각 같은데요."

"먼저 다른 사람에게 의견을 구해 놓고선 아니라고 부정을 해? 네 녀석도 꽤 많이 컸다?"

"죄⋯⋯죄송합니다."

"사과할 거면 부정하지 마. 부정할 거면 자신의 의견을 굽히지 마!"

"네, 네⋯⋯!"

하여간⋯⋯ 이 녀석도 진짜. 이런 점이 딱 질색이란 말이지.

"……이젠 무슨 말을 하려고 했는지도 잊어버렸군. 됐어. 하지만 이것만큼은 한 번 더 말하지."

나는 이번에야말로 쿠치하라에게서 등을 돌린 채 어깨 너머로 말했다.

"나 스스로를 갈고닦는 게 대체 뭐가 잘못되었지? 나 자신을 위하는 게 왜 잘못된 거지? 남들이 어떻게 여길지는 몰라도 난 솔직한 편이 훨씬 낫다고 생각하거든. ──아, 그리고."

나는 발걸음을 멈추고 한 번 더 말하기로 했다.

"네 녀석은 아직도 사사미야에게 가르침을 받고 있지?"

"네…… 네."

"그럼 좀 더 가슴 펴고 당당하게 걸어. 나 자신이 강해졌음을 다른 사람들에게 보여 줘. 네가 그렇게 행동하지 않으면, 결국 손가락질 받는 건 네 녀석이 아니라 네 녀석을 키워 준 사사미야임을 명심해."

"앗……."

……난 또 뭔 소릴 하는 건지.

나답지 않게 다른 사람을, 그것도 사사미야 그 자식을 마치 옹호하는 듯한 말을 하다니. 나는 혀를 찬 뒤, 한숨을 내쉬며 발걸음을 옮겼다.

"가……감사합니다!"

뒤에서 그런 말이 들려왔다. 나는 그 말에 답하지 않고 계속 발걸음을 옮기기로 했다.

이거야 원, 그 대사건을 겪은 뒤로 여러모로 생각할 거리가 많아

지긴 했지만, 나도 꽤나 한물갔군. ──그건 그렇고 상품은 어떻게 한다? ……아.

"……그렇군. 바로 그거야. 그게 좋겠어."

쾌청했던 아침과는 달리 지금은 잿빛 구름이 하늘을 뒤덮고 함박눈을 펑펑 쏟아 내는 와중에.

사사미야에게 어떤 명령을 내릴지 결정한 나는 입꼬리를 씨익 끌어 올렸다.

◆ ◆ ◆

"손가락질 받는 건 내가 아니라 나를 키워 준 사사미야 선배, 라……."

나는 미나세 선배의 말을 곱씹으며 적잖이 놀랐다.

마치 오만함이 살아서 걸어 다니는 게 아닌가 싶은 그 미나세 선배가, 그것도 본인이 눈엣가시처럼 여기는 사사미야 선배를 옹호하는 듯한 말을 할 줄은 몰랐다. 어쩌면 내일은 해가 서쪽에서 뜰지도 모르겠다.

──미나세 선배가 했던 말을 머릿속에서 재생했다.

다시 생각해 봐도 오만하고 유아독존적인데다가 폭론에 가까운 말이었다. 하지만 일리가 있다는 생각이 든 것도 사실이었다.

나는 눈 딱 감고 한번 생각해 보았다. 모든 건 궁극적으로 자기 자신을 위한 것이라고 말이다.

그러자 내 안에서 해답의 실마리가 보인 것 같은 느낌이 들었다.

——물론 전체적인 모습이 보인 건 아니었기에 사사미야 선배에게 답을 찾았다고 말하기에는 아직 이르지만 말이다.

그래도 무언가가 내 안에서 한 걸음 나아간 듯한 느낌이 들었다.

"……좋~았어."

나는 기합을 넣고 다시금 훈련실을 향해 뛰어갔다.

그리고 내 몸 안에서 샘솟는 그 신기한 열기에 몸을 맡긴 결과.

오늘 최종 전적은 내가 29승.

카고메 선배가 34승.

4무로 마무리되었다.

◆ ◆ ◆

——그날 훈련이 끝난 뒤, 나는 사사미야실로 돌아왔다. 그리고 전등 불빛 아래에서 눈 내리는 바깥 풍경을 바라보며 그 프로그램 이름을 무엇으로 할지 고민하고 있을 때였다.

"사사미야, 있냐!"

콰앙! 힘차게 문을 열고 들어온 사람은——.

"오오……. 갑자기 무슨 일이냐, 물 풍선."

오만한 금발 쿼터, 1급 이레이저인 미나세였다.

"흥, 여전히 마음에 안 드는 녀석이로군……. 일부러 네놈이 일을 대강 마무리 지었을 때를 골라 이렇게 왔거늘. ——뭐, 상관없지만."

"……어?!"

그 미나세의 대답에 나는 자기도 모르게 전율했다.

"너 왜 그래……? 뭐 잘못 먹었냐?! 아니면 어디 아파?! 열이라도 있어?!"

"그게 무슨 뜻이냐, 사사미야!"

"아니, 그야 네가…… 내가 물 풍선이라고 말했는데도 내 멱살을 잡지도 않고, 화내지도 않고, 왠지 후련한 표정을 짓고 있잖냐……. 아, 혹시 가짜인가?!"

"허, 대체 어딜 봐서 내가 가짜라는 거냐?"

"겉모습이 그렇다는 게 아니라 내면이 그렇다고!"

미나세가 머리를 쓸어 올리며 의기양양한 표정을 짓자, 나는 나도 모르게 그만 소리치고 말았다.

하지만 그 녀석은 짜증 섞인 표정을 보이면서도 왠지 모르게 들뜬 기색으로 입을 열었다.

"……나 원, 네놈 얼굴은 볼 때마다 짜증이 나는구나, 사사미야. 아까 갑자기 무슨 일이냐고 물었지? 딱히 별일은 아니야. 그 상품을 받으러 왔을 뿐이거든."

"……아, 아하. 그랬군. 그럼 그렇다고 먼저 말할 것이지."

그 상품이란—— 요컨대 미나세가 쿠치하라를 상대로 승리할 경우 미나세가 원하는 것 하나를 내가 무조건 들어주기로 한 약속을 말한다. 그러고 보니 한동안 깜빡 잊고 있었는데, 아직 미나세는 자신이 원하는 것을 말하지 않았다.

나한테 어떤 명령을 내릴지 드디어 정했나 보군. 어쩐지 아까부터 기분이 좋아 보이더라.

"뭐, 어쨌든 내가 뿌린 씨앗이니……. 그래서, 넌 나한테 무슨 명령을 내릴 건데?"

……대체 어떤 말도 안 되는 명령을 내릴까. 나는 속으로 식은땀을 흘렸다.

아마도 미나세라면 자기랑 사귀라는 말은 하지 않겠지. 그럼 역시나 나더러 일이나 똑바로 하라고 말할 가능성이 높은데?

"그럼 명령을 내리지, 사사미야. 네 녀석은, 지금 이 시각부터 ——."

내가 속으로 그런 생각을 하는 동안, 그 녀석은 씨익 웃으며 말했다.

"——지금 이 시각부터, 날 룬짱이라고 불러라!"

"…………엉?!"

…………엉!!

그,

"그렇게 나올 줄이야……!"

명령 내용을 듣자마자 나는 자기도 모르게 얼굴이 굳어졌다.

그것도 여러 가지 의미로.

"……그거, 혹시 앞으로 딱 한 번만 그렇게 부르면 되는 거냐?"

"그럴 리가 있나. 네놈은 앞으로 평생 동안 날 룬짱이라고 불러야 한다."

"죽을 때까지라……."

으아아.

뭐랄까, 이젠 진짜 그 말밖에 할 말이 없었다.

아니, 룬짱이라고, 룬짱. 이 녀석은 나랑 동갑일 테니 올해로 열일곱 살이라고. 그 나이에 자신을 룬짱이라 부르라니, 남들 시선 고려하면 이건 말도 안 되잖아.

게다가 가장 악질인 건, 내가 거절할 만한 합리적인 이유가 전혀 없었다는 점이다.

이리하여 의심의 여지가 없는 완전한 벌칙 게임의 영역이 완성되었다.

나는 속으로 그렇게 생각하면서 말을 망설였는데.

"뭐냐, 사사미야. 설마 네놈이 한 입으로 두말할 생각은 아니겠지?"

미나세는 자신의 승리를 확신한 표정으로 그렇게 말했다.

"아, 아니, 그건 아니긴 한데, 미──."

"룬짱이라고 불러라."

"……미."

"룬짱."

"………….."

"자, 룬짱이라고 불러 봐라, 사사미야."

미나세가 거듭 재촉했다. 두근두근, 마치 그런 의성어가 들려올 정도로 말이다.

…………아무래도 난 사면초가에 빠진 모양이다. 나카타키 씨는 나랑은 상관없는 일이라는 듯 그저 산더미처럼 쌓인 서류와 씨름만 하고 있을 뿐이고.

……에휴, 할 수 없지.

나는 마음을 단단히 먹고 이 벌칙 게임을 수행하기로 했다.

"……룬, 짱."

"……한 번 더."

"룬짱."

"한 번 더!"

"아, 뭐냐고 진짜! 룬짱! 이러면 됐, 냐……."

나도 모르게 신경질적으로 말했지만, 룬짱…… 미나세의 얼굴을 본 나는 자기도 모르게 그만 할 말을 잃고 말았다.

"……음, 후후후, 후후후후훗."

……얼굴 표정이 무진장 풀려 있었다. 뭐랄까, 마치 어린아이가 자신이 좋아하는 과자를 볼이 미어터져라 입에 가득 물고 있는 것 같은, 평소 미나세의 모습에서는 상상조차 할 수 없을 만큼의 앳된 미소였다.

……오오.

역시 웃으니까 얘도 꽤 귀엽잖아……. 꼭 한 폭의 그림 같은 미소녀가 눈앞에 강림했다. 무심코 저속한 욕망을 느낀 나 자신에게 죄책감이 들 만큼, 마치 어린아이처럼 천진난만한 미소를 설마 이 나이대의 사람이 지을 줄이야……. 자기를 룬짱이라고 불러 주기를 대체 얼마나 바랐던 건데, 같은 태클조차 입 밖으로 꺼내지 못했다.

동기의 돌변한 모습을 보고 얼이 나가 있는 와중에 미나세가 실로 만족스럽다는 듯이 말했다.

"후훗, 후후후후훗. 좋아. 역시 좋아. 룬짱…… 후후후. 좋았어. 이제 약속은 지켰구나, 사사미야. 네놈은 이제 앞으로 날 룬짱이라고 불러야 하지. 아주 좋아."

"그래…… 알았다고, 룬짱."

내가 그렇게 한마디했을 뿐인데도 미나세는 좋다고 표정이 풀어졌다. 심지어 콧노래까지 부르며 사사미야실을 나갔다. 이거 이러다가 나중에는 아예 춤까지 추는 게 아닐까 싶을 만큼 기분이 좋아 보였다.

이 결말에 속으로 온갖 생각이 다 들었지만…… 뭐, 아무렴 어때. 이걸 인생 최후의 대실패로 삼기로 하고, 이제 앞으로 뭐든 들어주겠다는 말은 절대로 입 밖에 내지 않도록 하자.

나는 속으로 굳게 맹세한 뒤 온몸을 축 늘어뜨렸다. 그러고는 딱 한마디만 중얼거렸다.

"룬짱, 이라……."

내가 천장을 보며 중얼거린 그 한마디에.

"자업자득이잖아요? 사사미야 실장님."

옆에서 날아든 나카타키 씨의 가차 없는 한마디가 내 가슴을 후벼 팠다.

◆ ◆ ◆

……어떤 의미로는, 정말 터무니없는 일이 일어나고 말았다.

우연히 풍 선배의 모습을 발견한 나는 그 뒤를 따라갔고 사사미야실에서 나누는 대화를 몰래 엿듣다가── 정말 엄청난 순간과

마주하고 말았다.

"코토짱……. 이거 더 이상 꾸물거릴 때가 아닌 것 같은데?"

풍 선배가 방 밖으로 나오려고 하자 사사미야실의 문 앞에 있던 나는 문에서 떨어져 잽싸게 몸을 숨겼다. 그리고 그곳에서 마치 다른 사람이 아닐까 의심이 드는 풍 선배의 뒷모습을 바라보았다.

바깥에서 눈이 펑펑 쏟아져 내리는 와중에 정적에 잠긴 복도 안에서—— 놀랍게도 풍 선배의 들뜬 콧노래 소리가 여기저기서 메아리쳤다.

제5장 팀의 유대와 구할 수 없는 것

──내가 쿠치하라에게 봉술을 연습하라고 한 지 5일 지난 1월 9일.

하루가 다르게 동작이 깔끔해지고 있는 쿠치하라의 모습을 보며 나는 적잖이 놀랐다. 봉술을 습득하는 속도가 장난이 아니었다. 그래피티 없이 쿠치하라와 싸우면 아마도 내가 지겠지……. 쿠치하라는 최우수 훈련생이었지만 난 중하위권 성적에 머물렀었으니까. 원래부터 신체 능력에는 그만한 격차가 있었다.

평소 살짝 부정적이고 소극적인 언행과 나쁜 편에 속하는 운 때문에 두드러지지는 않지만, 특히나 전투에서 쿠치하라의 재능은 미나세에 필적하는 부분이 있다. 비율만 놓고 봤을 때 반 이상 되는 수많은 남자를 제치고 최우수 훈련생이 된 것도 납득이 가는 얘기였다.

──뭐, 앞서 부정적이니 어쩌니 했지만 그래도 요즘 쿠치하라는 왠지 모르게 의욕이 넘치는 것 같아 보이던데……. 무슨 일이라도 있었나? 아니면 작년의 그 고민거리에 마침내 해답을 찾아낸 건가?

언젠가 쿠치하라가 그 해답을 나에게 말해 줄 날이 기대되었다.

그리고 오후에 접어들어, 내가 쿠치하라와 카고메의 전투 훈련을 지켜보는 도중이었다.

팔에 찬 통신기에서 요란한 소리—— 세컨드 하프가 출현했음을 알리는 알람이 울렸다. 물론 그것 자체는 딱히 놀랄 일은 아니다. 대기 중인 당번이 대응하여 그래프를 봉인하거나 격퇴하면 끝이니까. 그리고 만에 하나 문제가 발생하면 내가 직접 대응하면 될 일이고. 사실 그런 일은 웬만해서는 좀처럼 일어나지 않을—— 줄로만 알았는데.

마치 나의 그런 생각을 비웃기라도 하는 듯한 타이밍에 지부 전체에 경보가 울려 퍼졌다.

"어, 이건——."

쿠치하라가 놀랐다기보다는 의아하다는 투로 그렇게 중얼거렸다. 지도 중이던 카고메도 말은 하지 않았지만 깜짝 놀랐다는 표정을 지었다.

——이 경보는 불과 얼마 전에도 울린 적이 있었다. ……세컨드 하프가 동시에 대량으로 출현했을 때와 같은 경보였다. 그때로부터 아직 한 달도 채 지나지 않았건만.

다시 말해, 긴급 사태가 발생했다는 신호였다.

나도 인상을 찌푸렸다. 하지만 생각하는 것보다 먼저 해야 할 일이 있었다.

나는 경보와 거의 동시에 울리기 시작한 팔찌형 통신기를 입가에 가져다 댔다.

"사사미야입니다. 무슨 일이죠?"

그렇게 물어보기는 했지만 솔직히 불길한 예감이 들었다.

직전에 출현한 세컨드 하프 그리고 지부 전체에 울려 퍼지는 긴급 사태 경보음.

이 두 가지를 합쳐서 생각해 보면 무슨 일이 일어났는지 대강 짐작할 수 있었다.

그리고 통신기 너머에서 차분한 목소리가—— 애써 차분함을 가장하려다가 오히려 초조감이 느껴지는 오퍼레이터의 목소리가 들려왔다.

『사사미야 실장님, 세컨드 하프가 낙하한 직후에 소멸했습니다.』

"……윽, 역시나!"

세컨드 하프는 그 안에 있던 그래프를 격퇴하거나 봉인하면 그 직후에 소멸한다.

그리고 그 외에 소멸하는 경우는 그래프가 세컨드 하프 밖으로 나왔을 때—— 실체화했을 때밖에 없다.

"그래프의 모습은 확인할 수 있나요?"

『아뇨. 하지만 대기 중이던 이레이저가 이제 막 출발하여 아직 도착도 하지 않은 상황인지라, 그래프가 격퇴되거나 봉인되었을 리는 없고 실체화했으리라 판단하여 경보를 발령했습니다.』

"그 판단에 저도 딱히 이견은 없지만…… 모습이 확인되지 않았다는 말은 그래프의 크기가 소형이라는 뜻인가요?"

『그렇다고 추측됩니다. 아니면 엄청 속도가 빠른 그래프일 가능성도 있고요. ……다만 출현한 세컨드 하프도 200미터급의 소형이었던지라 그리 강하지는 않으리라 사료됩니다.』

"그래도 그래프는 그래프죠. 설령 소형이라 할지라도 어떤 능력을 가지고 있을지 알 수 없는 한, 민간인과 맞닥뜨리게 놔둘 수는 없어요."

과거에도 여러 번 있었다. 소형이라 판단하여 방심한 이레이저가 뜻밖의 능력에 공격을 받고 크게 다친 사례가 말이다.

겉모습만 보고 그래프의 위협을 속단하는 건 금물이다.

심지어 그런 사실조차 알 리 없는 민간인이 그래프와 맞닥뜨리게 된다면, 이유야 어떻든 간에 맞서려는 사람이 나올 것이다. 그렇다면 피해가 발생하는 건 불 보듯 뻔하다.

"세컨드 하프가 출현한 주변 지역에 긴급 연락을 보내 주세요. 주민들은 대피소로 이동하지 말고 지금 있는 실내에 대기하라고 말이에요. 대피소로 이동하는 도중에 그래프와 맞닥뜨리면 최악의 사태가 일어날 수도 있으니까요."

『알겠습니다.』

"그건 그렇고 장소는 어디죠?"

『키보가오카 단지──주택가입니다.』

"으아, 하필이면 숨을 데가 많은 그런 곳에……. 먼저 출발한 이레이저 팀을 그리로 보내 주세요. 그리고 도착하는 대로 실체화한 그래프를 수색하라고 연락해 주시고요."

『알겠습니다.』

"그래피티 외부 사용 허가도 내 주세요. 단, 민간 건물에는 최대한 피해가 가지 않도록 주의해 달라고 연락해 주시고요."

『알겠습니다. 통지하겠습니다.』

나, 쿠치하라, 카고메, 히라카미, 오리쿠라, 아스카 씨의 통신기에 '그래피티 사용 허가'라는 음성이 짤막하게 흘러나왔다.

"움직일 수 있는 팀은…… 세 개만 지부에 남기고 그 외의 나머지 팀은 모두 키보가오카 단지로 보내 주세요. 어느 팀을 남길지는 그쪽에게 맡기겠습니다."

『알겠습니다.』

가용할 수 있는 인원은 모두 동원하고 싶지만, 그러는 동안에 이곳과 떨어진 장소에서 새로운 세컨드 하프가 발생할지도 모른다. 특히나 요즘 들어서는 그 가능성을 무시할 수 없을 정도로 동시 발생 빈도가 늘었다.

"저도 나가겠으니 정보 처리를 부탁드립니다."

『알겠습니다. 행운을 빕니다.』

통화를 마친 나는 쥐 죽은 듯 조용히 방 안에 있는 모두를 향해 말했다.

"――긴급 사태, 라는 거…… 내가 굳이 말 안 해도 다 알지?"

나는 어깨를 한 차례 으쓱인 뒤 상황 설명에 들어갔다.

이동 중인 차량 내부―― 어느새 저녁 무렵으로 접어들어 주위 풍경이 어두컴컴해지기 시작한 시각에, 눈 덮인 길을 폭주하는 화이트 캔버스의 셔틀 차량 안에는 운전기사님을 제외하고 총 여섯 명이 타고 있었다.

나와 준짱은 가운데 자리에 앉았고 조수석에는 모토바네 씨, 맨 뒷좌석에는 쿠치하라 양과 히라카미 양, 그리고 작고 귀여운 비옷을 입은 여자애, 아사모리 유키코짱이 앉았다. 몸집이 저렇게나 자그마한데도 봉인반 소속이라고 한다. 굉장해. 올해로 몇 살일까?

차량 안에 없는 사사미와 아스카 씨는 한 발 앞서 현장으로 향했다.

"……참 별일도 다 있네."

흔들리는 차량 안에서 옆에 앉은 준짱이 그렇게 중얼거렸다.

"안 그래? 세컨드 하프가 낙하한 직후에 그래프가 실체화하다니……."

보기 드문 경우이기는 하지만 그렇다고 아예 없지는 않다고 들은 적이 있다.

그래프가 세컨드 하프 안에 나타난 직후에 때마침 우연히 출구가 근처에 있는 경우가 말이다.

"뭐, 그런 점에서 보자면 운이 좋았다고도 할 수 있겠지만. 작은 그래프라면 피해가 최소한으로 그칠 가능성이 높으니까."

앞좌석에 앉은 모토바네 씨가 담배를 피우며 그렇게 말했다.

"……되도록이면 아무 피해도 없었으면 좋겠지만요."

"그건 좀 너무 희망적인 얘기고. 적어도 화이트 캔버스의 입장에서는 그래프가 실체화했다는 사실만으로도 스캔들이 터진 거나 다름없으니까. ──내가 봤을 땐, 다 끝난 뒤에 뒤처리를 하는 거랑 언론 앞에서 설명하는 게 더 성가시지 않을까 싶거든."

맨 뒷좌석에 앉은 쿠치하라 양의 말에 모토바네 씨가 그렇게 반론했다.

하지만 참 부조리한 얘기였다. 어쩔 수 없는 사태에 조직이 비난을 받는 것도 말이다.

우리…… 아니, 사사미는 이번 사태가 터지자마자 엄청 신속하게 지시를 내렸는데.

"납득할 수 없다는 그 심정도 이해는 가, 오리쿠라. 하지만 그것만큼은 우리가 왈가왈부해 봤자 어쩔 수 없는 얘기잖냐."

어라? 내 속마음이 얼굴에 다 드러났었나?

"저희가 할 수 있는 일은 피해가 발생하기 전에 실체화한 그래프를 제압하는 것이에요. 그리하면 아마도 화이트 캔버스에 대한 비난도 줄어들지 않을까 싶어요."

나보다 나이는 어려도 어른의 사정을 잘 아는 듯 보이는 히라카미 양이 그렇게 말했다.

"으~음……. 납득은 안 가지만 얼추 이해는 했어."

머리가 살짝 지끈거렸지만 이 이후에 어떻게 해야 할지는 알 수 있었다.

"요컨대 얼른 그래프를 죽이면 되는 거잖아?"

나는 방긋 웃으며 그렇게 말했다. 그런데 의외로 다들 아무 대답도 하지 않았다. 음? 내가 말을 잘못했나……?

한동안 차량 엔진 소리만 들려오다가, 마침내 모토바네 씨가 입을 열었다.

"……그러고 보니, 실체화한 그래프를 처치했을 땐 어떻게 되었더라?"

"그 자리에 세컨드 하프가 다시 출현했던 걸로 기억하는데요……. 원리는 알 수 없다고 하지만요."

모토바네 씨의 의문에 쿠치하라 양이 답했다.

"당연히 그래프도 그 안에 있지만, 거의 격퇴당하기 일보 직전의 흐릿한 상태로 있다고 강의 때 배웠던 것 같아요."

"이야, 역시 최우수 훈련생이야. 그걸 아직도 잘 기억하고 있었네?"

"아, 아뇨, 그렇진……."

"……그렇다는 건, 어차피 한 번은 그래프를 죽여야 한다는 말이지?"

"그렇다고 할 수 있겠네요."

준짱의 말에 히라카미 양이 고개를 끄덕였다. 뭐야, 그럼 내가 나설 차례잖아!

"……그건 그렇고 쿠치하라. 네 무기가 그 비닐우산이라면 허리에 차고 있는 그 검은 대체 뭐냐?"

모토바네 씨가 그렇게 물었다. 듣고 보니 그러네. 우산과 검으로 이도류라……. 그건 그거대로 멋져!

"그게…… 한동안 계속 몸에 차고 다니다 보니까 차지 않으면 왠지 모르게 불안해져서요……. 게다가 무슨 일이 일어날지도 알 수 없고요."

"만일의 사태에 대비한 보험이란 말이로군."

이해했다는 듯이 모토바네 씨가 나직이 말한 직후, 차량 내부 온도가 단숨에 내려갔다. 창문을 연 모양이다.

"추워! 모토바네 씨, 갑자기 창문은 왜 열고 그러세요?!"

"담배 연기 좀 내뱉고 싶었거든. 미안해."

모토바네 씨는 바깥으로 담배 연기를 내뿜은 뒤, 휴대용 재떨이에다 담배를 탁탁 두드려 담뱃재를 털었다.

"……그나저나 그래프를 죽이니 쓰러뜨리니 해 봤자."

모토바네 씨가 눈을 가늘게 뜨며 그렇게 말했다.

"일단 찾아내는 것부터가 관건 아니겠냐."

그 말에 모두 창밖을 보——려고 했다가, 김이 서린 창문을 꾹꾹 닦은 뒤에야 흘러가는 경치를 바라보았다.

이미 바깥은 해가 떨어지기 거의 직전이라 하늘은 캄캄했다. 아직 오후 4시 반밖에 안 됐는데. 역시 겨울에는 해가 일찍 진다니까.

"아래에 눈이 쌓여서 경치가 밝아 보여도 시간이 지날수록 시야가 깜깜해지겠지. 불리한 건 오히려 이쪽이겠군."

"하지만 이치히코 군처럼 탐지 계열 그래피티를 가진 사람들은 사사미야 선배와 함께 먼저 행동에 나섰으니, 어쩌면 의외로 쉽게 찾아낼 수 있을지도 몰라요."

그 말에 지금까지 침묵을 유지하고 있던 유키코짱이 고개를 끄덕였다.

"아, 그래서 아스카 선배가 없었던 거구나. 이해했어."

내가 그렇게 말했을 때였다. 모두의 팔찌형 통신기에서 소리가 나왔다.

『이레이저 전원에게 알립니다.』

거기에서 들려오는 오퍼레이터의 목소리는 왠지 모르게 초조한 느낌이었다.

『복수의 세컨드 하프가 키보가오카 단지 주변에 출현했습니다.』

"""……어?!"""

차 안에 있는 모두가 숨을 죽였다. 나는 창문을 열고 차량이 나아가는 쪽을 쳐다보았다.

흐릿한 오로라 같은 색을 띤 구체가 공중에 몇 개나 떠 있었다.

재앙의 알――. 세컨드 하프가 말이다!

『수는 대략 열다섯으로 예전의 대침공 때보다는 적고, 규모는 200미터급부터 500미터급까지 있습니다.』

『아, 보인다. 지금 막 낙하하는 중이잖아.』

오퍼레이터의 목소리에 이어, 먼저 현지로 나간 사사미의 목소리가 울렸다.

『뭐야 이거. 갈수록 태산이잖아……. 아니, 그게 아니라――.』

잠시 투덜거리기는 했어도 사사미야는 잠시 뜸을 들인 뒤에 지시를 내렸다.

『탐지 계열 그래피티를 가진 이레이저가 있는 팀은 실체화한 그래프를 최우선적으로 찾아내 주세요. 그 외의 팀과 저는 저 세컨드 하프를 처리하러 갑니다. 봉인할지 말지는 각자의 판단에 맡기겠습니다만, 세컨프가 있으면 실체화한 그래프가 뒤섞여 탐지가 되지 않을 수도 있어요. 그러니 대처에 시간이 오래 걸릴 것 같으면 망설이지 말고 즉각 격퇴해 주세요.』

사사미가 잇따라 지시를 내렸다.

『그리고, 어느 세컨프에 어느 팀이 들어갔는지의 정보 처리는 관측반──오퍼레이터 여러분께 부탁드리겠습니다.』

『알겠습니다.』

오퍼레이터의 대답을 시작으로 각자의 팀 리더가 대답해 나갔다.

"알겠습니다. ……그나저나 요즘 세컨드 하프는 대체 어떻게 된거야?"

모토바네 씨는 정말 이해할 수 없다는 듯이 인상을 찌푸리며 투덜거렸다.

"으~음, 아무래도 처음으로 출현하고 나서 벌써 4년도 더 지났으니까요. 어떤 모종의 변화가 일어나기 시작한 게 아닐까요? 뭐, 어차피 그건 지금 생각해 봤자 아무 소용도 없겠지만요."

히라카미 양이 나긋나긋한 투로 그렇게 말했다. 하지만 그 말에서는 왠지 모를 섬뜩함이 느껴졌다.

"그러……네. 니나, 우리는 일단 이치히코 선배랑 합류해야겠지?"

"응, 그럼 모토바네 씨의 팀은──."

"우리 중엔 탐지 계열 이레이저가 없으니, 세컨프를 처리해야겠지."

"그렇겠네요."

준짱이 고개를 끄덕임과 동시에 차량이 브레이크를 걸며 정차했다.

"세컨드 하프 앞에 도착했어."

운전기사의 말에 바깥을 보았다. 차량이 정차한 곳은 지금도 강하 중인 세컨드 하프 바로 앞이었다.

"수고하셨습니다. 그럼 가 볼까?"

"알겠습니다."

"네~엡."

우리 세 사람이 차에서 내리자 셔틀 차량은 곧장 다른 장소를 향해 질주했다.

"자……. 뭐, 싸우는 방식은 평소랑 같아. 오리쿠라가 앞을 맡고 나랑 카고메가 뒤에서 지원에 나서는 걸로."

"알겠습니닷! 아, 근데 준짱은 무리하면 안 된다?"

"……염려 마. 나도 저번보단 도움이 될 테니까."

그렇게 말하는 준짱의 얼굴에는 미소가 떠올라 있었다.

으~음, 그치만 역시 걱정이 되는데에.

우리가 그런 식으로 대화를 주고받는 동안 세컨드 하프가 강하를 완료했다.

"좋았어, 그럼 간다. ——아, 맞다. 그전에 연락을 해야지 참."

모토바네 씨가 팔찌형 통신기로 지부와 연락을 취했다.

"여기는 모토바네, 지금부터 세컨드 하프로 돌입하겠습니다."

『알겠습니다. 행운을 빕니다.』

"이치히코 군!"

"여어, 니나쨩! 쿠치하라에 유키코 씨도 왔군!"

키보가오카 단지의 어느 공원에서 대기 중이던 이치히코 군을 발견한 우리는 곧바로 그쪽으로 달려갔다. 눈이 살짝 쌓여서 발이 조금 시렸다.

"아……. 역시나 사사미야 선배는 세컨드 하프 쪽으로 갔나 보네요."

"응. 이런 상황에서 나랑 같이 행동해 봤자 별 이득이 없으니까. 사사미야는 지부로부터 가장 멀리 떨어진 세컨드 하프를 박살 내러 가겠다며 날아갔지."

코토쨩이 왠지 모르게 서운하다는 표정을 지었다. ……후훗, 코토쨩도 참. 귀여워라~.

그건 그렇고.

"이득이 없다는 말은, 역시나 이치히코 군의 '사경'으로도 실체화한 그래프는 발견할 수 없었나 봐?"

"그래. 한 번은 '사경'에 걸려들어서 틀림없이 이 단지 어딘가에 있을 거라 생각했어. 하지만 세컨드 하프가 출현했을 때 그쪽에 정신이 팔리는 바람에 그만 놓치고 말았거든. 그 자그마한 체구에 그정도 속도라면 아마 단지 밖으로 나가지는 못했을 테지만, 세컨드 하프가 강하한 뒤에는 위치를 파악하기가 좀처럼 힘들어. 어쩌면 의외로 놈들도 우리랑 마찬가지로 세컨프 내부로 들어갈 수 있는 거 아닌가 모르겠지만. 그런데 만약 그렇다면 위치는 절대로 파악할 수 없어. 의도적으로 그러는지 아닌지는 모르겠지만……."

이치히코 군이 살짝 떨떠름한 표정으로 말했다.

"그 외에 탐지 계열 능력을 가진 녀석들은 사사미야의 지시에 따라 단지 안에서 서로 일정한 간격을 두고 전개 중이라나 봐. 아무래도 우리는 세컨프가 박살 나기를 기다리면 될 것 같고."

후우~. 숨을 토해 내는 이치히코 군의 허리 언저리를 유키코 씨가 치하하듯 탁탁 두드렸다.

"물론 지금도 사경으로 찾고는 있지만―― 대체 어디로 숨었는지 원."

하얀 입김이 올라가는 곳―― 구름 한 점 없는 하늘은 이미 밤으로 접어들고 있었다.

◆ ◆ ◆

――앞장서서 나아가는 카오리와 모토바네 씨를 뒤를 따라가며 나는 이번 전장을 둘러보았다.

주택가인 키보가오카 단지에는 비교적 새것처럼 깔끔한 벽으로 이루어진 단독 주택이 잔뜩 늘어서 있었다. 집과 집을 나누는 벽과 울타리는 적었고, 길은 완만하게 구부러져 있었다.

대부분의 집에 있는 벽 없는 차고 지붕에 눈이 쌓여 있었다. 지붕 아래쪽에는 자전거나 어린아이가 타는 세발자전거 등, 생활 모습을 엿볼 수 있는 물건이 많이 있었다. 하지만 그중에 사람의 기척은 전혀 없었다.

세컨드 하프에 일반인은 들어올 수 없기에 당연하다면 당연할 테지만—— 눈이 쌓인 탓에 쓸쓸하다고 해야 할지, 적적하다고 해야 할지. 좌우지간 적막함이 50퍼센트는 늘었다.

"……조용하네~."

"그러게."

카오리의 말에 모토바네 씨가 고개를 끄덕였다. 그 직후에 폭발음이 울려 퍼졌다.

"……그래프, 겠지?"

"아마도. 가자."

모토바네 씨가 앞장서서 소리가 난 쪽으로 발걸음을 옮겼다. 나도 허리에 찬 검 형태의 간이 병장 손잡이를 살며시 쥐고서 앞으로 나아갔다.

……심장 고동이 살짝 빨라졌다.

아마도 긴장하고 있는 모양이었다.

——사사미야의 훈련을 받고 나서 그래프와 대치하는 건 이번이 처음이었다. 그렇게 생각했더니 꽤나 오랜만이라는 느낌이 들었지만.

괜찮아.

예전과 비교하면 팀원들의 발목을 잡을 일은 거의 없을 테니까.

앞으로 달려 나가는 모토바네 씨와 한순간 눈이 마주쳤다. ——서로 고개를 마주 끄덕인 뒤 앞쪽을 응시했다.

"……너희는 잠시 기다려 봐."

모토바네 씨가 우리를 제지했다.

민가의 벽에 달라붙어 상황을 살피듯 고개를 내밀었다.

"⋯⋯찾았다."

모토바네 씨가 나직이 중얼거렸다. 나와 카오리도 그것을 보았다. 무너진 집 앞에 서 있는 그것은 한마디로 말하자면 꼭 개조 인간 같았다.

몸길이는 대략 2미터 정도였다. 우반신은 주로 기계로 이루어진 것 같았고, 오른팔은 움직일 때마다 철컹철컹 소리를 냈다. 하지만 몸 가운데를 딱 잘라 기계와 맨살이 나뉜 건 아니었다. 오히려 기계 부분이 몸을 침식한 것처럼 경계선이 애매했다.

맨살이 많은 좌반신은 옷을 걸치지 않아 피부가 고스란히 드러나 있었다. 그리고 어째선지 기계로 이루어지지 않은 머리 부분은 백골이었다.

"뭐야, 저거. 결손 부위가 없는 것 같은데?"

카오리가 깜짝 놀랐다는 듯이 말했다. 이유는 모르겠지만 그래프에게는 결손 부위가 있다. 그것이 그래프가 '낙서'라 불리는 까닭이기도 하지만── 듣고 보니 군데군데 희미한 부분은 있어도 저 그래프에게는 결손 부위가 없는 것처럼 보였다.

"⋯⋯그럼, 혹시 저게 그 실체화된 그래프인가?"

"⋯⋯아니, 그럴 가능성은 낮은 것 같은데."

모토바네 씨가 께느른한 투로 부정했다. 하지만 그 눈은 예리함을 잃지 않았다.

"왼쪽 팔과 왼쪽 다리는 살이 붙어 있는 반면에 머리 부분만 백골인 걸 보니⋯⋯ 아마도 머리의 살이 결손된 그래프가 아닐까? 뭐, 확증은 없지만⋯⋯. 예전에 한 번 몸 표면만 결손된 골격 표본처럼 생긴 그래프를 본 적도 있거든."

"그렇구나……. 뭐, 실체화한 그래프가 맞든 아니든 간에——."

카오리는 그렇게 말하며 그래프 앞으로 뛰쳐나——. 아니, 카오리?!

"어차피 해야 할 일은 하나인걸!"

처억! 카오리가 팔을 비스듬하게 뻗으며 마치 히어로 같은 포즈를 취했다.

"'의심암귀'!"
_{클래디에이터}

그 직후에 카오리의 눈앞에서 그림자를 한데 모은 것 같은 평평한 오니가 모습을 드러냈다.

그에 반응하여 마치 망가진 로봇처럼 끼기긱, 하는 소리와 함께 그래프가 움직이기 시작했다.

"——아니, 저 멍청한 녀석이! 멋대로 뛰쳐나가면 어떡해!"

모토바네 씨가 입에 꼬나문 담배를 물어뜯을 것만 같이 사나운 표정을 지으며 호통을 쳤다.

솔직히 나도 뭐라 하고 싶은 말은 있지만——.

"이미 엎질러진 물은 어쩔 수 없죠. ……지금부터 지원에 들어갈게요!"

우리의 시선 끝에서.

카오리의 오니와 그래프가 동시에 움직이기 시작했다.

◆ ◆ ◆

"──물러나잖아?"

오니를 그래프에게 접근시키려고 했더니 그 사이보그처럼 생긴 그래프는 겉모습과는 어울리지 않는 민첩한 움직임으로 우리로부터 거리를 벌렸다. 그러고는 차고 지붕을 박차며 옆의 집 지붕에 착지했다.

물론 곧바로 쫓아가려고 했지만 이내 그만둘 수밖에 없었다.

철컹철컹철컹철컹, 마치 장난감 같은 소리를 내며 오른팔이 변형했기 때문이다.

그리고 이쪽을 향해 겨눈 오른팔의 형태는── 마치 총보다, 대포에 가깝다고나 할까?

"말도 안 돼!"

나는 '의심암귀'와 함께 뒤로 물러났다.

아까 들은 것 같은 소리와 함께 내쏘아진 포탄이 불과 조금 전까지 오니가 있던 자리에 착탄했다. ──당연하게도 폭발이 일어났다. 눈이 사방으로 흩날리고, 콘크리트로 포장된 땅바닥이 움푹 파였다.

위력이 장난 아니네…… 정통으로 맞으면 역시나 위험하겠어.

하지만.

"직선적으로 움직이면 궤도를 읽기 쉽단 말씀!"

재차 포격이 이루어졌다. ──하지만 나는 그 궤도를 미리 읽고 오니를 피하게 했다.

왼쪽으로 피하게 한 직후, 발을 내디디고 등으로 폭풍의 여파를 받으며 위쪽으로 향했다.

여차하면 지붕과 함께 날려 버릴 요량으로 팔을 높이 치켜들었는데——철컹철컹철컹, 소리가 들렸기에 작전을 변경했다.

이제 보니 사이보그는 개틀링 건으로 변한 오른팔을 오니에게 겨누고 있었다. 이대로 가다가는 오니가 벌집이 되고 말겠어. 나는 오니에게 2층 창문으로 팔을 뻗게 했다. 오니는 유리를 박살 내고 창틀을 붙잡은 뒤 자신의 몸을 민가 안으로 들여보냈다.

미끄러지듯 민가 안으로 침입한 오니가 자세를 다시 잡은 뒤,

"으랴아압!"

나는 사이보그가 자신의 오른팔을 발밑으로 조준하기 전에 지붕과 함께 그래프를 날려 버리기로 했다.

바로 위쪽을 향해 팔을 휘두르는 내 동작에 맞춰 오니가 민가의 2층에서 팔을 휘둘렀다. 산산조각 났다는 표현이 어울릴 정도로 오니가 손톱과 완력을 이용해 천장과 지붕을 박살 냈다. 그리고 발판을 잃은 그래프가 공중으로 내던져졌다.

아직 멀었어, 나는 오니에게 지시를 내렸다. 오니는 2층 바닥을 박차고 공중에서 옴짝달싹할 수 없는 그래프의 위쪽을 잡았다.

그리고 나는 마치 기와 깨기를 하듯 왼쪽 손바닥을 사이보그 쪽으로 뻗고 오른쪽 주먹을 높이 쳐들었다.

"하압!"

그러고는 주먹을 내리찍었다. 마치 망치를 내리찍는 듯한 일격이었다. 그래프의 오른팔이 불을 뿜기 전에 오니의 오른손이 사이보그를 붙잡아 그대로 땅바닥에 내동댕이쳤다. 미약한 땅울림이 일어나고 흙먼지가 피어올랐다.

이제 이만하면 그 사이보그를 해치웠을 것이다.

"후우……."

다행이다, 준짱을 싸움에 끌어들이기 전에 끝낼 수 있었다.

그건 그렇고 마지막 일격은 내가 생각해 봐도 꽤 괜찮은 일격이었어, 내가 속으로 그렇게 생각하고 있을 때였다.

철컹철컹철컹철컹철컹철컹철컹철컹철컹철컹철컹철컹철컹──.

──그런 소리가 내 귀에 들어왔다.

뒤를 돌아보았다.

피어오르는 흙먼지 안에서 나타난 건 파손된 몸 부위에서 회색이 꿈틀거리는, 해치운 줄로만 알았던 그래프였다.

◆ ◆ ◆

"──그랬군. 그런 능력이었어."

내 옆에서 모토바네 씨가 반쯤 놀라워하는 기색으로 중얼거리듯 말했다.

"전 분명 그 포격이 그래프의 능력인 줄로만 알았는데── 아무래도 아니었나 보군요."

그 포격도 능력의 일부이기는 하지만 굳이 따지자면 그건 기계 몸을 이용한 부차적인 능력이다.

녀석의 진짜 능력은──.

"기계처럼 생긴 겉모습에선 상상도 할 수 없는, 재생 능력……!"

포탄을 장전하는 과정도 없이 발사했던 그 대포도 어쩌면 재생 능력을 활용했을지도 모른다.

"그렇겠지———. 뭐, 그렇다면."

모토바네 씨가 담배에 불을 붙이고 나를 곁눈질로 쳐다보았다.

"이제, 네가 나설 차례겠지."

실로 즐거워하는 기색으로 입가를 일그러뜨린 채.

"큭?!"

설마 재생하다니———. 이건 좀 많이 뜻밖인데?!

잦아들기 시작한 흙먼지 속에서 아직도 온몸으로 철컹철컹 소리를 내는 사이보그에게 오니를 보내려——— 하다가 그만두었다.

그래프가 거리를 벌리려고도 하지 않은 채 그 오른팔을 나에게 겨누었기 때문이다.

"이런……!"

되돌아온 오니가 나를 끌어안은 것과, 그래프의 오른팔에서 포탄이 내쏘아진 것은 동시였다.

도약한 오니가 민가 지붕에 착지했다. 빗나간 포탄이 폭발을 일으켰다. 그로 인해 발생한 진동이 나에게까지 퍼졌다.

하지만 그래프는 추격의 손길을 늦추지 않았다. 철컹철컹철컹, 하는 소리와 함께 오른팔이 개틀링 건으로 변형했다. 그래프는 즉각 나를 향해 총구를 돌렸다.

나와 오니는 그래프로부터 숨듯 지붕에서 뛰어내려 땅바닥에 착지했다. 두두두두두두두! 개틀링 건의 발사음과 탄환이 집 벽을 도려내는 소리가 났다.

과연 이 집이 언제까지 버틸 수 있을까……. 얼른 대책을 강구해야 하는데.

"그나저나 이건 난처하네……. 원거리 무기로 나를 노리면 손 쓸 방법이 없는데."

숨이 찰 정도로 움직이지는 않았지만 제법 위태로운 상황에 내몰리자 심장 고동이 빨라졌다.

그 사이보그가 재생 능력을 지니고 있다는 건 이해했다. 하지만 그걸 알고 나면 해치우는 방법은 간단하다. 재생하는 속도보다 더 빠른 속도로 박살 내서 죽여 버리면 되니까.

하지만 그래프가 총이나 원거리 무기로 나를 노리면 오니에게는 나를 지키라고밖에 할 수 없다. 그것이 아까와 같은 포격처럼 단발성 공격이라면 어찌어찌 파고들 방법이 있겠지만 지금의 개틀링 건은 힘들다. 아무리 그래도 사람의 몸으로는 맞설 수 없는걸.

──뭐, 만약 이번 전투로 오늘 싸움이 끝난다면 어느 정도 피탄을 감수하고서 오니를 접근시킬 수도 있을 것이다. 하지만 이 싸움이 끝난 뒤에도 계속 싸워야 할 가능성이 크니까 말이지.

내가 여기에 숨은 동안에 오니를 보내는 방법도 있다. 하지만 여기도 곧 위험해질 가능성이 높은 만큼 오니를 나에게서 떨어뜨리는 건 위험 부담이 좀…….

──하지만 시간도 없으니 어쩔 수가 없네. 일단은 여기에서 이동한 뒤에 행동에 나서야겠지.

게다가 탄환 발사하는 소리도 점점 다가오고 있고—— 그렇게 생각한 나는 오니에게 나를 끌어안도록 하고 무릎을 구부리게 했다.

그러고는 도약하여 다 무너져 가는 집 지붕에 착지한 뒤, 즉각 지붕을 박차고 옆의 집으로 이동했다. 잠시 뒤에 개틀링 건의 탄환이 내가 이동한 궤도를 휩쓸었다.

——다음 건물까지 가기까지 늦진 않으려나…… 앗?!

솔직히 불안했다. 오른팔에서 내쏘아진 불의 비가 서서히 우리를 향해 다가왔다.

이제 얼마 안 남았는데!

늦었어——. 내가 인상을 찌푸린 바로 그때였다.

금색 실 한 가닥이 내 시야에 들어왔다.

그리고 잦아들 기미가 없었던 개틀링 발사 소리가, 사이보그의 온몸에서 나던 철컹철컹 소리가 뚝 그쳤다.

"?!"

내가 경악하는 와중에도 오니는 내 지시에 따라 집 건물 뒤쪽으로 나를 숨겨 주었다.

집 뒤쪽에서 고개를 내밀자, 금색 새 세 마리가 그래프의 주위를 날아다니고 있었다.

저건——!

◆ ◆ ◆

"카오리, 내 말 들려?"

『준짱?!』

팔찌형 통신기에서 울리는 내 친구의 목소리는 경악으로 가득 차 있었다.

"'금사작'으로 그래프의 재생 능력이 봉쇄됐을 테니, 해치울 거면 바로 지금이야!"

『──알았, 어!』

카오리가 오니에게 지시를 내렸는지, 집 뒤쪽에서 뛰쳐나온 오니가 사이보그를 향해 일직선으로 달려들었다.

하지만 사이보그도 이변을 알아차린 모양이었다. 몸을 털어 내듯 움직인 뒤 민첩한 움직임으로 주변의 카나리아── '금사작'을 쳐서 떨어뜨렸다.

──실이 끊어져 버렸군. 하지만.

"카오리, 신경 쓰지 말고 그대로 돌진해!"

『애초에 이제 와서 멈출 수도 없지만!』

오니가 주먹을 쳐들었다. 그래프가 절호의 먹잇감이라는 듯이 오른팔의 대포를 오니의 미간으로 조준했다.

오니를 끝장낼 수 있는 확실한 타이밍이었다.

그 직후, 사이보그의 오른팔에서 포탄이── 발사되지 않았다.

깜짝 놀랐는지, 아니면 다른 이유가 있는지 그래프는 그대로 굳은 채 움직이지 않았다.

"──아무래도 내 능력이 잘 먹혀든 것 같군."

옆에서 모토바네 씨가 나직이 말했다.

우리가 지켜보는 와중에.

날아든 오니의 주먹이 우두커니 서 있는 그래프의 우반신을 마치 탄환과도 같은 기세로 냅다 후려갈겼다.

금속처럼 생긴 부분이 사방으로 흩어지고 그래프는 철컹 소리를 내며 그 자리에 쓰러졌다. 그러고는 침묵했다. 조금 전처럼 철컹 철컹 소리를 낼 낌새도 없었다.

끼긱, 끼긱. 그래프는 마치 망가진 로봇처럼 고개를 움직이며 자신의 재생 능력이 먹통이 되었다는 사실에 위화감을 받는 모양이었다.

그때, 모토바네 씨의 그래피티 효과가 다 된 모양인지── 그래프의 왼쪽 다리에 휘감긴 한 가닥 실이 홀연히 나타났다.

추가로, 공중을 선회하던 한 마리 카나리아도 나타났다.

"전혀 몰랐겠지? 딱 한 마리만 투명화해서 실을 휘감았던 거라고."

과거에 있었던 '불가시의 마탄^{인비저블 불릿}'── 그중 한 사람인 모토바네 씨의 그래피티, '해월룡(海月龍)^{인비저블}'.

모토바네 씨가 만진 것을 30초 동안 투명하게 만들 수 있는 그래피티다. 내가 카오리와 함께 싸우겠다고 사사미야에게 말한 그날 이후, 나는 사사미야의 지시에 따라 카오리에게는 비밀로 하고 이 연습을 거듭해 왔다.

······카오리에게 비밀로 했던 이유? 그건 뭐 굳이 말 안 해도 알 텐데.

눈에 보이는 미끼조가 요란하게 시선을 끄는 동안, 그 뒤에서는 보이지 않는 공격조가 타깃에 실을 휘감는다.

아직은 임시방편이지만── 그래도 일단 성과를 거두는 데는 성공했다.

쓰러진 그래프가 왼쪽 팔을 왼쪽 다리로 뻗으려 했지만──.

『내가 그렇게 놔둘 것 같아!』

카오리의 오니가 그래프의 왼쪽 팔을 머리와 함께 통째로 짓눌렀다.

누적 피해가 한계를 넘었는지 온몸이 희미한 윤곽만 남은 상태가 되었다.

그리고 어디에선가 나타난 '창문'이 그래프를 삼켜 버렸고, '창문'과 그래프는 빛의 입자가 되어 소멸했다.

"고마워, 쥰짱! 덕분에 살았어!"

카오리가 이쪽으로 오자마자 눈부실 만큼 환하고 순수한 웃음을 지으며 그렇게 말했다. 그런 카오리를 보면서, 나는.

"굉장해, 굉장해, 쥰짱도 모토바네 씨도 대체 언제 그런 연계 공격을 연습한 거야?! 상대가 전혀 알아차리지도 못하게 그런 식으로 봉쇄하다니, 쥰짱, 굉장해!"

"……있잖아, 카오리."

"응?"

귀엽게 고개를 갸웃거리는 카오리를 보면서 나는 마음을 굳혔다.

내 의도를 알아차렸는지 모토바네 씨가 잠시 자리를 피하며 담배에 불을 붙였다.

……감사, 합니다.

"날 위해서 싸우지 말라, 고는 하지 않을게."

"어, 갑자기 왜 그래?"

"하지만, 한 가지만 약속해 줘. 앞으로는———."

나는 숨을 들이마셨다.

"앞으로는, 너 혼자서만 싸우려고 하지 않았으면 좋겠어."

"어……."

카오리의 얼굴에 금이 간 것처럼 보였다.

"내가 그래프를 증오하는 건 사실이고, 그런 나를 네가 걱정해 주는 것도 잘 알아. 하지만 그와 마찬가지로 난 네가 걱정돼."

최근 몇 달은 특히나 불안했다.

내가 그래프와 맞닥뜨리지 못하게 막겠다는 듯이 조급하게 굴며, 심지어 다치는 와중에도 혼자 그래프를 죽이려고 달려드는 카오리의 모습이 말이다.

"네가 얼마 못 가 죽을 것만 같아서……."

"그치만……. 난, 준짱을 위해서라면 죽음도 두렵지 않은걸?!"

숫제 울 것만 같은 표정을 짓는 카오리에게 나는 말했다.

"난 무서워. 네가 죽는 게. 친구가 죽는 건 더는, 싫어. 그러는 너도, 내가 죽으면 싫잖아?"

"그야 당연하지! 그런 건 내가 용납하지 않을 거야!"

——자칫 자의식 과잉처럼 보이는 말이었지만, 나는 의심하지 않았다.

나와 카오리 사이에는 그만큼 확고한 우정이 있으니까.

······그렇기에.

내 물음에 그렇게 소리친 카오리에게 나는 말했다.

"내 마음을 헤아린 넌 싸우는 힘을 습득한 뒤, 지금껏 나를 대신해 그래프와 싸워 줬어. 그건 물론 나도 알아. 아니까 날 위해 싸우지 말라는 말은 못 하겠어······. 그러니, 하다못해."

말문이 막힐 것 같지만, 나는 또렷이 말했다.

"하다못해 나랑 함께 싸웠으면 싶어. 더 이상 너 혼자서 싸우게 두지 않을 거야. 왜냐하면——."

"왜냐하면······?"

"왜냐하면, 우린, 같은 팀이니까."

——그리고 찰나의 시간이 흐른 뒤.

"······있잖아, 준짱."

카오리가 하늘을 올려다보았다. 별빛조차 닿지 않는 어두컴컴한 이곳에서는 지금 카오리가 어떤 표정을 짓고 있는지 보이지 않았다.

"난, 지금까지 잘못해 온 걸까?"

그 목소리는 살짝 떨리고 있었다. 나는 코트의 가슴 언저리를 꽉 움켜쥐고서 답했다.

"······나로서는 옳고 그름을 말할 수 없어. 다만 네가 그래프를 맨 처음 격퇴했을 적에 난 기뻤어. 하지만 혼자서 싸우는 널 보고 있으니, 조금씩 마음이 괴로워지기 시작했어."

"……그랬구나."

카오리가 그렇게 나직이 말한 순간, 세컨드 하프가 소멸했다.

흐릿한 오로라가 사라지고 구름 한 점 없는 맑은 밤하늘에서 쏟아지는 별빛이 우리를 어슴푸레하게 비추었다.

"쥰짱, 보나 마나 위험할걸?"

"뭘 이제 와서. 화이트 캔버스에 들어왔을 때부터 이미 각오는 했어."

"……쥰짱 혼자서는 그래프를 죽일 수 없을지도 모르는데?"

"……애당초 내 힘으로는 죽일 수 없는 상대였음을 불과 얼마 전에 인정한 참이야. 게다가 난 혼자가 아니잖아. 너랑 모토바네 씨도 있어."

"……난, 앞으로도 쥰짱의 친구로 있어도 돼?"

"카오리, 너 바보야?"

그런 질문을 하는 친구에게 오히려 살짝 화가 났다.

"그걸 내가 굳이 답해야 해?"

"그렇구나, 쥰짱──."

하늘을 올려다보던 카오리가 조금씩 고개를 아래로 내렸다.

눈을 치켜뜨고서.

"──쥰짱!"

갑자기 카오리가 그렇게 외침과 동시에 나를 향해 팔을 뻗었다.

바스락.

카오리가 소리치는 와중에 뒤에서 그런 소리가 들려왔다.

나——아사모리 유키코가 이번에 맡은 역할은 실체화한 그래프를 한 차례 해치운 뒤에 봉인하는 것이다. 그렇기에 지금은 할 일이 없어서 이치히코 군을 지그시 쳐다보는 중이었다.

……에헤헤, 집중하는 이치히코 군의 모습도 멋져. 내가 후드를 눌러 쓴 채 이치히코 군을 바라보고 있을 때였다.

"——찾았다!"

이치히코 군이 갑자기 그렇게 소리치는 바람에 나는 깜짝 놀라 어깨를 움츠렸다.

"앗! 그게 어디예요, 이치히코 선배?!"

손에는 거대한 비닐우산을 쥐고 허리에는 검 형태의 간이 병장을 찬 쿠치하라 양이 이치히코 군에게 물었다.

"지금 막 세컨드 하프가 사라진 곳에—— 엉?"

이치히코 군은 도중에 의아하다는 듯이 말하며 인상을 찌푸렸다.

"아니, 잠깐. 그 사람들 괜찮은 거 맞겠지……?! 지금 당장 연락 좀 해 봐, 바로 근처에 모토바네 씨 일행이 있어!"

◆ ◆ ◆

준짱의 뒤에서—— 어느 민가의 문 위에 나타난 자그마한 도마뱀처럼 생긴 생물을 보고 나는 자기도 모르게 소리쳤다.

왜냐하면 저 도마뱀에게는 꼬리가 없으니까.

게다가 머리에 난 뿔도 한쪽이 없었다.

그것만 봐도 그래프일 가능성이 충분한데, 심지어 그 도마뱀은 쥰짱을 향해 문에서 점프까지 했다. 마치 나 좀 잡아가 달라고 주장하는 게 아닐까 싶을 만큼 빈틈 가득한 도마뱀이었지만── 그래도 뒤에서 날아들면 알아차릴 수가 없다.

나는 쥰짱을 내 쪽으로 끌어안으며 그 도마뱀으로 팔을 뻗었다.

"카, 카오리?!"

나는 쥰짱의 머리가 내 가슴에 닿는 감촉을 느끼며 날아드는 도마뱀을 양손으로 움켜쥐었다.

"후우……. 다행이다. 쥰짱, 괜찮아?"

"대, 대체 무슨 일이야……? 카오리, 그건 또 뭐야?"

내가 쥰짱으로부터 떨어지자, 쥰짱은 내가 오른손에 쥐고 있는 도마뱀을 보며 고개를 갸웃거렸다.

"이런 도마뱀은 처음 봐……. 뿔도마뱀인가? 하지만 그런 것치곤 꼬리도 안 보이고 머리에 난 뿔도 한쪽이 없잖아. 혹시 이게 그 실체화된 그래프 아닐까?"

자그마한 도마뱀이 내 손 안에서 발버둥 쳤다. 크기는 대략 7, 8센티미터 정도 되려나?

"……그건 그렇고, 카오리. 그런 걸 용케 손으로 잘 잡네?"

"딱히 못 잡을 것도 없는걸~. 옛날엔 자주 함께 벌레 잡으러 가곤 했잖아?"

우리가 그런 대화를 나누는 와중에 모토바네 씨의 팔찌형 통신기에서 호출음이 울렸다.

"여기는 모토바네. 누구시죠?"

『쿠, 쿠치하라입니다! 모토바네 씨, 조심하세요! 이치히코 선배가, 그 근처에 그래프가 있다고——.』

"……오리쿠라, 역시나 그 녀석은 그래프 맞는 것 같은데? 얼른 한 차례 해치우——."

모토바네 씨가 말하는 와중에 도마뱀이 입을 쩌억 벌렸다.

그러고는 그 속에 감춰져 있던 뱀처럼 예리한 송곳니를—— 내 손에다 푹 박아 넣었다.

"아얏…… 어?!"

어……. 뭐, 뭐야, 이거——.

"카오리! 괜찮아?!"

세계가 빙빙 도는 듯한 느낌이 드는가 싶더니, 물린 상처를 통해 마치 내 안에서 무언가가 송두리째 빠져나오는 것 같은——.

"안, 돼……!"

나에게 달려오는 준짱을, 나는 죽을힘을 쥐어짜 밀쳤다.

준짱이 당혹스러운 기색으로 나를 쳐다보았다. 이 말만큼은 반드시 준짱에게 전하겠노라고, 나는 흐릿해지는 의식을 쥐어짜 냈다.

"준, 짱…… 모토, 바, 씨……."

내 눈앞에서 그림자가 모여들기 시작했다.

"도망, 쳐!"

검은 그림자가 내 시야와 의식을 가득 메웠다.

무기질적인 뿔도마뱀의 눈이 나를 지그시 응시하고 있었다.

◆ ◆ ◆

——검은색 몸체에 머리에 난 두 개의 뿔, 구멍이 뻥 뚫린 것 같은 흰색 눈, 몸 굴곡이 적은 평평한 몸. 우리 앞에 나타난 건 낯익은 오니였다.

"이 녀석은…… '의심암귀^{글래디에이터}' 인가?!"

하지만 그렇다고 단언하기에는 조금 이상한 부분이 있었다. 눈앞에 있는 이 녀석은 오리쿠라 자신이 불러낸 '의심암귀^{글래디에이터}' 보다 갑절은 더 컸기 때문이다. 키만 해도 3미터 반에 달하는 것 같았다.

그리고 그 뒤쪽에—— 의식을 잃은 것으로 보이는 오리쿠라가 눈앞에 있는 오니의 등에 업혀 있었다.

바로 그때였다. 오리쿠라가 오니의 몸으로 서서히 빨려 들어가더니—— 이내 오리쿠라의 모습이 완전히 사라졌다.

"카오리! 카오리!"

"진정해, 카고메! 아마 죽지는 않았을 거야! 만약 정말로 죽었다면 저 오니도 사라졌을 테니까!"

나는 오니를 향해 뛰쳐나가려고 하는 카고메의 어깨를 붙잡고 질타했다. ——대체 무슨 일이 일어난 거지?

사실 진정하라는 말은 나 자신에게도 들려주고 싶은 말이었다. ……상황을 정리해 보자.

그 뿔도마뱀처럼 생긴 그래프가 오리쿠라를 깨물자마자 이 녀석이 나타났다. 그리고 바로 조금 전에 오리쿠라가 카고메를 밀쳤던 이유가, 만약 자신에게서 떨어뜨리려고 그랬던 거라면―― 지금 상황은 오리쿠라로서도 명백히 예상 밖이었음을 알 수 있다.

그리고 마지막으로 했던 그 말―― '도망쳐'.

다시 말해, 앞으로 벌어질 일과.

저 뿔도마뱀의 능력은――.

"카고메, 일어서! 일단 물러나자!"

"말도 안 되는 소리 마세요! 카오리를 놓고 도망치다니요――."

"그 오리쿠라가 도망치라고 한 거 못 들었냐! 만약 내 예상이 맞다면――."

지금껏 가만히 있던 오니가 움직이기 시작했다.

"――저 오니는, 우리를 노리고 있어! 우리만으로는 맞설 수 없다고!"

오니가 주먹을 치켜드는 모습을 보고 나는 카고메를 끌어당기며 뛰쳐나갔다.

오니가 아무 망설임 없이 주먹을 내리찍었다. 마치 폭탄이라도 터진 듯한 굉음이 주택가에 울려 퍼졌다.

콘크리트로 포장된 바닥을 헤집고 구덩이를 만들 정도의 위력―― 이거 장난 아니잖아! 저런 걸 맨몸으로 맞았다간 즉사하겠는데!

"이럴 수가…… 카오리가 우리를 공격하다니."

"그게 아니야. 오리쿠라가 공격하는 게 아니라고! 저건 십중팔구 그래프의 능력 때문일 거야!"

아마 '깨문 상대의 능력을 탈취하는' 능력임에 틀림없겠지. 거 참 성가신 능력을 가지고 있군 그래……!

애초에 그래프가 접근하지 못하게 막기만 해도 별다른 피해는 없을 것이다. 세컨드 하프의 규모가 작았던 이유도 아마 그 때문이겠지만——그래도 그딴 게 어딨냐고, 젠장!

"이 자식이——카오리를 풀어 줘! '금사작(카나리엘)'!"

카고메는 도망치는 와중에도 여러 마리의 카나리아를 자아내며 오니 쪽으로 날렸다.

오니는 성가시다는 듯이 팔을 휘둘렀다. 대충 아무렇게나 휘두르는 모습을 보니, 아무래도 오리쿠라의 행동 패턴까지는 탈취하지 못한 모양이었다. 그건 불행 중 다행이었다. 저런 힘에 움직임마저 깔끔했다면 정말로 손 쓸 방법이 없을 테니까.

그래도 동작이 커진 만큼 파괴력 자체는 늘어난 것 같았다. —— 마치 거대한 망치라도 내리치는 것처럼, 눈먼 일격이 땅바닥을 때릴 때마다 마치 지진이라도 일어난 듯한 진동이 우리를 덮쳤다.

……아무리 움직임이 엉성해도 손 쓸 방법이 없군. 적어도 우리에게는.

내가 전황을 살피고 있는 와중에 카고메의 '금사작(카나리엘)'이 오니의 몸에 실을 휘감았지만——.

"——큭, 능력을 봉쇄할 수 없잖아?!"

"네 그래피티는 능력을 사용하는 녀석의 몸에 직접 닿지 않으면 효과가 없어! 오리쿠라도 뿔도마뱀도 지금은 저 오니에게 덮여 있다고! 우리로서는 상대가 안 돼!"

"하지만——."

금방이라도 울음을 터뜨릴 것만 같은 얼굴로 카고메가 나를 쳐다보았다.

이거야 원, 의외로 너도 어린애 같을 때가 다 있단 말이지——. 진심으로 오리쿠라를 구하고 싶다면 방법이야 얼마든지 있을 텐데!

"통신기로 다른 사람들에게 정보를 전달해! 다른 사람들의 도움만 있으면 얼마든——카고메!"

내 쪽을 쳐다보느라 주의력이 떨어진 카고메를, 나는 아까 오리쿠라가 그랬을 때보다 훨씬 세게 밀쳤다.

오니가 우리를 향해 팔을 휘둘렀기 때문이다.

저 손톱에 맞았다간 틀림없이 사망할 것이다. 그럼 내가 할 일은 단 하나밖에 없었다.

카고메를 오니의 팔이 닿지 않는 곳까지 밀쳐 낸 뒤, 나는 그 반동을 이용해 오니의 팔 안쪽으로 파고들었다!

닥쳐오는 검은색 팔뚝을, 양손을 교차해 방어——하지 못했다.

"컥……!"

내 몸에 손톱이 직격하는 건 어찌어찌 피했지만 오니의 완력은 엄청났다. ——교차한 팔에서 우지직, 하는 소리가 난 직후 나는 그대로 튕겨져 나가 민가의 울타리에 처박혔다.

"윽, 커, 억……. 콜록, 콜록."

충격이 온몸을 뒤흔들었다. 입으로 피를 토했다. 전신에 타박상을 입은 나는 꼼짝도 할 수 없었다.

……어중간하게 의식이 있는 바람에 오히려 고통이 갑절로 느껴

지는군. 입에 꼬나물고 있던 담배도 떨어뜨렸고…….

"모토바네 씨!"

"……윽."

이 멍청아, 도망쳐.

튕겨져 나간 내가 걱정이 되었는지 이쪽으로 뛰어오려고 하는 카고메에게 나는 그렇게 말하려고 했지만 목소리가 나오지 않았다.

그리고 그런 카고메를 향해 오니가 팔을 휘둘렀다.

──웃기지 마. 오리쿠라의 손으로 카고메를 죽이게 할 셈이냐.

그렇지만 나로서는 싸울 수 있는 힘도, 체력도 전혀 없었다.

오니가 무자비하게 팔을 내리찍으려던 바로 그때──.

"으라아아압!"

갑자기 난입해 등장한 녀석이 오니의 팔을 걸어차 궤도를 틀었다.

"……윽, 하아, 콜록."

나 원, 이런 상태에서는 내 맘대로 웃지도 못하는 건가.

"카고메, 모토바네 씨, 괜찮으세요?!"

……카고메는 그렇다 쳐도, 지금 내 꼴이 정말로 괜찮은 걸로 보이면 안과나 가라.

그렇게 한소리 하고 싶을 만큼 호쾌하게 나타난 그 녀석은.

나랑 동기인 1급 이레이저, 아스카 이치히코였다.

◆ ◆ ◆

『쿠치하라, 나야.』

"──사사미야 선배! 다행이다. 이제야 연락이 됐어!"

먼저 향한 이치히코 선배를 뒤쫓던 와중에 사사미야 선배로부터 연락이 들어왔다.

『실체화한 그래프를 찾았다면서?』

"네, 이치히코 선배가 먼저 그쪽으로 향했는데── 조금 전부터 엄청 요란한 소리가 들려오는 걸 보니 아마 전투가 벌어진 게 아닐까 싶어요. 이제 저희도 슬슬 도착…… 앗?!"

눈앞에 펼쳐진 광경에 나는 내 눈을 의심했다.

『쿠치하라? 왜 그래?』

사사미야 선배의 물음에 나는 살짝 뒤늦게 답했다.

"저어……. 이치히코 선배랑 오리쿠라 선배가, 서로 싸우고 있어요."

『뭐라고?』

사사미야 선배가 의아하다는 투로 말했다.

내 눈앞에서는 저번에 봤을 때보다 갑절은 더 커 보이는 오니── '의심암귀'라고 했던가? 여하튼 그 오니가 이치히코 선배와 주먹질과 발차기를 주고받는 중이었다.

하지만 저번 대련 때와 같은 평온한 분위기는 온데간데없었고 ── 마치 두 사람 모두 서로를 죽일 기세로 싸우는 듯한, 실전의 위험한 분위기가 느껴졌다.

"코토짱! 일단 모토바네 씨부터 옮기자!"

"으, 응!"

나는 니나의 제안을 받아들였다. 싸우는 두 사람을 피해 빙 돌아간 우리는 울타리에 내동댕이쳐져 있던 모토바네 씨를 살짝 떨어진 장소로 옮겼다. 카고메 선배도 거들었다.

"으윽……. 미안, 하군……. 너희 덕분에, 살았, 어."

"억지로 말하지 마세요! 모토바네 씨, 어쩌다 이 지경이……!"

"……이쪽은 이쪽대로, 이런저런, 사정이 있었, 다고…… 으윽."

아무래도 모토바네 씨는 카고메 선배를 감싸려다 이런 부상을 입은 모양이었다.

"카고메 씨, 모토바네 씨, 죄송하지만 지금은 상황이 상황인지라 먼저 현재 상황부터 설명해 주실래요? 사사미야 실장님도 통신기 너머로 듣고 계시니까요. 왜 이치히코 군과 오리쿠라 씨가 서로 싸우고 있는 거죠?"

니나가 두 사람에게 현재 상황을 설명해 달라고 요청하자, 카고메 선배가 고개를 끄덕였다.

"그게, 그 실체화한 그래프 말인데──."

──야노 그 멍청이가 죽고.

나는 싸울 이유를 잃었다.

"──크기는 일반 도마뱀과 비슷해. 아마 방어력이나 내구력도 그 겉모습만큼이나 그리 대단하진 않을 거야."

하지만 별생각 없이 화캔에 입단한 나에게 처음부터 싸울 이유는 없었다. 굳이 있다면 야노를 돕는 거라고나 할까. 하지만 그 도울 대상이 사라져 버렸으니……. 필연적으로 내가 싸울 이유도 의미도 함께 사라져 버리고 말았다.

게다가 내 그래피티 '해월룡'은 툭 까놓고 말해서 써먹기 어려웠다. 물론 모습을 안 보이게 하면 기습을 가하는 등의 상황에서 도움이 되는 부분도 있겠지만, 그래 봤자 지속 시간이 30초밖에 안 되는 능력이다.

그런 점에서 야노의 '총을 만들어 내는' 그래피티와는 상성이 좋았다. 발사된 탄환이 적을 꿰뚫는 데 불과 3초도 걸리지 않았으니까.

"──하지만 모토바네 씨의 말씀에 따르면 저 뿔도마뱀의 능력은 '깨문 상대의 능력을 탈취' 하는 능력일 가능성이 높다고 해. 지금 돌아가는 상황을 보면 내가 생각해도 그게 맞는 것 같아. 카오리도 오니에게 붙잡혔고."

"그래서 저 오니가 적으로 돌아섰군요…."

"……으, 응……."

그래피티야 못 쓸 것도 없었지만 어차피 전투에서는 거의 무력했다. 매사에 별 의욕도 없었던 나는 담배에 손을 대는 등 약 한 달의 시간을 무의미하게 보냈다.

저번에 아스카한테 혼자서 걷는 방법을 몰랐다고 했던 건 그런

뜻에서 한 말이었다.

나에게는 싸울 이유도 목표도 없었다.

"이제 어쩌면 좋지⋯⋯. 이제 보니 저 오니는 기술은 없어도 힘이 엄청난데?"

"그래도 사사미야 실장님이라면 저 오니를 상대로도 이길 수 있지 않을까요?"

『⋯⋯안에 오리쿠라가 있으면 어려워. 자칫 내 공격을 정통으로 맞았다간 크게 다칠지도 몰라. 상처 조금 입는 정도로는 안 끝날 걸?』

이제 그만 화캔을 때려치울까━━ 그런 생각이 들던 차에 나는 카고메와 오리쿠라를 만났다.

아니, 만났다기보다는 현관홀에서 우연히 바로 뒷자리에 앉아 있었을 뿐이지만.

그래피티 능력이 약해지는 바람에 의기소침해진 카고메와, 그런 카고메 몫까지 죽을 때까지 계속 싸우겠다며 섬뜩한 소리를 하는 오리쿠라. 뭐랄까, 이 녀석들이 나누는 얘기를 듣고 있다 보니 서로 미묘하게 어긋난 부분이 있었다. 서로 사이는 좋은 것 같은데 말이다.

서로 사이는 좋은데 어긋난 그 느낌이 마치 과거의 나와 야노를 옆에서 보는 것만 같았다.

이대로 가다가는 이 녀석들도 우리처럼 어처구니없는 방식으로 헤어지는 게 아닐까, 문득 그런 생각이 들었다.

『다만━━ 방법이 아예 없지는 않아.』

"그게 정말이야, 사사미야?!"

『어. 하지만, 딱 하나 문제가 있어. 그건──.』

──그렇기에, 그때 나는 자기도 모르게 이렇게 말했다.

나를, 너희 팀에 껴 주지 않겠냐고 말이다.

처음엔 그게 무슨 소리냐며 반발하지 않을까 싶었지만⋯⋯ 의외로 쾌히 승낙하는 모습에 나는 깜짝 놀랐다. 심지어 팀 리더까지 맡게 될 줄은 꿈에도 몰랐지만.

나는 기억하지 못했지만 듣자 하니 오리쿠라의 2급 승급 심사 때 심사를 담당했던 사람이 나와 야노 팀이었다고 한다. 그런 걸 용케 기억하고 있구나 싶었지만, 뭐, 결과가 좋으니 그냥 그런가 보다 하고 넘어갔다.

──내가 그 녀석들의 팀에 들어간 이유는 내 쓸데없는 걱정 때문인지, 아니면 그냥 자기만족 때문인지. 아직도 답은 나오지 않았지만.

그래도 아까 그 녀석들이 나눈 대화를 듣고 나는 조금 기뻤다.

뒤틀렸던 두 사람이 이제야 정상적인 두 사람으로 돌아온 것 같은 느낌이 들었기 때문이다.

그렇기에.

거기서 카고메를 죽게 놔둘 수 없다고 판단했는지 모르겠다.

뭐, 사실 이건 나중에 덧붙인 이유일 뿐이고 그땐 그냥 몸이 멋대로 움직였을 뿐이지만.

⋯⋯카고메의 말을 빌리자면 우리는 팀이니까 말이다.

동료가 위험에 처했는데 몸이 움직이는 거야 당연할 테지⋯⋯

응?……하아.

뭐야, 결국.

나도 그 멍청이랑 똑같은 짓을 한 거잖아.

……그럼 오리쿠라 그 녀석도 죽을 작정으로── 아니, 그것만큼은 그 멍청이랑 같은 짓을 벌였을 리 없겠지.

살아서, 도와줘야 하니까 말이다.

"사사미야 선배, 그치만, 그 방법으로는──."

『그래, 오리쿠라에게 괜한 상처를 입히고 말겠지.』

"……하지만 확실하게 멈추려면 그 방법밖엔 없다는 거지? 이번엔, 어쩔 수가──."

"──얘긴 다 들었어."

나는 주머니 안에서 담배를 꺼냈다.

입에 꼬나물고 불을 붙였다.

너덜너덜해진 몸에 채찍질을 해 가며 일어선 뒤, 있는 힘껏 담배 연기를 빨아들였다.

……아, 젠장.

꼭 이럴 때만 담배가 맛있단 말이지!

주위에 있는 일동이 눈을 휘둥그레 치켜떴다. 나는 별하늘에 대고 담배 연기를 내뿜은 뒤── 웃으며 선언했다.

"그 역할은…… 내가 맡도록 하지."

──자, 그럼.

공중에 친 결계 위에 서서 나는 생각을 정리했다.

쿠치하라 일행에게 작전 내용을 전하기는 했지만── 그래도 일단은 그 녀석들 근처까지 가서 상황을 한번 보도록 할까.

세컨프도 여럿 박살 낸 참이고 나머지는 굳이 내가 손쓸 필요도 없겠지.

내가 속으로 그렇게 생각한 바로 그때── 나는 퍼뜩 하늘을 올려다보았다.

"……어?!"

구름 한 점 없는 하늘에 흐릿한 오로라가 서서히 끼기 시작했다.

그리고 그것은 소용돌이치듯 한곳에 모여들어 이윽고 구체가 되었다. 그리고 그 크기는 계속해서 커져만 갔다.

그러는 와중에 통신기의 호출음이 울렸다. 구체── 세컨드 하프가 지금 막 출현하기 시작한 그 광경에서 눈을 떼지 못한 채 나는 통신에 응답했다.

『사──사사미야 실장님! 직경 1킬로미터가 넘는 거대한 세컨드 하프가 그 근처에 출현했습니다!』

"네, 그렇잖아도 지금 막 출현하는 모습을 보는 중이에요."

──나는 그렇게 답하며 잠시 동안 생각한 뒤.

"저는 곧바로 저걸 처리하러 가 볼게요."

『어──. 낙하 중인 세컨드 하프를요?』

"네, 들어갈 수 있을지 없을지는 모르겠지만요. 혹시 모르니 다른 특급── '패자(覇者)'와 '마녀', 그리고 움직여 줄지는 모르겠지만 '악식(惡食)' 한테도 연락을 해 주실래요? 그럼, 전 이만."

나는 통신을 끊었다. 그러고는 결계검과 참렬검을 손에 쥔 뒤, 발판으로 삼은 결계를 박차고 상공으로 향했다.

낙하가 끝날 때까지 기다리지 않고 굳이 지금 세컨프로 향하는 데에는 물론 이유가 있다.

이번에는 수장룡 때처럼 잡것들이 뒤섞여 뻥튀기된 1킬로미터급은 아닐 것이다. 아마도 과거에 출현한 1킬로미터급과 마찬가지로——봉인되기 전의 '칠식'이 출현했을 때와 마찬가지로, 저 재앙의 알은 정말로 치명적인 위험을 잉태하고 있을 것이다.

이에 맞서려면 칠성검의 힘이 필수적이다.

하지만 이대로 낙하했을 경우 문제가 발생할 가능성이 높다.

세컨프 위에 또 다른 세컨프가 떨어진 적은 지금까지 한 번도 없었지만, 아마도 더 큰 쪽에 흡수된다고 보는 게 타당할 테지. 다시 말해, 지금 지상에 있는 세컨드 하프에서 싸우는 단원들도 나랑 같은 전장에 서게 된다는 말이다.

그렇게 되면 광범위한 파괴력을 가진 칠성검을 함부로 휘두를 수 없다.

상대가 어떤 능력을 가지고 있는지는 몰라도 패배할 위험성은 눈에 띄게 상승한다.

만약 내가 쓰러지면, 쿠치하라…… 아니, 다른 녀석들이 위험에 노출된다. 그것만큼은 실장으로서 용납할 수 없는 일이다.

저걸 처리하는 것은 내 역할이다.

——그건 그렇고.

……왜 가장 먼저 쿠치하라의 얼굴이 떠올랐던 걸까…….

나는 속으로 그런 생각을 하면서 결계를 치고 착지했다. 그리고 거기에서 다시 한번 도약하고자 무릎을 구부렸을 때였다. 갑자기 통신기가 울렸다. 상대는 놀랍게도 방금 내가 떠올린 얼굴이었다.

"왜 그래? 쿠치하라. 무슨 문제라도 있어?"

『아, 아뇨. 방금 말씀하셨던 그 작전은 아직 시작하지 않았지만 —— 사사미야 선배, 공중에 새로 출현한 세컨드 하프로 가시는 중이죠?』

아, 방금 그 통신을 모두가 들었나 보네.

"맞아. 그럴 셈이지. 미안하지만 한동안은 연락을 취하지 못할 거야. 혹시나 작전 중에 무슨 일이 일어나더라도 내가 나오기 전까진 어떻게든 시간을 벌어."

『아, 알았어요. 아, 저기, 그게 아니라——.』

왜 저러지? 무슨 일인지 내가 물어보기도 전에 쿠치하라가 먼저 말했다.

『저어, 제가 이런 말씀드리기도 좀 그렇지만요. ——히, 힘내세요!』

나는 눈을 휘둥그레 치켜떴다.

내가 다른 사람을 격려하는 경우는 있어도, 다른 사람이 나를 격려해 주는 경우는 없었기 때문이다.

"……쿠치하라, 나한테 그런 말을 한 녀석은 네가 처음이야."

품, 나는 웃음을 참아 가며 그렇게 답했다.

『아, 죄, 죄송해요. 제가 주제넘게 그런 말을…….』

"아니, 고마워. 쿠치하라. 덕분에 의욕이 좀 생겼어——. 그러는 너도 힘내."

『……아, 네, 넵!』

통신을 끊었다. 나는 무릎을 구부렸다가, 도약했다.

신기하게도 힘이 샘솟는 것 같은 그 느낌에 나는 몸을 맡겼다.

"지부—— 여기는 사사미야! 지금부터 상공에 있는 세컨드 하프로 돌입하겠습니다!"

『알겠습니다. ——행운을 빕니다.』

나는 흐릿한 오로라처럼 생긴 외벽을 돌파했다.

전황은, 솔직히 말해서 좋지 않아 보였다.

코토짱을 비롯해 다른 사람들이 작전을 회의하고 준비하는 동안에 나는 이치히코 군과 오리쿠라 씨의—— 아니, 오니의 싸움에 주목하는 중이었다. 경우에 따라서는 이치히코 군을 지원해서 싸움을 최대한 길게 끌 필요가 있기 때문이다.

주택가 속에서 격렬한 육박전이 펼쳐졌다. ——얼핏 호각처럼 보일지 몰라도 밀리는 쪽은 이치히코 군 쪽이었다.

——일단 싸우는 장소 자체가 불리했다.

이곳은 세컨드 하프 내부와는 달리 3차원이다. 만약 싸우는 도중에 집이 부서지면 다시 복구되지 않는다.

게다가 집 안에는 사람들이 있다. 섣불리 부수면 그 과정에서 부상자가 나올 수 있다.

이치히코 군 또한 그 사실을 잘 알고 있기에 선불리 공격에 나서지도, 선불리 공격을 피하지도 못했다. 지금까지는 민가에 피해가 미치지 않도록 오니의 공격을 가까스로 잘 막아 내고 있지만, 오니의 힘이 지나치게 강해진 탓인지 공격을 막아 내도 피해를 완전히 없애지 못하는 모양이었다.

이치히코 군의 움직임이 서서히 둔해지고 있는 것이 가장 확실한 증거였다.

더군다나 저 오니의 안에는 오리쿠라 씨가 있다. ——발경을 쓰면, 아니 굳이 쓰지 않더라도 저 움직임의 틈을 파고들어 오니에게 피해를 줄 수 있을 것이다. 하지만 그랬다가는 안에 있는 오리쿠라 씨마저 피해를 입고 만다. 그렇기에 좀처럼 공격에 나서지 못하는 상황이었다.

이대로 가다가는 언젠가 패배하고 만다. 하지만 그렇다고 내 '십구의'로 이치히코 군을 지원하기에는 이곳은 장소가 매우 협소했다. 함부로 궤도를 늘이면 결계가 민가와 충돌할지도 모른다. 현재 소총 형태의 간이 병장을 소지하고는 있지만 내 실력으로는 민가와 이치히코 군에게까지 피해를 입힐 우려가 있다.

반면에 오니 쪽은 마음껏 공격하는 중이었다. 일격 하나하나가 콘크리트째로 땅바닥을 헤집을 정도의 위력으로 말이다.

이치히코 군은 서서히 밀리고 밀리다가—— 어느새 바로 뒤에 민가가 있었다. 폭발음을 들었는지 어린아이가 커튼 사이로 이쪽을 엿보는 모습이 눈에 들어왔다.

"……큭!"

그 모습을 본 이치히코 군이 각오를 다진 표정으로 팔을 앞으로 뻗고 자세를 취했다.

마침내 오니의 일격이 이치히코 군에게 정통으로 들어갔다.

하지만 그와 동시에—— 이치히코 군 또한 오니의 팔을 정면으로 받아냈다.

자신의 몸을 이용해 오니의 주먹 위력을 줄이고자 한 것이다.

"으, 으큭!"

이치히코 군이 이를 악물었다. 머리에 혈관이 불거졌다. 몸이 조금씩 뒤로 밀려나는 와중에도 억지로 힘을 쥐어짜 오니의 일격을 완전히 막아 냈다. 유리창까지 불과 몇 센티미터를 남겨 두고 말이다.

하지만——.

"커, 헉!"

오니가 팔을 뒤로 빼자마자 이치히코 군의 몸이 앞으로 기울었다. 무릎에 손을 짚고 버티어 가까스로 고꾸라지지는 않았지만, 이치히코 군은 어깨를 들썩이며 가쁜 숨을 몰아쉬었다. 아무리 봐도 이 이상은 제대로 싸울 수 있는 상태가 아니었다.

——뒤쪽에 어린아이가 있었다고는 해도 설마 그 공격을 정통으로 받아 낼 줄이야……. 아무리 그래도 팔과 복근마저 사용해 가면서 막은 건 너무 무모했어, 이치히코 군!

그리고 어설프지도, 인정이 많지도 않았던 오니는 그 틈을 놓치지 않았다.

여기서 한 번 더 일격을 가하고자 오니가 다시금 팔을 높이 쳐들었다.

"……윽!"

나는 오니의 옆을 지나 이치히코 군의 곁으로 달려간 다음, 마치 기도하듯 손을 모았다.

"'십구의^{익스피어}'!"

나는 나를 중심으로 우리 두 사람을 아슬아슬하게 덮을 만한 크기로 '십구의^{익스피어}'를── 결계를 전개했다.

이 결계는 직경을 작게 만들수록 방어력이 높아진다. 이제 한동안은 버틸 수── 있을 줄 알았는데.

"말도 안 돼?!"

오니가 내리친 일격을 맞고 결계에 살짝 금이 갔다.

추가로 두 번째 일격을 맞자 금이 한층 더 커졌다.

그리고 이것이 마치 마무리 일격이라는 듯이──.

"꺄악?!"

느닷없이 목덜미를 붙잡힌 나는 뒤로 넘어졌다.

그리고 그와 동시에 오니의 팔이 내 결계를 박살 내고── 오니의 손톱이 바로 조금 전에 내가 있던 위치를 가르고 지나갔다.

"……고마워, 니나짱. 덕분에 살았어."

"지금 이 상황을 놓고 과연 살았다고 할 수 있을지는 모르겠지만……."

눈앞에는 기묘한 위압감을 내뿜는 오니가 있었다. 결계는 겨우 세 번의 공격을 받고 박살 났다.

……얼마 전엔 수장룡한테 일격을 받고 결계가 사라진 적도 있었는데, 에휴…….

방어에 대한 자신감이 뚝 떨어질 것만 같았다.

——하지만, 그래도.

목적은 이미 달성했으니까.

"……아직 살았다고는 할 수 없을 것 같지만——."

이치히코 군이 가쁜 숨을 몰아쉬며 팔을 치켜든 오니를 응시했다.

"그래도 작전을 세우기 위한 시간은 충분히 번 것 같군."

이마에 구슬땀이 맺힌 상태에서도 이치히코 군은 다부지게 씨익 웃었다.

바로 그때였다. 우리와 오니 사이로 잽싸게 미끄러져 들어온 실루엣이 있었다.

"——야아아아앗!"

푸르스름한 검은색 머리의 사이드 테일을 흔들며 코토짱이 오니를 향해 비닐우산을 치켜들었다.

——아직, 멀었어!

나는 오니가 내리치는 팔 움직임에 맞춰 우산을 밑에서부터 치켜들었다.

맞부딪치기까지—— 아직, 아직——. 지금이야!

팔과 우산이 맞부딪친 바로 그 순간에 나는 '삼탄총'을 사용했다.
^{앱솔루트 로어}

내 우산과 오니의 팔이 마치 십자가 형태를 그리듯 맞부딪친 상태에서 내 그래피티 효과를 받은 우산이 오니의 팔에 박혔다.

——비록 접은 우산의 면적만으로는 이 공격을 튕겨 낼 수 없지만.

내리치는 힘이 강하면 강할수록, 만약 장애물과 부딪쳤을 경우에는 돌아오는 충격도 그만큼 커지는 법이다. '삼탄총'으로 튕겨진 이 우산은 3센티미터를 이동하기 전까지는 무슨 일이 있어도 멈추지 않는다.

마치 둥글게 만 신문지를 철봉에다 때렸을 때처럼 오니의 팔이 찌부러지고 꺾였다.

나는 곧바로 우산을 휘둘러 힘이 빠진 오니의 팔을 튕겨 냈다.

오니가 경계하기 시작했는지 우리로부터 몇 걸음 뒤로 물러났다.

나는 그 오니를 쫓아 집 정원을 벗어나 골목길로 나왔다. 그리고 나보다 키가 갑절이나 더 큰 오니와 정면으로 마주했다.

"……후, 우……."

오니를 집 근처에서 떼어 내는 것과 첫 일격을 막아 내는 것까지는 순조로웠다. 나는 내심 안도했지만, 그래도 아직 방심은 금물이다.

작전은 아직 시작도 하지 않았으니까.

카고메 선배의 가르침을 떠올리며 난 우산을 봉처럼 겨누었다.

"하, 하……. 정말 굉장해, 쿠치하라. 덕분에 살았어."

니나에게 어깨를 빌린 채 이쪽으로 다가온 이치히코 선배가 그렇게 말했다.

"아, 아뇨……. 이치히코 선배는 몸 좀 괜찮으세요?"

"그야 물론…… 괜찮다고 말하고 싶은 마음은 굴뚝같지만, 아무래도 몸 내부가 좀 당한 것 같거든. 콜록."

"아니, 이치히코 군, 피가……!"

이치히코 선배가 말을 하는 도중에 무언가를 토해 낸 것 같은 소리가 났다. 아무도 피를 토한 모양이었다.

"콜록……. 신경 꺼, 니나짱……. 쿠치하라, 너도."

순간적으로 이치히코 선배 쪽으로 신경이 쏠릴 뻔했지만, 나는 눈길을 돌리지 않고 오니를 응시했다.

……내가 만약 눈을 뗐다면 그대로 공격받았을 것이다. 아마 대응도 못 하고 그대로 당했겠지.

그것만큼은 무슨 일이 있어도 피해야 한다.

내가 쓰러지면 작전 자체가 어그러지기 때문이다.

"이치히코 선배, 다치신 와중에 죄송하지만 제 지원을 부탁드려도 될까요?"

"맡겨만 줘. 비록 몸은 움직일 수 없지만 '사경'은 쓸 수 있으니까. 저 녀석의 손가락 움직임 하나 놓치지 않을게. 그러고 보니 유키코 씨는?"

"그래프의 모습이 보이지 않아서 백책과 펜을 쥔 채 대기하는 중이야, 이치히코 군."

"그렇군…… 좋았어. 쿠치하라, 그럼 미안하지만 오니 상대 좀 부탁할게."

"──네, 갑니다!"

나는 우산을 쥐고서 오니 쪽으로 발을 내딛었다.

오니가 그 중량감 넘치는 다리를 치켜들었다. 아마 왼쪽 다리로 발차기를──.

"쿠치하라, 오른발 돌려 차기야!"

나는 이치히코 선배의 지시를 듣고 앞으로 내밀었던 우산을 뒤로 뺐다. 오니의 왼쪽 다리가 그대로 땅바닥을 밟았다. 그리고 그 자세에서 오니가 몸을 빙글 돌렸고, 오니의 오른쪽 다리가 내 우측을 덮쳐들었다.

마치 바람을 찢어발길 듯한, 등골이 싸늘해질 것만 같은 돌려 차기였다.

하지만── 수장룡의 열파에 비하면!

"이 정도쯤은, 아무것도 아니야!"

나는 우산의 J자형 손잡이가 오니의 발뒤꿈치에 부딪치도록 바닥과 수평하게 우산을 휘둘렀다.

그리고 충돌하는 바로 그 순간에──.

"여, 기──다앗!"

나는 '삼탄총'을 발동했다. 튕겨진 우산의 손잡이가 오니의 발뒤꿈치에 박혔다.

발뒤꿈치의 움직임이 막혔음에도 나머지 부분은 움직임을 멈추지 않았고── 격렬한 기세로 무릎이 반대 방향으로 꺾이며 팔과 마찬가지로 불구가 되었다.

오른쪽 팔과 왼쪽 다리가 찌부러진 오니가 상황을 살피려는 듯이 움직임을 멈추었다.

그리고 그 틈을 타 작은 금색 새가 날아들었다.

카고메 선배의 '금사작'이었다.

두 카나리아가 오니의 오른쪽 손목과 발목에 각각 금색 실을 휘감고 달아났다. 오니의 몸은 검은색이었기에 무척이나 알아보기 쉬웠다.

——물론 저 오니에 능력을 봉쇄하는 '금사작'의 실을 휘감아 봤자 별 소용이 없음은 알고 있다.

하지만 그 실은 능력을 봉쇄할 목적으로 휘감은 것이 아니었다.

뒤이어 오니의 왼손에도 실을 휘감으려던 카나리아를, 오니가 성가시다는 듯이 짓뭉갰다.

"쳇……. 역시나 순순히 감겨 줄 생각은 없나 본데."

살짝 떨어진 곳에서 카고메 선배가 혀를 차며 중얼거렸다.

"그럼 지금부터 오니를 움직일게요. 그 틈을 타 실을 휘감아 주세요!"

"알았어!"

솔직히 울음이 터져 나올 것만 같았지만 나는 스스로를 다잡고 우산을 쥐었다.

지금 이 자리에서 오니와 정면으로 맞닥뜨릴 수 있는 사람은 나밖에 없다.

우는 소리나 하며 시간을 낭비할 상황도, 엉엉 울고불고할 상황도 아니다!

"──갑니닷!"

마음을 굳게 먹고 우산을 쥐었다.

나는 오니를 퇴치하고자 행동에 나섰다.

◆ ◆ ◆

──흐릿한 오로라가 시야를 가득 메웠다.

아무래도 낙하 중인 세컨드 하프에도 큰 문제없이 들어갈 수 있
는 모양이었다. 하지만 경치 복사가 아직 끝나지 않은 탓인지 발
디딜 만한 곳이 없었다. 나는 즉각 결계를 치고 그걸 발판 삼아 위
에 섰다.

"……이것만 보면 확실히 그냥 구체로군."

내가 두 자루의 검을 쥐고서 그렇게 중얼거린── 바로 그 직후
였다.

흐릿한 오로라 안에서 무언가가 반짝반짝 빛났다. 저건 타원형
──? 설마, '창문'인가!

"……이제 슬슬 납시나 본데?"

나는 눈을 가늘게 떴다. 좁아진 시야 속에서 그것이── 그래프
가 타원형 안에서 모습을 드러냈다.

그것은 사람과 흡사하면서도── 결코 사람의 형체가 아니었
다.

내 키의 10배는 달할 정도의 거대한 몸집에, 마치 석고상처럼 회

색을 띠는 몸 표면. 철사에 억지로 바위를 단 것처럼 삐걱삐걱 소리를 내는 거대한 날개. 비틀린 팔과 다리. 군데군데 색도 두께도 옅은 몸.

그리고 마치 몸이 둘로 쪼개진 것처럼 아예 존재조차 하지 않는 우반신.

──아아아아아아── 아아아아── 아아아아아아아아아아아아──.

비탄에 잠겨 목 놓아 우는 사람을 그대로 굳힌 것 같은, 비통함과 괴로움을 마구마구 뒤섞은 듯한 표정. ──반쯤 벌어진 입에서는 듣기만 해도 우울해질 것만 같은 목소리가 흘러나오고 있었다.

……과연. 혼자 1킬로미터급을 차지하고 등장할 만하군. 이거 꺼림칙한 위압감을 무진장 뿜어 대고 있잖아.

다행히도 흘러나오는 목소리는 정신 공격의 부류는 아닌 것 같았다.

확실히 듣기만 해도 우울해지는 목소리임은 분명했지만 그렇다고 우울감에 젖어 있을 상황도 아니었다. ──나는 발판으로 삼은 결계를 박차고 공중으로 도약했다. 그리고 즉각 그 녀석에게 참렬검── 직도를 내밀었다.

"미안하지만 내가 지금 시간이 없거든. ──곧바로 결판을 내 주지."

앞으로 내민 직도 주위를 다섯 자루의 검이 선회하기 시작했다. 그러고는 아까 석고상이 출현했을 때처럼 눈부신 빛이 검으로부터 뿜어져 나왔다.

빛이 사라지고, 나는 도신에 북두칠성을 본뜬 점이 찍힌 은색 검을 쥐고 있었다.

'칠식'^{세븐즈 액터} 제7식, 칠성검.

칠성검에는 비행 능력도 있다. ——이젠 굳이 발판을 만들 필요는 없다.

나는 바로 아래에 있는 석고상을 내려다보며 칠성검을 대상단 자세로 쥐었다.

예전에 시가지를 단 한 방에 완전히 날려 버렸던 그 검을, 나는 망설임 없이 밑으로 휘둘렀다.

모든 것을 가르고 티끌로 만들 은색 빛이 검에서 뿜어져 나오며 석고상을 집어삼켰다.

——그런 것처럼 보였다.

"어?!"

하지만 나는 경악한 나머지 숨도 쉬지 못했다.

——아아악, 악, 아아아악, 아아아아아아아아아아아아악——!!

석고상의 비명 소리가 한층 더 크게 울려 퍼짐과 동시에, 그 녀석의 왼쪽 팔에서 이변이 일어났다.

쩌저저저적. 석고로 이루어진 몸이 부르르 떨리며 그 왼쪽 팔에서 새로운 팔이 자라났다.

하지만 놀랄 부분은 그게 아니었다. 그 팔이 쥐고 있는 건——.

"칠, 성검?"

은색의 도신에 북두칠성을 본뜬 점이 찍힌 양날검. 잘못 볼 리 없었다. 저건 분명——.

생각할 틈도 주지 않은 채, 아까 내가 내뿜었던 은색 빛을 베어 가르듯 그 녀석은 새로 자라난 왼팔을 휘둘렀다.

"——아니, 설마!"

나는 한 차례 휘두른 칠성검을 고쳐 쥐었다.

석고상이 휘두른 칠성검으로부터 부채꼴 모양으로 흐릿한 오로라가 뒤섞인 은색 빛이 뿜어져 나왔다.

그 위력은.

믿을 수 없게도 내가 방금 가한 공격을 아득히 뛰어넘었다.

——그리고 내 시야가 은색으로 물들었다.

◆ ◆ ◆

——오니의 움직임이, 느려졌다.

쿠치하라를 상대하는 오니의 움직임을 보고 나는 그 점을 확신했다. ——아무래도 오니 또한 어느 정도는 학습 능력이 있는 모양인지, 그저 온 힘을 다해 공격해 봤자 어차피 역으로 당하기만 할 뿐임을 이제는 이해한 것 같았다.

뭐, 나로서는 오히려 잘됐지만.

"휘감아!"

나는 그 틈을 틈타 주위를 돌던 '금사작' 한 마리에게 지시를 내렸다. 오니는 설령 자신이 반동을 받아도 몸이 박살 나지 않을 만한 수준으로 속도를 줄여서 왼팔로 공격을 가했다. 하지만 쿠치하라는 그 공격을 정면으로 받아 내지 않았다. 대신 팔이 날아오는 방향의 대각선 밑으로 우산을 찔러 넣고 그래피티를 사용해 오니의 공격을 흘려 냈다. 좋아, 아직 익숙지 않은 감은 좀 있지만 기본에 충실한 동작이었어.

그리고 쿠치하라가 이제 막 흘려 낸 왼팔은 '금사작^{카나리엘}'에게 절호의 먹잇감이었다. 처음보다 속도가 더 떨어진 왼쪽 손목에 실을 휘감았다.

──작전은 순조롭게 진행되는 것처럼 보이기도 했지만, 솔직히 말해서 나는 살짝 초조했다.

카오리의 '의심암귀^{글래디에이터}'에는 아까 그 사이보그 비슷한 녀석만큼은 아니어도 어느 정도 재생 능력이 있다. 가장 먼저 꺾였던 왼팔 또한 느리지만 서서히 회복 중이었다.

만약 오니가 양팔로 공격을 가하면 역시나 쿠치하라가 감당하기에는 힘들지도 모른다. ──아니, 지금은 그런 생각이나 할 때가 아니다. 괜한 생각은 쿠치하라에게 실례가 될 테니까.

오니의 왼팔 공격을 받아넘긴 쿠치하라가 우회하듯 오니의 뒤를 잡았다.

그리고 그 움직임에 맞춰 오니도 몸을 180도 돌렸고──.

"──지금이다!"

나는 그 틈을 놓치지 않았다.

한쪽 다리가 박살 난 상태에서 몸을 돌리려고 하면 축으로 삼은 왼쪽 다리는 움직일 수 없다. 한 마리의 '금사작^{카나리엘}'이 오니의 가랑이 사이를 지나 왼쪽 다리의 주위를 돌다가 멀어졌다.

오니의 왼쪽 발목에 반짝이는 실을 휘감았다.

양쪽 손목과 양쪽 발목 모두에 실을 휘감는 데 성공했다. ──이로써 1단계는 완료했다!

나는 작전을 계속 진행하고자 다음 주자에게 바통을 넘겼다.

"모토바네 씨, 부탁드립니다!"

손목에 찬 통신기 너머에서 들려온 부탁을 듣고, 나는 내 차례가 왔음을 알았다.

"알았어…… '불가시의 마탄'이 아닌, 눈에 보이지 않는 마구의 힘을 보여 주지."

나는 헤집어진 땅바닥에 널브러져 있던, 손으로 쥐기에 딱 적당한 콘크리트 파편을 한 손으로 쥐었다.

있는 힘껏 담배 연기를 빨아들였다가 토해 냈다. ──그러고는 몸을 숨기고 있던 집 뒤쪽에서 뛰쳐나와 몸을 드러냈다.

나는 오니의 시야가 닿지 않는 곳에서 걸레짝이 된 몸으로 온 힘을 다해.

"투수, 제1구── 던졌습니다앗!"

오니 쪽으로 콘크리트 파편을 던졌다.

날아가는 콘크리트 파편이 공중에서 사라졌다. 하지만 이내 퍽! 하는 소리와 함께 오니의 뒤통수가 흔들리는 모습을 보고 나는 제대로 맞았음을 확신했다.

오니가 천천히 몸을 이쪽으로 돌렸다.

아무래도 별다른 피해는 받지 않은 모양인데——. 뭐, 솔직히 말해서.

딱히 피해를 주려고 던진 것도 아니니 아무래도 상관없지만.

"알몸으로 만들어 주지."

그 직후, 오니의 모습이 사라졌다.

정확히 말하자면, 오리쿠라를 뒤덮고 있던 오니만 사라졌다.

방금 오니가 있던 자리에는 공중에서 눈을 감고 있는 오리쿠라와 그 손을 깨물고 있는 뿔도마뱀뿐이었다.

내 일은 여기까지다. 통증이 이는 몸이 쓰러질 뻔했다. 나는 쓰러지지 않도록 가까스로 견뎌 내고 있는 힘껏 소리쳤다.

"이제 뒷일은——너희 둘에게 맡기마!"

——맨 처음에 사사미야 선배가 얘기한 작전은 '금사작^{카 나 리 엘}'의 실을 '삼탄총^{앱솔루트 로어}'으로 뿔도마뱀 몸에 닿게끔 하는 내용이었다.

하지만 뿔도마뱀은 몸집이 작은 데다 '의심암귀^{글래디에이터}'에 삼켜진 상태였기에 어느 위치에 있는지 알 수 없었다. 그런 상황에서 아무렇게나 실을 튕겨내 봤자 '반드시 3센티미터 튕겨 내는' 내 그래피티의 성질상, 경우에 따라서는 오리쿠라 선배를 다치게 할 우려가 있다.

물론 최악의 경우에는 오리쿠라 선배의 몸에 실이 휘감겨 '의심암귀^{글래디에이터}'의 사용 자체가 봉쇄당하는 꼴이 되었을 것이다. 카고메 선배는 어쩔 수 없다고 말했고, 설령 그것을 실행했어도 아마 오리쿠라 선배 또한 별다른 이의는 없지 않았을까 싶었다.

남은 건 내 각오에 달렸다. ——아주 작은 상처라고는 해도 아군을 상처 입힘으로써 사태를 마무리 지을 수 있는 각오가 과연 나에게 있는가.

——결국에는 그 각오까지 하는 사태는 오지 않았다.

『그 역할은…… 내가 맡도록 하지. ……내 그래피티라면 뿔도마뱀이 어느 위치에 있는지 알아낼 수 있으니까.』

모토바네 씨가 그렇게 나서 주신 덕분에 말이다.

——모토바네 씨의 그래피티 '해월룡'^{인비저블}은 모토바네 씨가 만진 물질을 30초 동안 투명한 상태로 만들 수 있다.

그리고 모토바네 씨가 만진 물질에 닿은 것도 투명하게 만들 수 있다고 한다. 실제로 그 능력을 이용해 오리쿠라 선배를 삼키고 있는 오니의 모습을 투명하게 만들었고.

이걸로 오리쿠라 선배와 그 손을 깨물고 있는 그래프의 위치도 알아낼 수 있었다! 저기에서 단단히 깨물고 있는 이상, 아마 그래프가 다른 곳으로 위치를 옮기지는 않겠지——.

속으로 그렇게 생각했을 때, 공중에 떠 있는 오리쿠라 선배의 몸이 나를 향해 다가왔다.

——오니가, 움직였다!

당연하게도 그래프의 모습을 투명하게 만든 건 우리에게도 불리하게 작용했다.

투명화 효과가 계속되는 30초 동안은 오리쿠라 선배의 모습을 통해 오니의 위치를 대략적으로 알 수 있지만, 그 팔과 다리의 움직임은 읽을 수 없다. 이런 상태에서 공격이라도 받으면 막아 내야 할 방향도 타이밍도 알 수 없다.

——하지만.

"쿠치하라, 오니가 왼팔을 치켜들었어!"

우리 팀 리더가 몸을 제대로 가누지 못하는 상태에서도 든든한 정보를 지원해 주었다. 보이지 않는 오니의 움직임을 이치히코 선배가 '사경'으로 읽은 것이다.

그리고 아까 진행했던 제1단계 작전은 바로 이 순간을 위해서였다.

오니의 양쪽 손목과 양쪽 발목에 휘감긴 금색 실이 공격의 궤도를 알려 주었다!

치켜들었을 왼팔 언저리에서 반짝 빛나는 실이 움직이는 모습을 보고 나는 즉각 우산을 펼쳐 오른쪽으로 움직였다. 그러고는 실이 손목에 휘감겨 있음을 고려하여 평소보다 살짝 빠른 타이밍에,

"'삼탄총'!"
앱솔루트 로어

우산을 향해 그래피티를 사용했다. 3센티미터 튕겨 내는 동안에는 절대적인 방벽이 된 비닐우산이 격렬한 소리와 함께 보이지 않는 오니의 공격을 막아 냈다. 나는 그 공격을 막아 낸 직후에 온몸의 털이 곤두서는 듯한 공포를 느꼈다. 만약 저걸 막아 내지 못했다면——아니, 그건 지금 생각할 일이 아니다!

"——카고메! 오니가 몸을 젖혔어!"

"알았어요!"

이치히코 선배가 그렇게 외친 직후, 내 옆을 지나간 카나리아 한 마리가 금색 궤적을 그리며 눈을 감고 있는 오리쿠라 선배의 주위를 돌았다. 그러고는 실 한 가닥을 휘감고 곧장 카고메 선배 쪽으로 돌아왔다.

　오니의 몸통에 휘감긴 금색 실—— 그 직선상에는 오리쿠라 선배의 손을 깨문 채 떨어질 생각을 않는 뿔도마뱀 그래프의 모습이 있었다.

　——이로써 작전 제3단계도 완료했다!

　"쿠치하라, 뒷일을 부탁할게!"

　할 일을 마친 카고메 선배가 나를 향해 그렇게 소리쳤다.

　"알았, 어요!"

　이제는 저 실이 그래프에 도달할 때까지 '삼탄총^{앱솔루트 로어}'으로 거듭 튕겨 내기만 하면 된다——.

　"쿠치하라, 물러서! 오니가 양팔로 널 양쪽에서 공격하려 하고 있어!"

　"앗?!"

　아까 분명 오른쪽 팔은 찌부러뜨렸을 텐데?!

　나는 예상 밖의 사태에 당황하면서도 그 말에 따라 오른쪽과 왼쪽에서 움직이는 금색 실을 보며 몸을 날리듯 황급히 뒤로 물러났다. 그러자 앞쪽에서 짜악! 하는 박수 소리가 났다.

　나는 바닥을 굴렀다. 헤집어진 땅의 진흙과 눈이 제복을 더럽히는 와중에도 나는 금세 자세를 바로잡았다. 보이지 않는 공격을 피했음에 일단은 가슴을 쓸어내렸다.

"미안, 내가 깜빡하고 말하지 못했어! 비록 속도는 느리지만 '의심암귀'에는 재생 능력도 있으니 주의해!"

^{글래디에이터}

카고메 선배의 말에 나는 고개를 끄덕였다. 아, 어쩐지. 분명 찌부러뜨렸을 오른팔로 날 어떻게 공격했나 싶었는데, 그런 이유가 있었구나.

그때 마침 모토바네 씨의 그래피티 효과가 끝난 모양인지 오니의 모습이 다시 나타났다.

——마음 같아서는 이대로 거리를 두고 잠시 상황을 지켜보고 싶었지만, 만약 그러는 사이에 오니가 자신의 몸통에 휘감긴 실을 털어 내면 앞으로의 상황은 많이 힘들어질 테지.

그러니—— 실을 털어 낼 틈을 주지 말아야 한다.

움직일 수밖에, 없다!

나는 우산을 접고 앞으로 뛰쳐나갔다.

"——코토짱, 무모해!"

홀로 오니를 향해 뛰쳐나간 쿠치하라를 보고 내 옆에 있는 니나짱이 절규했다.

"나 참, 원래는 저렇게 무모한 녀석이 아니었는데……! 모토바네 씨, 제 말 들립니까! 그 사라지는 마구 좀 줘 보세요. 지금 당장!"

『그건 어디까지나 즉흥적으로 붙인 말이라고. 마구라고 하지 마! 자!』

툭, 나는 근처에 떨어진 무언가를 주워 올리고자 힘을 쥐어짰다.

에휴——. 참 발이 많이 가는 팀원이라니까! ……아, 왠지 이게 아닌 것 같지만……. 뭐, 아무렴 어때!

◆ ◆ ◆

——그래프의 직선상에 실을 휘감은 단계에서 내 역할은 끝났다. 하지만 팀원을 구하기 위해 내가 할 수 있는 일은—— 정말 이 이상 아무것도 없을까?

그다지 접점도 없었던 내 친구를, 카오리를 구하기 위해 사지로 향하며 오니와 격전을 벌이는 쿠치하라의 모습을 보며 나는 문득 그런 의문이 들었다.

사용자인 카오리와 그래피티를 폭주시키고 있는 그래프가 오니의 몸으로 덮여 있기 때문에 '금사작'으로 오니를 봉쇄할 수는 없지만.

그래프의 능력을 봉쇄하는 것 외에도 내가 할 수 있는 일이 분명 있을 터.

——도박이기는 하지만.

쿠치하라가 그래피티를 쓸 수 있게끔 틈을 만들어 주는 건 가능할지도 모른다.

나는 마음을 단단히 먹고 내 어깨에 앉아 있는 카나리아의 다리를 눌렀다.

◆ ◆ ◆

――무모하다, 고 하기는 했지만.

오리쿠라 씨를 구하려면 지금 저 상황에서는 누구 됐든 간에 치고 들어갈 수밖에 없었겠지……. 아무리 상대가 그래프라 해도 같은 작전이 계속 먹혀들 거라 여기는 건 안일하다. 저 실을 오니가 털어 내지 못하게 하기 위해서라도 의식을 이쪽으로 돌릴 필요가 있었다. 게다가 코토짱은 기회가 생기면 실을 튕겨 낼 의도도 있는 것 같았다.

코토짱이 각오하고 정면으로 맞서고자 한다면.

팀원인 나는 온 힘을 다해 이를 지원해야마땅하다.

타이밍이 엇나가지 않도록 나는 손깍지를 끼고서 그 순간이 오기를 조용히 기다렸다.

◆ ◆ ◆

"크, 으……윽!"

오른쪽 팔도 이제 80퍼센트 정도 회복한 오니가 왼쪽, 오른쪽 번갈아 가며 주먹을 날렸고 나는 그 공격을 접은 우산으로 차례차례 튕겨 냈다. 하지만 오니가 간격을 좁히고 왼쪽 다리로 발차기를 날리자 반응이 늦었던 나는 일단 몸을 굴려 공격을 피했다. 내가 미처 자세를 바로잡을 새도 없이 이번에는 오니의 손바닥이 덮쳐들었다. 나는 엎드린 몸을 오니 쪽으로 비틀어 우산을 휘둘렀다. 그리고 오니의 팔을 향해 '삼탄총'을 발동하여 가까스로 공격을 흘렸다. 나는 오니가 균형을 잃은 틈을 타 재빨리 자세를 바로잡았다. 내가 미처 실을 튕겨 낼 새도 없이 이번에는 왼쪽 손등이 날아드는 바람에 몸을 숙여 피했다. 오니의 팔이 공기를 가로지르며 내 등 바로 위쪽으로 아슬아슬하게 통과했다.

　——3미터 범위 안에는 들어왔지만, 이런 식으로 계속해서 공격을 받으면 실을 튕겨 낼 틈이 없다……!

　몸통에 휘감긴 실이 아직 그대로인 건 그나마 불행 중 다행이었지만 그래도 이대로 가다가는 솔직히 힘들 것 같았다. 양팔에 한쪽 다리를 상대하는 것도 벅찬데 오른쪽 다리마저 회복되면 아마도 나는 공격을 피할 수 없을 테지.

　다소 무리하게라도 실을 튕겨 내 이 국면을 돌파해 볼까. 내가 속으로 그렇게 생각한 바로 그때였다.

　"쿠치하라! 지금부터 딱 한순간만 녀석의 시야를 가릴게!"

　"네?!"

　놀랍게도 카고메 선배가 이쪽으로 달려왔다. 카고메 선배는 어깨에 앉아 있는 카나리아의 다리를 오른손으로 누른 채 이쪽으로 달려온 다음, 왼팔을 치켜들고서 소리쳤다.

　"'금사작'!"

　그 순간, 무수히 많은 새의 날갯짓과 함께 금색 날개가 시야를 가득 메웠다.

　뭐야, 이거. 거의 100마리는 되는 것 같은데?! 설마 이게 다 '금사작'이야?! 그치만 이렇게 많은 수를 불러내면 제어할 수 없을 텐데——아, 그렇구나!

딱 한순간만 눈을 가리게 할 목적이라면 굳이 제어를 할 필요가 없다! 많은 수를 불러내면 새들이 멋대로 움직여 주기만 해도 상대의 시야를 가리기에는 충분하고도 남았으니까!

그리고 카고메 씨의 어깨 위에 앉은 채 날아오르려고 하는 카나리아는 어쩌면 오니의 몸통에 실을 휘감은 그 카나리아일지도 모른다. 실을 휘감은 카나리아가 사라지면 그 실도 함께 사라진다. 때문에 카고메 씨가 그 카나리아를 손으로 계속 누르고 있는 건, 오니의 몸통에 실을 휘감은 카나리아가 만에 하나라도 사라지지 못하도록 막기 위한 행동이었다.

나는 허공을 가르는 오니의 공격을 피하고 옆으로 돌아 들어간 다음——.

"'삼탄총^{앱솔루트 로어}'!"

——마침내 내 그래피티가 몸통에 휘감긴 실에 닿았다.

"——해치웠나?!"

곧바로 몸을 물린 카고메 선배의 말에.

"틀렸어요! 아직 닿지 않은 것 같아요!"

나는 그렇게 답했다.

만약 그래프에 실이 닿았다면 오니는 이미 사라졌을 것이다. 하지만 사라지지 않은 걸 보면 아직 실이 닿지 않았다는 말이다. 한 번에 딱 3센티미터만 튕겨 내기에 이런 결과도 어느 정도는 예상했었지만——!

불러낸 '금사작^{카나리엘}'은 이미 저마다 여기저기로 날아오른 상태였기에 오니가 내 모습을 금세 포착했다. 실을 향해 두 번째로 그래피티를 사용하기 전에 오니의 공격이 재차 나를 덮치——.

"『나도 한 방 정도는 먹여 주마!』"

——려드나 싶었는데 오니의 머리가 마치 저격이라도 당한 것처럼 튀어 오르며 몸이 젖혀졌다. 그 때문에 나를 노린 공격도 전혀 엉뚱한 방향으로 빗나갔다.

팔찌형 통신기와 허공에서 동시에 울려 퍼진 그 목소리는.

"이치히코 선배?! 모습이 안 보이는데—— 설마, 투명해지신 거예요?!"

"맞아! 그런데 지금 넋 놓고 감탄할 때가 아니잖냐, 쿠치하라! 저녀석의 왼팔은 내가 붙잡고 있을게!"

추가로 공격이 가해지는 소리가 나며 오니가 균형을 잃고 쓰러졌다. 그리고 오니의 등이 땅바닥에 닿음과 동시에 콰직! 하고 콘크리트가 박살 나는 소리가 났다. 아무래도 이치히코 선배가 오니의 왼쪽 팔을 발로 밟은 모양이었다.

나는 곧바로 실을 향해 그래피티를 사용하려고 했다가, 오니가 오른짝 팔을 움직이려는 낌새를 보이자 즉각 행동을 바꾸었다. 나는 허리에 차고 있던 검 형태의 간이 병장을 뽑아 오니의 오른쪽 팔꿈치 언저리에 찔러 넣었다. ……가지고 오길 잘했어!

가느다란 도신에 비해 튼튼한 검이 오니의 팔을 꿰뚫었다. 그리고 나는 검을 향해 '삼탄총'을 연속해서 사용—— 검은 땅바닥을 향해 3센티미터씩 나아가는 절대적인 말뚝이 되어 오니의 오른쪽 팔을 땅에다 고정했다.

그럼에도 날뛰는 오니의 왼쪽 다리가, 오른쪽 팔과 옆구리 사이에 선 나를 향해 날아들었다. 나는 즉각 우산을 펼쳐 방어하고자 했는데——.

『코토짱, 방어는 나한테 맡겨!』

곡선을 그리며 날아든, 나를 감싸는 모양새로 확장한 반투명한 구체 결계—— 니나의 '십구의(익스피어)'가 표면에 금이 가는 와중에도 오니의 발차기 공격을 튕겨 냈다.

"고마워——! 니나!"

나는 니나에게 고맙다고 짤막하게 말한 뒤, 오니의 몸통에 살짝 박혀든 실을 향해 손바닥을 뻗었다.

"이걸로——."

나는 실을 향해 '삼탄총(앱솔루트 로어)'을 사용했고, 실이 3센티미터 전진했다.

오니가 두 번째로 발차기를 날렸다. 결계에 간 금이 더욱 퍼져 나갔다.

"——끝, 이다앗!"

나는 세 번째로 '삼탄총(앱솔루트 로어)'을 사용했다.

박혀든 검을 억지로 빼낸 오른쪽 팔과 왼쪽 다리의 공격이 니나의 결계를 박살 낸 바로 그 순간—— 오니의 움직임이 뚝 그쳤다.

그리고 마치 경련하듯 몸을 부르르 떨더니.

마침내 오니가 녹아내리듯—— 소멸했다.

"……후, 우~~."

왠지 힘이 쭉 빠졌다. 나도 모르게 긴 한숨이 입 밖으로 나왔다.

오니가 녹아들며 사라진 뒤, 이치히코 선배의 투명화도 풀렸다.

그 자리에 남은 건, 자그마한 숨소리를 내는 오리쿠라 선배와 —— 머리에 금색 실이 파고든 뿔도마뱀뿐이었다.

◆ ◆ ◆

석고상의 공격 위력이 내가 가한 공격을 아득히 뛰어넘는다는 사실을 알아차린 순간, 나는 즉각 칠성검을 밑에서 베어 올렸다.

말 그대로 온 힘을 다한 일격이 검에서 뿜어져 나왔다.

시가지 3개는 우습게 날려 버릴 만한 파멸의 은색 빛이 오로라가 뒤섞인 빛과 격돌—— 마치 참격과 폭음을 뒤섞은 듯한 소리가 울려 퍼진 뒤, 나와 석고상과의 사이에서 빛과 빛이 서로 소멸했다.

"……하하, 이거 참 성가신 힘을 가지고 있군."

내가 가했던 첫 번째 공격은 저번에 수장룡을 상대하며 썼을 때와 마찬가지—— 다시 말해 70퍼센트 수준의 힘이었다.

하지만 녀석이 내뿜은 빛의 참격은 그 공격을 우습게 웃돌았다. 나는 첫 번째 공격에 뒤이어 온 힘을 다해 날린 두 번째 공격으로 —— 100퍼센트의 힘으로 가까스로 그 공격을 상쇄하는 데 성공했다.

다시 말해, 녀석의 능력은——.

"강화 복제로군."

일대일 상황이라면 상대하는 입장에서는 거의 이길 수 없다고 봐도 무방한 능력이다. 나처럼 힘으로 제압하는 타입에겐 가히 천적이라 해도 과언이 아닐 만큼 상성이 안 좋은 상대였다.

그도 그럴 게, 힘이라는 내 유일한 강점을 무조건 웃도는 적이니까 말이다.

잔광이 잦아들자 어두컴컴한 시야 속에서—— 석고상이 왼쪽 팔을 다시금 휘둘렀다.

나로서는 녀석의 다음 공격을 막아 낼 수 없었다. 왜냐하면 아까 온 힘을 다해 날린 공격을 상대에게 드러냈기 때문이다. ——그러니 다음에 녀석이 나한테 가할 공격은 내 온 힘을 웃돌 테지.

"하지만 안 돼. ——그걸로는 부족해."

나는 마치 발도술을 쓰는 듯한 자세를 취했다. 오른손으로 칠성검을 쥐고, 왼손을 도신의 가운데 부분에 댔다.

칠성검의 도신이 옅은 은색 빛을 휘감았다.

——아아아아아아아아아악, 아아아아아아아악——!!

내 시야의 아래쪽에서, 비탄에 비탄을 거듭하는 석고상이 나를 향해 왼쪽 팔을—— 칠성검 모조품을 휘둘렀다.

그러자 아까의 갑절은 되지 않을까 싶은 번쩍번쩍 빛나는 빛의 격류가—— 흐릿한 극광의 격류가, 마치 나를 집어삼킬 듯한 기세로 닥쳐왔다.

그것은 참격이면서 파멸의 빛이었다. 오리지널을 웃도는, 시가 지는커녕 일개 현조차 날려 버릴 만한 궁극의 공격이었다.

하지만, 그럼에도.

"부족해."

닥쳐오는 빛을 향해, 나는 칠성검을 옆으로 한 차례 휘둘렀다.

빛이 모여든 검 끝에서 뿜어져 나온 건, 가느다란 한 줄기 은색 빛이었다.

노도와도 같은 기세로 닥쳐오는 해일을 향해 마치 물대포를 발사한 거나 마찬가지. ──만약 이 광경을 보는 사람이 있으면 이제 다 끝났다고 체념할지도 모른다. 심지어 체념의 경지에 도달해 사세구나 읊기 시작할지도 모른다.

하지만.

"내가 이겼어."

나는 확신에 찬 웃음을 지으며 나직이 말했다.

은색의 빛이 극광에 닿은 바로 그 순간.

마치 기름 막에 아주 강력한 세제 한 방울을 떨어뜨린 것처럼──
극광에 거대한 구멍이 뻥 뚫렸다.

──대부분의 경우는 압도적인 힘 하나로 어떻게든 해결할 수 있으니까 그동안 선보일 기회가 없었을 뿐이지, 칠성검……이라기보다는 '칠식'의 응용 방법쯤은 나도 여러모로 궁리해 왔다.

뭐, 그래도 이건 사용 방법을 응용하는 기본 중의 기본적인 방법이지만 말이다.

단순히 힘을 방출하는 것이 아닌, 힘을 한 점에 집중하는 방법이다. 이미 만화나 라이트 노벨 등지에서도 숱하게 써먹어 왔던 방법인데 이는 물론 칠성검에도 적용할 수 있다.

그리고 그 방법을 적용한 결과가 지금 한창 눈앞에서 펼쳐지는 중이었다. ──구멍이 뚫린 극광은 내 주위를 지나쳐 갔다.

그와는 달리 터널을 형성한 내 은색 빛은 그 기세가 전혀 줄어들

지 않았고, 석고상을 향해 똑바로 나아갔다. 그 이상한 광경에 석
고상이 날개를 삐걱삐걱 움직이며 달아나고자 했지만── 때는
이미 늦은 뒤였다.

날개 끄트머리에 아주 살짝, 빛이 닿았다.

단지 그뿐이었다. 하지만 날개는 물론이거니와 그 날개가 달려
있던 등이 절반이나 날아갔다.

딱히 저 날개 때문에 공중에 떠 있는 것도 아니었지만── 어쨌
든 석고상이 균형을 잃었다. 그 모습을 본 나는 칠성검을 해제했
다.

피해를 받은 석고상이 초조한 기색으로 다시금 왼팔을 휘둘렀
다. 시야를 가득 메울 정도의 극광이 뿜어져 나왔다. 하지만 그것
은 아무도 없는 허공을 지나갔다.

"──아쉽게 됐군."

석고상 뒤에서 나는 그렇게 말했다.

칠성검을 해제한 현재, 나는 손에 플랑베르주── 전신검을 쥐
고 있었다. 베는 것으로 마킹을 하면 아무리 멀리 있어도 마킹한
곳 근처로 순간 이동할 수 있는 능력을 지닌 검이다.

물론 방금 칠성검으로 피해를 준 석고상 또한 그 대상에 들어갔
다.

내 손에서 빛과 함께 다시금 여섯 자루의 검이 모여들었다.

힘내세요, 문득 쿠치하라의 목소리가 떠오르며 입꼬리가 살짝
올라갔다.

"내 제자가 밖에서 기다리고 있거든."

석고상이 행동을 취하기 전에 나는 은색 검을 세로로 한 번, 뒤이어 다시 가로로 한 번 휘둘렀다. 전신검을 복제할 틈조차 주지 않았다.

"——미안하지만, 너랑 놀고 있을 시간이 없다고."

빛의 궤적을 따라 팽창한 두 줄기의 은색 빛이 서로 교차했다.

세컨프를 가로지르는 모양새로 십자가의 교차점에 붙들린 석고상은 흔적도 없이 소멸했다.

창문에 삼켜지는 광경은 군이 확인해 볼 필요도 없었다.

나는 서둘러 밖으로 향했다.

이 세컨프가 낙하하는 것은 막았지만, 아직 이번 사태는 끝나지 않았다.

——쿠치하라, 부디 무사하기를……!

"——카오리!"

나는 바닥에 드러누운 상태의 카오리를 안아 올렸다. 다행히 호흡도 하고 있었고 맥박도 정상이었다. 아무래도 지금은 그냥 잠든 것 같았다.

그 외에 별다른 상처가 없음을 확인하고 나서야 나는 가슴을 쓸어내렸다.

"······잘도 내 친구를 멋대로 가지고 놀았겠다?"

그리고 나는 지금도 잠들어 있는 카오리의 손에서 '금사작'^{카나리엘} 의 실이 머리에 파고든 도마뱀을 떼어 냈다. 이 녀석은 열심히 발버둥치며 발악하는 모습을 보였지만, 유일한 능력인 탈취 능력을 봉쇄당한 지금은 한낱 도마뱀에 지나지 않았다.

······그렇지. 이왕 이렇게 된 거.

이 그래프를 통해 내 오랜 원한을 풀도록 해 볼까.

나는 손에 쥔 그 그래프를 내동댕이치듯 있는 힘껏 땅바닥에다 내던졌다. 철퍼덕, 경쾌한 효과음이 울려 퍼졌다. 마치 말라비틀어진 개구리처럼 발라당 드러누운 그 그래프를 향해.

나는 망설임 없이 다리를 내리찍었다.

쯔적, 찌부러지는 감촉이 순간적으로 느껴졌다. ······다들 뭐야. 왜 그런 눈으로 쳐다보고 그래.

그래도 뭐, 이런 식이긴 해도 그래프를 직접 짓뭉개고 나니── 조금은 후련해진 것 같기도?

그 직후에 세컨드 하프가 우리를 중심으로 발생했다.

그러자 이제 내 차례라는 듯이 아장아장 다가온 아사모리 유키코라는 작은 체구의 봉인반 인원이 내 발치에서 빈사 상태에 빠진 도마뱀을 백책에다 스케치하기 시작했다.

저게 완성되기를 굳이 기다릴 필요는 없겠지. 나는 아직도 눈 뜰 기미를 보이지 않는 카오리를 흔들어 보았다.

"카오리······. 카오리?"

"응······. 으헤헤."

어째선지 헤벌쭉한 표정을 짓고 있는 카오리는 실로 행복해 보였다. 이런 상황에 대체 무슨 꿈을 꾸고 있었는지 원…….

살짝 어처구니가 없었다. 카오리가 끝으로 이렇게 말했다.

"쥰짱……. 오래도록, 잘 부탁해애……."

그 말을 들은 나는 자기도 모르게 뿜고 말았다.

"그래. 나야말로 잘 부탁해, 카오리."

카오리의 귓가에 대고 자그맣게 속삭이자 카오리는 흐뭇한 표정을 지었다.

그러고 나서 얼마 지나지 않아 그래프의 봉인이 완료되었다.

상공의 세컨프로부터 탈출한 나는 통신기를 통해 쿠치하라와 연락을 취하려고 시도해 보았지만, 연락이 되질 않았다.

아직 세컨드 하프 안에 있는 걸까. ──아니면 통신기가 망가질 정도로 쿠치하라가 크게 다친 걸까……? 상상만 해도 등골이 싸늘해지는 광경이 머릿속을 스치고 지나간 직후였다. 내 시야 안에 들어와 있던, 지상에 떨어진 세컨드 하프가 소멸했다.

혹시나 싶어서 곧바로 연락을 취해 보았다. ──얼마 지나지 않아 응답이 돌아왔다.

『사, 사사미야 선배?』

"다행이다. 무사해?"

『아, 네. 어찌어찌…… 그 실체화한 그래프도 봉인하는 데 성공했어요.」

"……그래? 음, 잘 알았어. 역시 내 수제자답군."

——어째설까. 쿠치하라의 목소리를 들으니 이상하게도 편안한 기분이 들었다.

원래 같았으면, 굉장해! 라고 말하며 기뻐했을 텐데…….

『아, 그치만 이치히코 선배랑 모토바네 씨가 크게 다치고 말았어요…….』

"아, 괜찮아. 지금 바로 구급반을…… 아니, 구급차를 부를게."

나는 지부와 연락을 취하며 곧바로 구급차를 보내 달라고 요청했다.

부상자가 나온 건 유감이지만, 그래도 이번 사태는 자칫 잘못했다간 정말로 사망자가 나와도 이상하지 않을 정도였으니……. 사망자가 없어서 다행이었다. 정말로.

내가 속으로 그렇게 생각하고 있을 때 쿠치하라로부터 다시금 연락이 들어왔다.

『아, 저기, 사사미야 선배.』

"왜 그래? 아, 혹시 너도 부상당했어?"

『그, 그게 아니라—— 사사미야 선배는, 괜찮으세요?』

"뭐?"

『그, 그게, 혼자 1킬로미터급 세컨드 하프로 향하셨으니……. 혹시라도 다치진 않으셨나 싶어서요.』

"……가족 말고 날 그렇게 걱정해 주는 녀석은 네가 처음이야."

『앗.』

"걱정해 줘서 고마워. 다친 덴 전혀 없어."

『아, 아뇨, 별말씀을요!』

쿠치하라가 허둥대며 그렇게 대답했다. 통신기 너머에서 키득거리는 소리가 들려왔다. 같이 있는 사람들이 웃은 걸까.

"……그리고 하나 더. 오리쿠라를 구해 줘서 고마워."

『그, 그거야말로 고맙다고 말씀하실 것까진——.』

"이번에 난 오리쿠라를 구하지 못했으니까 말이야."

쿠치하라가 말을 마치기도 전에 나는 그렇게 말했다.

내 '칠식'은 지나치게 강하다. 물론 그렇다고 잘못된 건 아니다. 그 지나치게 강한 힘 덕분에 지금까지 수많은 사람을 구한 것도, 1킬로미터급 그래프에 단독으로 맞선 것도 엄연한 사실이니까.

하지만 너무 강한 힘으로는 구할 수 없는 것도 분명 존재했다. 이번처럼 인질로 잡힌 경우가 그 대표적인 예시라고 할 수 있겠지. 그렇기에 나는 이번에는 세컨드 하프를 박살 내는 것과 쿠치하라를 비롯한 다른 일행에게 작전을 내리는 것에 집중했다.

"……미안, 괜한 얘길 꺼냈나 봐."

『사, 사사미야 선배!』

"우왓?!"

쿠치하라가 갑자기 소리치는 바람에 나는 깜짝 놀랐다.

『사사미야 선배 혼자서 다 끌어안을 이유는 없다고 생각해요!』

——나를 향한 그 말이 내 마음의 근원을 흔들었다.

『그, 하, 할 수 없는 일이야 누구에게나 다 있는 법이고, 자신과 맞는 일이나 맞지 않는 일도 누구에게나 다 있어요! 그렇기 때문에, 조직에 들어가서 팀을 짜고 서로 돕는 거잖아요!』

웬일로 쿠치하라가 열변을 토했다. 그 뜨거운 말이 내 마음을 계속해서 뒤흔들었다.

『가장 위에 있다고 해서, 지나치게 강한 힘을 가지고 있다고 해서 사사미야 선배가 모든 걸 끌어안고 고민할 이유는 없다고 봐요! 게다가 같은 조직에, 같은 지부에 소속된 것도 다 인연인데 서로 돕지 않는 건── 너무 야박하잖아요…….』

──지금껏 일방적으로 사람을 구하기만 해 왔던 나에게는 무척이나 따끔하게 들리는 말이었다.

쿠치하라의 목소리에서 열기가 빠져 나갔다.

『그, 그러니까……. 저기, 그…… 사, 사사미야 선배!』

"으, 응?"

기합을 불어넣은 모양인지 쿠치하라가 다시 소리쳤다.

『무슨 일이든 간에 말씀해 주세요! 아직은 제가 사사미야 선배에게 도움을 받는 경우가 훨씬 많을 테지만── 미력하게나마 저 또한 반드시 사사미야 선배에게 도움이 될 테니까요!』

한동안 침묵이 이어졌다. 말을 마친 쿠치하라의 숨소리만이 한동안 통신기에 울리더니,

『아앗?! 내, 내, 내가 지금 대체 무슨 소릴……?!』

아무래도 또 열기가 빠져 나갔었나 보다. 그것을 안 나는──.

"큭, 크큭, 아하하하하하!"

웃음을 터뜨렸다. 요란하게.

『사, 사사미야 선배?』

"아니, 뭐랄까……. 아까 무슨 일이든 간에 말해 달라고 했지? 그럼, 쿠치하라. 오늘 밤 내 방으로 와 줘. 요즘 밤만 되면 영 적적하거든."

『꺄아악?! 그, 그, 그건——.』

"아, 미안. 농담이었어. 농담. 다만——."

지나치게 웃다 보니 눈물까지 다 나왔다. 나는 눈가에 맺힌 눈물을 닦았다.

"——나는 이미 너한테서 충분히 많은 도움을 받았거든. 덕분에 마음이 한결 가벼워졌어. 쿠치하라, 그러니까 앞으로도 곁에서 날 도와줘."

『어, 아, 네, 넵! 저야말로, 잘 부탁드릴게요!』

나는 알았다고 말하며 쿠치하라와의 통신을 끊었다. 그러고는 머리를 흔들어 마음을 가다듬은 뒤, 통신기를 전체 알림 모드로 설정했다.

"다들 고생 많으셨습니다. 이레이저 여러분은 셔틀 차량을 타고 지부로 귀환해 주세요. 그리고 사후 처리는…… 관측반 여러분, 부탁 좀 드려도 될까요?"

『어라, 부탁을 다 하시고 웬일이세요?』

갑자기 통신기에서 울리는 목소리에 나는 바짝 긴장했다.

"……아니, 나카타키 씨. 관측실엔 어쩐 일이야?"

나카타키 씨는 통신기를 갖고 있지 않다. 다시 말해, 지금 그녀는 관측실에서 연락을 하고 있다는 말이다.

『지금까지의 경험으로 봤을 때 사사미야 실장님이 또 필요 이상으로 일을 떠맡으실 것 같아서요. 그래서 이참에 단단히 당부 말씀 드리려고 왔던 건데——. 아무래도 그럴 필욘 없었나 보네요.』

나카타키 씨가 어깨를 으쓱이는 모습이 눈에 선했다.

『방금 쿠치하라 씨의 뜨거운 연설을 듣고 실장님께 무엇이 부족한지 잘 이해하셨나요?』

"……그러, 게. 왠지 부모가 자식한테 가르침을 받은 기분 같다고나 할까? ……응?"

아니, 잠깐. 방금 나카타키 씨가 뭐라고 했지?

……불길한 예감이 들었다.

"나카타키 씨……. 나랑 쿠치하라가 주고받은 통신 내용을 어떻게 아는데?"

『쿠치하라 씨가 설정을 잘못하시는 바람에 전체 알림 모드로 되어 있었거든요.』

나는 그 자리에서 딱 굳어지고 말았다. 왠지 모르게 지금 쿠치하라도 딱 굳어졌을 것 같은 느낌이 들었다.

"그럼, 설마……."

『방금 두 분께서 한창 뜨거운 청춘을 구가하는 대화도 다 들렸습니다만? 쿠치하라 씨의 열변을 듣고 이쪽에서는 울음을 터뜨린 분도 몇 분 계셨고요. 아, 물론 사사미야 실장님의 성희롱적인 발언도 확실하게 기록되었——.』

""꺄아아아아아아아아아아아아아아아아아아아아아아악?!""

나와 쿠치하라의 절규가 쥐 죽은 듯 조용한 주택가에서 드높이 울려 퍼졌다.

　──그래프가 실체화한 이번 대사건에서 이레이저 몇 명이 부상을 당하고 도로 및 주택 외벽이 파손되는 등의 피해가 나왔지만, 일반인의 부상자는 전무한 것으로 사태는 막을 내렸다.

종장 3센티미터 앞의 미래를 향해

"으윽…… 아아~아, 설마 어제에 이어 오늘도 또 당번이라니, 운도 지지리 없네."

——어제 그래프가 실체화한 엄청난 사태가 발생한 지 아직 하루도 채 지나지 않은 오전 9시 반.

불행하게도 우리 팀은 오늘 대기 당번이었다. 그런 사건이 있었는데도 스케줄표는 변동이 없는 모양이었다. 나는 지금 현관홀에서 의자에 몸을 맡긴 채 담배를 피우는 중이었다.

……이런 날엔 좀 느긋하게 쉬고 싶었지만, 그래 봤자 난 오른팔뼈에 금이 살짝 간 게 다니까. 뭐, 겨우 이 정도로 나 혼자 쉬고나 있을 순 없지.

푸하아, 곳곳이 욱신거리는 붕대 감긴 몸을 어루만지며 나는 천장을 향해 담배 연기를 토해 냈다.

"어쩔 수 없어요. 저희만 그런 게 아니니까요."

그렇게 말한 사람은 남자용 코트를 걸치고 내 기준에서 봤을 때 타원형 탁자 오른편에 앉은 여자애, 카고메였다. ……왠지 모르게 분위기가 좀 누그러진 것 같은데. 마치 그동안 씌어 있던 게 떨어져 나간 것 같다고나 할까.

"아, 그래도 만약 세컨드 하프가 발생하면 저랑 준짱이 가서 싸우고 올게요!"

방긋 웃으며 그렇게 말한 사람은 내 왼편에 앉은 평범한 여자애, 오리쿠라였다. ……뭐, 사실 이 녀석은 이 녀석대로 요주의 대상이지만. 또 언제 엇나갈지 알 수 없으니까.

일단은 뭐, 괜찮아 보이지만.

"아니, 리더가 너희한테만 죄다 떠넘길 순 없잖냐. 갈 거면 나도 같이 가야지."

내가 그렇게 말하자 두 사람은 마치 서로 짠 것처럼 웃음을 터뜨렸다.

"방금 나눈 얘기, 왠지 꼭 팀 같은 느낌이었어, 카오리."

"그러게, 준짱! 나도 그런 생각이 들었어!"

"팀 같은 게 아니라 팀이잖냐."

……입으로는 그렇게 말했지만 뭐, 두 사람의 의견엔 나도 내심 동감이었다.

지금까지의 우리 팀은 말이 좋아 팀이지 거의 오리쿠라의 원 맨 플레이나 마찬가지였다. 그에 따라 내 말수도 줄어들었기에 이런 식의 대화는 좀처럼 나눈 적이 없었으니까 말이다.

"……아, 있잖아, 준짱. 시간 아직 괜찮아?"

"응, 아직 좀 여유 있어. 조금만 더 이따가 한번 가 보자."

"아, 그러고 보니 사사미야가 불렀다고 했던가?"

대체 무슨 볼일일까? 뭐, 이건 좀 다른 얘기긴 하지만.

──문득 의문이 떠올라 본인에게 한번 물어보기로 했다.

"그러고 보니, 카고메."

"네?"

"넌 왜 남장을 하고 다니냐?"

저번에 아스카 그 녀석이 나한테 그렇게 물어본 적이 있었는데, 생각해 보니 나도 정작 본인한테 물어본 적이 없었음을 알아차렸다. 그래서 이참에 한번 물어보았다.

당연하다면 당연한 내 질문에, 카고메는———.

"아······. 저기, 그건요······."

살짝 난처한 기색으로 눈길을 돌렸다.

"그러고 보니 나도 그거 한번 물어보고 싶었어. 이유가 뭐야?"

"그, 그게······. 듣고 안 웃었으면 좋겠는데······."

우리 두 사람이 뚫어져라 쳐다보자 카고메는 평소 살짝 씩씩한 분위기와는 달리 망설이는 기색을 보였다. 그러고는 뺨을 살짝 붉히며 중얼거리듯이 말했다.

"친구가, 늘 그랬거든요······. '넌 남장하면 어울릴 것 같다' 고요. 그래서 걔가 살아 있었다는 사실을 잊지 않고자 이런 차림으로 다니고 있어요······."

"···········."

"···········."

나와 오리쿠라는 둘이서 비슷한 반응을 보이며 한동안 진지한 표정으로 서로를 쳐다보다가.

"······큭!"

"아, 하하핫!"

우리는 거의 동시에 웃음을 터뜨렸다.

"우, 웃지 말라고 했는데?!"

카고메가 뺨을 한층 더 붉게 물들이며 그렇게 소리쳤다.

"마, 말도 안 돼. 분명 그런 얘길 했었지만 쥰짱은 그 말을 진담으로 받아들였던 거야?! 아하하하핫!"

"너, 너무 웃지 마, 카오리! 친구의 취미라고?! 실례잖아?!"

"크크큭, 어릴 때부터 남장 여자 취미에 눈을 뜨다니. 네 친구란 녀석도 꽤나 별난 녀석이었군. 그렇군. 참 아까운 녀석을 잃었어."

"에, 엔지 씨까지 그러기예요?! 둘 다 너무해!"

그럼에도 계속 포복절도하는 우리 때문에 카고메는 삐쳤는지.

"아, 몰라! 난 사사미야한테 가 볼래!"

카고메는 그렇게 말하며 본부동으로 걸음을 옮겼다. 어째선지 그 토라진 뒷모습은 아무리 봐도 여자애로밖에 보이지 않았다.

"아, 잠깐 기다려, 쥰짱. 나도 같이 갈래! 그럼, 엔지 씨, 다녀올게요!"

"그래, 갔다 와……. 크크큭."

오리쿠라도 카고메를 뒤쫓아 갔다. 나는 홀로 남은 현관홀에서 계속 치밀어 오르는 웃음을 참지 못했다.

카고메가 남장을 하고 다니는 이유가 웃겨서 그런 것만은 아니었다.

"하아……. 나 원, 사람은 끼리끼리 어울린다더니."

나는 입에 꼬나문 담배를 한 모금 피운 뒤 손가락 사이에 끼웠다.

연기를 토해 내며 담배를 바라보고 있으니, 그 멍청이와 나누었던 대화가 마치 어제 있었던 일처럼 선명하게 되살아났다.

『엔지, 스무 살이 되면 같이 담배나 피우자!』

『뭐어? 난 담배는 딱 질색이라고……. 한번 손대면 돈이 장난 아니게 깨질걸? 애초에 난 간접흡연도 싫어하는 사람인데.』

『뭔 소리야. 담배를 피우면 어른 같다는 느낌이 물씬 풍기잖냐. 게다가 멋지고!』

『너의 그 그릇된 어른의 이미지에 어울려 줄 마음은 추호도 없어…….』

『왠지 너라면 이미 아무렇지 않게 피우고 있을 것 같은데?』

『도대체 넌 날 뭐라고 생각하는 거야……? 정 피우고 싶으면 혼자 피우든가. 난, 절대로, 안 피울 거라고.』

『쩨쩨한 소리 하긴! 내가 스무 살이 되면 같이 피우자고! 약속한 거다?』

――이젠 들을 귀도 말할 입도 없는, 야노의 말을 진지하게 받아들인 나였다.

이거야 원. 이제 보니 나도 카고메도 서로 닮은꼴이었군.

죽은 그 멍청이에게 담배의 소감을 말하고자 나는 결국 담배에 손을 대고 말았다.

"나 원……. 담배는 영 피울 게 못 돼. 연기는 고약하지, 맛도 없지, 옷에 냄새 배이지, 피우기만 해도 남들 눈빛 확 안 좋아지지, 돈도 들지. 그리고 무엇보다도, 요즘은 안 피우면 가슴이 영 답답하거든."

나는 휴대용 재떨이에다 담배를 탁탁 두드려 담뱃재를 털었다.

"……그래도 뭐, 피우다 보면 썩 나쁘지 않다는 생각이 들 때도 있지만. 나도 꽤나 갈 데까지 간 건가?"

……뭐, 내가 아무리 입으로 말해 봤자 어차피 그 녀석 귀에는 들리지도 않을 테고 전해지지도 않을 테니.

다음에 성묘나 한번 가 볼까.

죽은 야노가 피울 수 있을지는 모르겠지만── 그래도 불붙인 담배 한 개비라도 무덤 앞에 세워 놓으면 연기 정도는 하늘 저편에도 닿을 테니까.

"근데 대체 무슨 볼일이 있어서 사사미가 준짱을 부른 걸까?"

내 뒤를 따라온 카오리가 그렇게 물었지만──.

"글쎄……. 나로서는 짐작조차 전혀 안 가지만……. 가만, 강하게 만들어 준 대가를 내놓으라며 설마 몸을 바치라고 하는 건 아닐까?"

"그건 아닌 것 같은데? 준짱은 가끔 그런 면이 있다니까~. 의외로 지레짐작이 심하다고나 할까……."

"그건 또 무슨 소리야, 카오리."

그런 대화를 나누는 동안 어느새 우리는 사사미야실에 도착했다.

문을 노크하자,

"들어와."

안에서 답변이 돌아왔기에 문을 열었다.

입구 정면에 있는 책상—— 실장용 책상에 팔꿈치를 괴고 있는 사사미야가 우리의 얼굴을 보자마자 환하게 웃었다.

"야호~. 사사미~."

"여어……. 아니, 오리쿠라, 너도 왔어? 난 카고메만 불렀던 걸로 기억하는데."

"……그러고 보니 넌 또 왜 따라온 거야, 카오리?"

나와 사사미야가 의아한 눈길로 쳐다보았지만 카오리는 전혀 개의치 않는 기색으로 답했다.

"어쩌다 보니?"

"……미안하다, 사사미야. 혹시 카오리 앞에서 할 수 없는 얘기라면 밖에서 기다리라고 할게."

"아니, 괜찮아. 신경 쓸 거 없어."

"사사미야……. 넌 카오리가 보는 앞에서 나한테 대체 무슨 짓을 할 셈이지?!"

"갑자기 그건 또 뭔 소리야?! 내가 하긴 뭘 한다고!"

"……그래?"

"카고메, 넌 대체 내가 뭔 짓을 할 거라 생각하고 여기에 온 건데……?"

웬일로 사사미야가 어이가 없다는 눈길로 나를 쳐다보았다.

뭔 짓을 하기는. 그야 내 몸 여기저기를 만지작거린다거나, 밤늦게까지 자기 마음대로 갖고 논다거나, 난 그런 일종의 노예 취급당할 각오를 하고서 여기에 온 건데…….

"미안해~. 사사미~. 우리 준짱이 여러모로 좀⋯⋯."

"⋯⋯뭐, 이런 면도 있을 줄은 몰랐지만. 그랬군. 넌 그런 녀석이었구나⋯⋯."

둘이서 나를 연민 어린 눈길로 쳐다보았다. 뭐라는 거야.

"뭐, 그건 됐고⋯⋯. 어쨌든 널 부른 이유 말인데."

나는 그 말을 듣고 퍼뜩 정신을 차렸다.

"요컨대, 스카우트하려고 부른 거야."

"⋯⋯스카우트?"

"이거 좀 봐 줄래?"

사사미야가 자리에 앉은 채로 자료 한 장을 건넸다. 그것을 받자마자 가장 먼저 눈에 들어온 건 '와라, 약체들이여! 강해지고 싶으면 어디 한번 열심히 발악해 봐라!' 라는 참으로 도발적인 문구였다.

"⋯⋯이게 뭐야."

"꽤 괜찮지 않냐?! 개인적으로는 걸작이라고 보는데!"

사사미야가 마치 어린아이처럼 환한 얼굴로 그렇게 말했다. 눈이 부실 지경이었다. 하지만 무슨 의도인지 전혀 알 수 없었기에 나는 그 자료를 팔랑거리며 사사미야에게 물었다.

"그래서 이게 뭔데?"

"그건 이번에 시작하려고 하는 프로그램이야. 요컨대 너나 쿠치하라한테 그렇게 했듯, 각지에서 보잘것없는 그래피티를 지닌 이레이저들을 불러 모아 육성할까 싶어서 말이지."

"⋯⋯그렇단 말은, 이게 그 선전용 전단지란 말인가?"

"바로 그렇지! 어때. 꽤 잘 만들었지 않냐?! 특히 문구가!"

"이걸 보고 누가 오냐. 아무도 안 오지."

"뭐?! 말도 안 돼!"

"그러게 제가 뭐랬어요, 사사미야 실장님."

사사미야의 책상 옆—— 한층 더 작은 업무용 책상에서 산더미처럼 쌓인 서류와 열심히 씨름을 벌이는 비서, 나카타키 씨가 어이가 없다는 듯이 그렇게 말했다.

"능력이 약한 분들을 가리켜 약체나 폐급이라 부르는 건 자제하심이 어쩔지?"

"딱히 나쁜 뜻으로 한 말도 아니잖아?! 오히려 아직 더 성장할 수 있다는 최고의 칭찬인데?!"

"사사미야 실장님이 어떻게 여기시건 간에, 그걸 받아들이는 입장도 실장님과 똑같이 여긴다는 보장은 없으니까요."

"끄응……!"

반박할 수 없는 정론 앞에서 사사미야가 마치 어린아이처럼 끙끙거리며 왜 알아주지 않느냐며 표정을 일그러뜨리는 모습은, 앞에서 보고 있으니 살짝 우스웠다.

"……그래서, 이걸 나에게 보여 준 이유가 대체 뭔데?"

"……아, 그 프로그램을 시작하기에 앞서 너한테 부탁할 게 있거든."

"부탁?"

"어, 첫째로, 써먹을 수 없는 이레이저를 강하게 만들었다는 시범 케이스나 사례로 네가 이 프로그램에 계속 참여해 줬으면 싶어서 말이야."

"나 갈게."

"아앗, 잠깐 기다려 봐!"

"자신을 약체 대표처럼 취급하겠다는 건데, 대체 누가 하겠다고 나서겠어?"

"칭찬하는 거라니까! 게다가 어엿하게 싸울 수 있게 되었으니 이젠 더 이상 약체가 아니잖아?! 게다가 넌 두 번째 그래피티 습득 피험자였잖냐! 선전하는 데 더할 나위 없는 인재라고!"

"그게 지금 본인 앞에서 할 소리야!"

"아?!"

역시나 본인도 자신이 말실수를 했다고 여기는지 사사미야가 경악한 표정을 지었다.

……어제 우리에게 지시를 내리던 사람과 정말 같은 사람 맞아? 경솔한 태도도 그렇고, 말하는 표현도 그렇고, 인상이 참 극과 극이었다.

"왠지 준짱이랑 사사미는 서로 좀 닮은 것 같기도? 인상이 극과 극으로 나뉘는 부분이라든가."

"그게 무슨 뜻이야, 카오리."

저런 녀석과 같은 취급받는 건 싫은데.

그냥 더 듣지 말고 확 나가 버릴까 싶었지만── 뭐, 그래도 사사미야가 날 지도해 준 빚도 있고…….

아까 사사미야가 한 말 중에 신경 쓰이는 부분도 있으니, 지금 당장 나가 버리는 건 역시나 좀 내키지 않았다.

"나 참, 시범 케이스인지 모니터인지는 모르겠지만 사람들의 이목을 끌어 모으고 싶으면 쿠치하라만으로도 충분할 텐데?"

"아, 물론 쿠치하라도 시범 케이스로 실을 건데?"

이 녀석은 답이 없네. 나는 속으로 그렇게 생각하면서 사사미야를 쳐다보며 입을 열었다.

"……그래서, 두 번째 부탁은?"

아까 시범 케이스로 삼고 싶다며 얘기를 꺼냈을 때 사사미야는 첫 번째라고 말했다. 그렇다면 당연히 두 번째도 있겠지?

그 말을 들은 사사미야가 살짝 입꼬리를 끌어 올리더니,

"맞아. 그게 본론이지. 단도직입적으로 말할게. 카고메, 너한테 그 프로그램의 지도 역할을 부탁하고 싶어."

그 말에 나는 저도 모르게 인상을 찌푸렸다.

"……지도 역할이라고? 웃기지 마. 내가 널 줄 알아? 난 약한 능력을 어떻게 활용해야 하는지 전혀 모른다고."

"그건 지금까지의 널 보면 굳이 얘기 안 해도 다 알지."

"더 들어 볼 것도 없겠군. 그동안 신세 많이 졌다, 사사미야. 앞으로 다시는 나한테 말 걸지 마."

"미안, 미안하다니까! 잠시만 기다려 봐!"

사사미야가 눈물을 글썽이면서까지 나를 말렸다. 나는 어쩔 수 없이 일단 더 들어 보기로 했다.

"──너한테 지도를 부탁하고 싶은 부분은 바로 체술이라고."

"……계속해 봐."

"그게, 이번 쿠치하라의 경우처럼 그래피티를 구사하는 데 신체

능력을 끌어올리거나 어떤 전문적인 기술을 습득해야 하는 경우도 있을 거라고 보거든. 하지만 나는 트레이닝 계획은 짤 수 있어도 무술이나 체술은 영 젬병이라서 말이야. 훈련 기간에 배웠던 것 중에서 기본밖에 못 하거든."

"……그건 지금까지의 널 보면 자연스레 알 수 있는 부분이지만 말이지."

"내가 아까 그 말 했다고 복수한 거냐? 그래도 날 따라잡으려면 아직 한참 멀었다고. 뭐, 어쨌든 간에 요즘 들어 세컨드 하프 출현 빈도가 이상할 정도로 증가했잖냐. 여기만 그런지 다른 지부도 그런지는 모르겠지만 그래도 전력을 증강시킨다고 나쁠 건 없으니까. 그러니 그런 면에서 더욱 확실하게 지도할 수 있는 녀석을 섭외하고 싶은 참이라 너한테 얘기를 꺼내 봤는데…… 어때?"

사사미야가 내 눈을 지그시 쳐다보았다. 살짝 긴장감이 전해져 왔다.

……이런 녀석도 긴장을 다 하는 건가 싶어 살짝 우스웠다.

잠시 아무 말 없이 생각에 잠겼는데, 사사미야가 쐐기를 박겠다는 듯이 입을 열었다.

"알바비 같은 것도 지급할까 하는데?"

"……열정이라고 해야 할지 집념이라고 해야 할지는 모르겠지만, 그걸 약체를 육성하는 것 말고 다른 쪽에다 쏟았으면 참 좋지 않았을까 싶은데."

크큭, 나는 살며시 웃고 나서,

"그래, 알았어. 받아들일게."

"진짜?!"

사사미야의 얼굴에서 긴장감이 확 날아갔다. 아까보다 눈이 50퍼센트는 더 반짝거리는 것 같았다.

"내가 이제 와서 거짓말을 할 사람으로 보여? 그리고 너한텐, 지도를 받은 빚이 있으니까. 그 빚을 나 몰라라 하는 짓은 안 해."

"그렇군. 좋아, 아주 좋아. ……고마워, 카고메!"

"아하하, 사사미 꼭 어린애 같아."

카오리가 옆에서 그렇게 웃으며 말한 순간이었다. 사사미야실에서 알람 3개가 동시에 울렸다.

"어."

"이건…….'"

"세컨드 하프가 출현했나 봐!"

"아, 맞다. 오늘 당번은 너희였지? 어제에 이어 오늘도 고생이 많네. 정 힘들면 대기 중인 다른 팀한테 맡겨도 돼. 내가 대신 얘기해 줄까?"

"사사미야, 모처럼 배려해 줘서 고맙지만, 그건 괜한 참견이라고."

"맞아! 준짱이랑 엔지 씨랑 같이 연계하는 것도 연습하고 싶은걸!"

우리는 사사미야를 보며 그렇게 말했다.

『아, 이번 세컨드 하프는 우리가 대응하도록 하지.』

살짝 께느른한 투로 말하면서도 조금은 의욕을 드러내는 우리 팀리더의 목소리가 통신기로부터 흘러나왔다.

그리고 승인이 떨어졌다. 자, 서두르자!

"그럼, 사사미야. 우린 이만 가 보도록 할게."

"그래, 조심하고."

"사사미~. 준짱 좀 잘 부탁할게!"

"그건 오히려 내가 부탁하고 싶은 말이라고. 무리하진 마."

우리는 사사미야의 말을 등으로 들으며 사사미야실을 나서자마자 곧장 현관을 향해 내달렸다.

"가자, 카오리!"

"알았어, 준짱!"

우리는 현관을 박차며 싸늘한 공기 속으로 뛰쳐나갔다.

"너희, 서둘러! 출발한다!"

담배를 피우며 대기 중이던 엔지 씨와 합류한 뒤, 그래프를 격퇴하고자 우리는 차량에 올라탔다.

◆ ◆ ◆

카고메와 오리쿠라가 뛰쳐나간 뒤. 절제된 노크 소리가 방 안에 울렸다.

"네, 들어오세요."

"……실례하겠습니다."

누군가 싶어 대답했더니 안으로 들어온 사람은 쿠치하라였다.

……어제 그 일 때문에 살짝 쑥스럽긴 했지만—— 그래도 일단은 평소처럼 대하기로 했다.

"무슨 일이야? 오늘 훈련은 오후부터 할 거라고 얘기했, 었는데……."

나는 쿠치하라의 얼굴을 보고 자기도 모르게 말문이 막혔다.

"왜, 왜 그래?"

나는 거듭 물었다.

문을 통해 방 안으로 들어온 쿠치하라가 도끼눈을 뜨고서 엄청 언짢은 표정으로 나를 뚫어져라 쳐다보았기 때문이다.

"……사사미야 선배, 미나세 선배로부터 룬짱이라 부르라고 명령받았다면서요?"

전혀 뜻밖의 질문에 나는 관자놀이를 지그시 눌렀다.

"……아니, 잠깐만. 그 말은 누구한테서 들었냐?"

"니나한테서 들었는데요."

하아, 히라카미한테서 들었구나……. 근데 히라카미 그 녀석은 그걸 어떻게 알고 있는 거지?! 설마 미나세? 미나세가 다 퍼뜨리고 다닌 건가?!

그렇게 소리치고 싶은 충동이 들었지만, 또 한편으로는 어차피 늦든 이르든 다 퍼졌을 테니 상관없겠다 싶은 생각도 들었다. 나는 체념 섞인 한숨을 내쉬며 쿠치하라의 물음에 고개를 끄덕였다.

혹시 니나는 도청기라도 들고 다니는 게 아닐까……. 처음 이 얘기를 들었을 때, 나는 솔직히 그런 생각이 들었다.

"맞아. 대체 무슨 생각인지는 몰라도 미나세 그 녀석이 대뜸 나한테 그런 명령을 내리더라니까? 덕분에 앞으로 평생 그 녀석을 룬짱이라고 불러야 하는 신세가 됐지 뭐냐."

어깨를 으쓱이며 그렇게 말하는 사사미야 선배를 보면서 아주 조금, 울컥한 기분이 들었다. ……그치만 역시나 죄송한 마음도 들었기에.

"죄, 죄송해요, 사사미야 선배. 제가 결투에서 지지만 않았어도……."

"신경 쓰지 말라고 저번에도 말했잖냐. 뭐, 그래도 그냥 별명만 좀 부르면 되는 것 같으니 솔직히 말해서 다행이라고나 할까?"

괜히 오해할 마음은, 없지만.

사사미야 선배가 미나세 선배로부터 '룬짱이라고 불러라.'는 명령을 받은 건 애초에 내가 미나세 선배한테 패배했기 때문이다. 그러니 이건 내 탓이기도 했다.

내가 사사미야 선배에게 죄책감을 느낄지언정 두 사람 사이를 괜히 곡해하는 건 오히려 실례——.

라고 생각했지만.

분명 머리로는, 그렇게 이해하고 있지만.

왠지 모르게 울컥한 기분이 든 것 또한 엄연한 사실이었다.

뭐, 어쨌거나 그건 둘째 치고—— 지금은 해야 할 말이 있었다.

"저기…… 그, 제가 일찍 온 건, 그 왜, 저번에 말씀드린 거 있잖아요. 제 고민에 대한 해답을 찾으면 말씀드리겠다고요."

"오. 드디어 해답을 찾았나 보군. 그럼——."

사사미야 선배가 계속 말해 보라는 듯이 재촉했을 때, 나카타키 씨가 자리에서 일어났다.

"나카타키 씨? 왜 그러세요?"

"살짝 피곤해서 휴식 좀 취하려고요. 몸도 풀 겸 주스나 사오겠습니다.."

"……네, 다녀오세요."

나카타키 씨가 곧바로 성큼성큼 방을 나섰다.

딱히 말씀은 없었지만 어쩌면 우릴 배려하기 위해 일부러 자리를 비워 주신 걸지도 모른다. ——뭐랄까, 나카타키 씨는 정말 멋진 어른이라니까. 과연 나도 저런 사람이 될 수 있을까.

"——자, 그럼 아까 하던 얘기를 마저 해 보자. 나한테 그 해답을 얘기해 줄래, 쿠치하라?"

사사미야 선배가 미소를 지으며 그렇게 물었다.

그 질문에, 나는——.

"……고민하고 또 고민하다 보니까, 나중에는 내가 대체 뭐 때문에 고민을 하는지 잊어버리게 되더라고요."

라고 말했다. 사사미야 선배는 여전히 미소를 지은 채 잠자코 듣기만 할 뿐이었다.

"그래서 다시 원점으로 돌아와 보니…… 애당초 제가 고민을 시작한 건 카고메 선배가 그래프를 죽이기 위해—— 복수하기 위해 강해지려 한다는 말을 들었을 때부터더라고요."

싸우기 위한 확고한 이유.

짊어진 것의 무게가 나랑은 완전 딴판이었다.

"그런 사람이 진심으로 그래프와 싸울 힘을 얻고자 하는데 나는 정말로 나 자신을 위해 강해지려고 해도 되는가, 줄곧 그런 의문이 들었어요."

가족이 피해를 입은 것도, 친구가 죽은 것도 아니다.

소심한 나 자신을 바꾸고 싶다, 단지 그 이유 하나만으로 카고메 선배와 같은 자리에 서 있는 자신은 사실 이 자리에 있으면 안 되지 않을까.

"그치만, 미나세 선배가 한 말이 제 망설임을 단번에 잘라 냈어요."

──궁극적으로는 나 자신을 위해서다.

늘 그렇듯 오만하고 자기중심적이며, 천상천하 유아독존을 그대로 의인화한 듯한 미나세 선배가 한 말이었지만── 분명 그것도 본질을 벗어나지는 않았을 것이다.

"누군가를 구하고 싶다는 생각이 드는 것도, 누군가의 복수를 위해서 싸우는 것도, 일을 해서 돈을 버는 것도── 결과적으로 모두 다 자기 자신을 위해서라면 힘을, 강해지기를 원하는 이유에 옳고 그름도 위도 아래도 없을 거예요."

여기에 다다르기까지 꽤나 먼 길을 돌아서 온 듯한 느낌이 들었지만.

해답에 이르는 길이 이제야 좀 보이기 시작했다.

"그러니 제가 힘을, 강해지기를 원하는 이유가 나 자신이 강해지고 싶어서라는 이유여도 아무 상관없어요. 왜냐하면── 강한 건, 엄청 멋있으니까요!"

꼭 어린아이 같은 이유이기는 했다. 다만 다른 사람들에게 어떠한 이유가 있든 간에, 나는 그 사람들과 어깨를 나란히 하며 사사미야 선배 밑에서 가르침을 받는 데 더 이상 죄책감을 느끼지 않았다.

"하지만 조금이라도 강해진 제 능력은—— 습득한 힘은 다른 사람을 위해 쓰고 싶다는 생각이 들었어요."

동료를 도우려면—— 서로 돕고 의지하려면 힘은 반드시 필요하다.

싸우는 법과 힘을 습득하여 함께 싸우는 동료를 돕기 위해 사용한다.

그것이 최종적으로는 일반인들을 구하는 것으로 이어지기 때문이다.

"이것이, 제가 찾은 해답인데…… 어떤, 가요?"

내가 눈만 위로 떠 사사미야 선배를 올려다보자, 사사미야 선배는 씨익 웃어 보였다.

"괜찮은 거 같은데? 넌 네 나름대로 해답을 찾았으니까 누구 앞에서든 당당하게 말하면 돼. 그리고 당당하게 말하는 네 모습을 보니, 확실히 네가 많이 성장했구나 싶은 느낌도 들고."

사사미야 선배가 의자에 걸터앉았다.

"이유야 어떻든 간에 원래 망설이는 녀석은 위태위태하고 망설이지 않는 녀석은 강한 법이야. 그리고 넌 이번에 자신의 망설임을 하나 끊는 데 성공했고. 넌 앞으로도 더 성장할 거야. ——가르치는 입장에서는 앞으로가 무척 기대 돼."

사사미야 선배의 말을 듣고 나는 가슴을 쓸어내렸다. ——그러다가 나는 문득 사사미야 선배에게 질문했다.

"사사미야 선배, 제가 해답을 찾아서 말씀드리면 사사미야 선배도 본인이 싸우는 이유가 뭔지 말씀해 주신다고 하셨죠?"

사사미야 선배는 무엇을 위해 싸우는지, 그 이유를 말이다.

"지금이라면 그 이유를—— 여쭤 봐도 될까요?"

"그야 물론이지. ——뭐, 그렇지만 사실 그리 대단한 이유는 아니지만. 이 정도로 터무니없는 그래피티를 습득하면 정말 위험한 상황에 처한 녀석도 구할 수 있지. 그렇다면 마땅히 구하러 가는 것이—— '칠식'을 습득한 내 의무일 테니까."

내가 충분히 구할 수 있는 사람을 못 본 척 내버려 두면 뒷맛이 씁쓸한 법이다——. 나는 속으로 고개를 끄덕인 뒤, 줄곧 품어 왔던 의문을 입에 담았다.

"……그럼 두 번째 그래피티 습득 실험으로 '칠식'을 약하게 만들지 않았던 건……."

"……그렇게 할까 싶은 생각도 조금은 들었지만, 그건 안 돼. 이 정도로 터무니없는 그래피티를 순전히 내 이기심 하나 때문에 약하게 만들 순 없는 노릇이니까. 뭐, 다른 사람에게 고스란히 넘겨줄 수 있다면 그건 또 얘기가 달라지겠지만. 게다가 '칠식' 덕분에 나는 수많은 사람을 구할 수 있으니까 말이지."

다만, 사사미야 선배가 덧붙여 말했다.

"내가 어떻게 할 수 없는 부분까지 멋대로 책임을 지는 건 자제하려고 해. ——아무리 내가 꼭대기에 서 있다 해도 어차피 할 수 없는 건 할 수 없는 거니까. 그렇게 딱 잘라 선을 그을 줄 모르면 몸보다 먼저 마음이 망가지겠지. 그런 의미에서 난 너한테 배웠다고나 할까—— 정말 큰 도움을 받았어."

"으아, 그, 그건, 그땐, 저기……."

"너무 신경 쓰지 마. 부끄러운 건 나도 마찬가지니까."

사사미야 선배가 쓴웃음을 지었다. ……내 인생 최대의 흑역사가 터진 지 아직 하루도 채 지나지 않았던지라 솔직히 무진장 부끄러웠다. 얼굴이 새빨갛게 물들어 나갔다.

그러고 나서 사사미야 선배가 한 박자 뜸을 들이더니,

"그래서 내가 무엇을 위해 싸우느냐 묻는다면 나도 기본적으로는 다른 사람을 위해서 싸우는 거니까—— 너랑 마찬가지, 라고나 할까? 하하, 왠지 우리는 죽이 잘 맞을지도 모르겠어."

"……아!"

그 말에, 그리고 사사미야 선배가 보인 웃는 얼굴에 가슴이 조용히 고동쳤다.

——실은 나도 내 감정에 대해 깨달아 가는 중이었다.

……하지만 사사미야 선배는 내 스승이고, 나는 그 제자다.

그 이상의 관계로 나아가려고 하는 건 사사미야 선배에게 실례라고 생각했다.

그렇기에 지금은 아직 싫어하는 척, 일부러 모르는 척, 어디까지나 수제자로서 노력하고자 했다.

——하지만 아까 그 사사미야 선배의 웃는 얼굴을 보고, 방금 그 말을 듣고.

내 감정이 아주 살짝 폭발했다.

"저, 저기!"

"우왓, 갑자기 왜 그래?"

내가 갑자기 큰 목소리를 내는 바람에 사사미야 선배가 화들짝 놀라 펄쩍 뛰며 말했다.

마, 말할 거면 지금, 말할 거면 지금밖에⋯⋯!

"그, 그, 그게, 말이죠——."

긴장한 탓에 혀가 떨렸다. 과연 또렷이 말할 수 있을까.

아니, 말해야 한다. 이런 말은 지금처럼 단둘이 있을 때만 얘기할 수 있으니까.

"저, 저는——."

지금은 아직 수제자로서 노력할 테지만.

——이 정도는, 괜찮겠지?

"사, 사사미야 선배!"

"왜, 왜 그래?"

당황한 기색으로 눈을 휘둥그레 치켜 뜬 사사미야 선배를 향해, 나는 두 주먹을 불끈 쥐고 단숨에 말을 쏟아 냈다.

"저, 저를, 코, 코토네라고, 불러 쥬실 수 있나요?! 그리고, 사사미야, 선배를, 시, 시로가네 선배라 불러도 댈까욧?!"

⋯⋯⋯⋯.

발음이 잔뜩 샜잖아!

침묵이 지배하는 사사미야실 안에서 나는 속으로 머리를 싸쥐었다.

잠깐, 바, 방금 내가 한 말, 제대로 잘 전해진 거 맞지?! 그래도 요점은 발음 새지 않고 확실하게 잘 말한 거 맞지?! 그런데 사사미야 선배가 '갑자기 이 녀석은 무슨 뚱딴지같은 소릴 하는 거냐' 라고 받아들이면 어쩌지?! 성씨 대신 이름으로 서로를 부르고 싶은 거야 뭐, 사사미야 선배가 미나세 선배를 '룬짱' 이라고 부르게 되면서 서로 간의 거리가 살짝 가까워진 것 같아 부럽다, 고 생각하진 않았는걸. 진짜인걸! 그치만 이걸 냉정하게 놓고 생각해 보면 왠지 내가 이상한 요구를 한 것 같은 느낌도——.

몸이 굳은 상태에서 얼굴만 점점 빨개지다가 침묵 속에서 머리가 혼란에 빠지기 바로 직전에, 사사미야 선배가 픕, 하고 뿜었다.

"으아……. 아, 시, 시, 싫으시다면, 굳이, 신경 안 쓰셔도……."

온몸에서 핏기가 싹 가시는 듯한 공포감이 들었다. 심장이 따끔따끔 아팠다.

"——아니."

사사미야 선배가 웃으며 말했다.

"그래, 알았어, 코토네. 앞으로도 잘 부탁해."

"……아!"

소름이 쫙 돋았다.

온몸의 털이 곤두서는 게 아닐까 싶을 정도로 온몸이 뜨겁게 달아올랐다.

싹 가셨던 핏기가 해일과도 같은 기세로 밀어닥쳤다. 어버버, 나는 혼란에 빠졌다. 나도 모르게 헤벌쭉한 표정을 지을 것만 같았기에 얼굴을 손으로 덮어 가렸다.

……미나세 선배도, 룬짱이라고 불렸을 땐 이런 기분이었을까.

"저…… 저야말로, 잘, 부탁드릴게요…… 시, 시로가네, 선배."

내 안에서 마치 부끄러움의 폭탄이 폭발한 것처럼 얼굴이 새빨갛게 물들었다.

"그, 그럼, 이만 실례할게요——."

나는 그렇게 말하며 문을 열었는데.

"앗."

"어?"

거기에는 누가 봐도 의심할 여지가 없이 문에다 귀를 대고 있는 니나의 모습이——.

"뭐, 뭐, 뭐 하는 거야, 니나앗!"

"아하하, 코토짱, 웬일로 이런 데서 다 만나네?"

몸을 벌떡 일으켜 세운 니나가 입에 침도 안 바르고 능청스러운 투로 말했다. 그 뒤쪽에는 온몸에 붕대를 감은 채 이거 못 말리겠다는 듯이 고개를 절레절레 젓는 이치히코 선배가 있었다. 그리고 그 옆에는 웬일로 유키코 씨도 함께 있었다.

"아……. 웬일로 유키코 씨가 다 계시네요."

"아무래도 밖에 있으려니 춥다나 봐."

끄덕끄덕, 유키코 씨가 고개를 끄덕였다.

그리고 그 직후에 사사미야실로 돌입해 오는 한 사람의 모습을 보고 시로가네 선배가 인상을 찌푸렸다.

"으엑, 넌 오늘도 또 왔냐?"

"너라고? 네놈은 내 이름을 벌써 잊었느냐, 사사미야?"

"아, 그래, 알았어, 알았다고. 좋은 아침이다, 룬짱."

"후후, 후후훗! 그래, 좋은 아침이다! 오늘도 좋은 날씨로구나, 사사미야!"

"눈보라가 치는데 좋은 날씨라니, 이제 보니 완전 대단한 사람이었네?"

오늘도라니……. 설마, 요즘 매일 시로가네 선배를 만나러 오는 걸까?

평소 같았으면 상상조차 할 수 없을 만큼 헤벌쭉한 표정을 짓고 있는 미나세 선배를 보고 있으니 문득 이런 생각이 들었다. 이건…… 좀, 나도 질 수 없겠는데?

"야호~. 시로가네 군. 오늘 쿠치하라짱이 훈련에서 쓸 자료 가지고 왔어~……. 근데 이게 뭔 난리여? 시방 웬일로 거물들이 한자리에 다 모였디야?"

한 손에 자료를 쥔 채 나타난 사람은 바텐더 의상에 흰 가운을 걸친 미요리 씨였다.

이렇게 된 이상 확 저지르고 보는 수밖에. 나는 혼돈의 도가니에 빠진 사사미야실 안에서 시로가네 선배의 손을 잡아끌며 방 밖으로 향했다. 마치 마음속의 열기가 폭주하는 것 같은 느낌이 들었다. 이미 이 지경이 된 상태에서는 나도 나 자신을 멈출 수 없었다. 그냥 되는 대로 몸을 맡겼다.

"우와, 왜 그래?!"

"지금 당장, 훈련하러 가죠!"

"아니, 그러니까 갑자기 왜 그래?!"

"꼭 좀, 부탁드릴게요!"

그리고 나는 방 입구를 빠져나올 때 미요리 씨의 손도 잡아끌며 뛰기 시작했다.

"전 지금보다 훨씬 더 강해져야 하니까요! 그러니 앞으로도 계속, 계~속 잘 부탁드릴게요! 시로가네 선배! 미요리 씨!"

"나야 상관없긴 한데, 시로가네 군은? 일해야 하는 거 아니여?"

"하하핫, 괜찮아요. 될 대로 되라죠, 뭐! 그럼 이대로 훈련실까지 가 볼까, 코토네!"

뒤에서 다른 사람들이 우리를 좇아왔다. 그 사실을 인지한 바로 그 직후였다. 원래라면 내가 시로가네 선배를 잡아끌고 있었을 텐데, 어느샌가 시로가네 선배가 나를 잡아끌고 있었다. 맞잡은 손에서 느껴지는 따스한 온기가 내 몸을 점차 녹여 나갔다.

——지금은 아직 시로가네 선배가 나를 잡아끌어도 된다.

하지만 언젠간, 내가 시로가네 선배를 잡아끌 정도로 강해지고 나면.

제자를 졸업한 그때, 내 마음을 전하도록 하자.

저만치 앞에 있는 스승을 향해, 조금씩이라도—— 아니.

내 경우에는.

——3센티미터씩이라도, 나아갈 테니까!

후기

——1권을 다 읽으신 어머니께서,

"있잖여, 쪼까 걸리는 게 있는디."

뭘까. 모순점이라도 있었던 걸까—— 싶어 두근두근했습니다만, 어머니께서는 1권 후반부를 가리키시면서,

"여기 이 '거시기 할게유' 부분 말인데, 이상하지 않어?"

……엥.

"아니, 이럴 때는 '거시기'가 아니라 '저시기' 마냥 써야 하는 거 아녀? 타지 사람들은 못 알아본다 혀도, 토야마 사람은 마음에 걸리겄어야."

………….

네. 자기 고향 말도 대충 쓰면 안되겠구나 하고 맹렬히 반성한 울지 않는 저녁매미, 히구라시 아키라입니다. 더 공부할 테니 용서해 주십시오, 고향 사람 여러분.

자, 제 이야기는 여기까지 하고.

'재앙 전선의 오버로드' 2권에서는 새로운 캐릭터들도 등장하여 점점 더 혼돈 속으로 빠져들고 있습니다만, 잘 감상하셨는지요. ……이, 가독성이 떨어져서 읽기 힘드셨다고요? 근데 그건 딱

히 제가 어떻게 할 수 있는 부분이 아닌지라…… 아얏, 농담입니다! 죄송합니다, 죄송합니다, 제발 부탁이니까 지금 당장 책장에다 꽂는 건 자제해 주세요!

어디 보자, 잠시 뒷얘기를 좀 풀어 보자면 2권에서는 시점을 변경할 시에 이름이라도 넣지 않겠냐고 담당 편집자님과 상의했습니다만, 1권에서도 안 넣었으니 그냥 이대로 가자며 제가 반쯤 그대로 밀어붙였죠. 그래서 결과적으로 가독성이 떨어지지 않았나 싶습니다만, 후기부터 읽으시는 분들은 일단 이번 권까지는 이대로 함께해 주셨으면 합니다.

시로가네와 코토네, 이 두 사람은 살짝 앞으로 나아갔습니다. 오히려 다른 캐릭터가 더 많이 나아가지 않았나 싶기도 하지만, 역시 주인공과 히로인이 함께 앞으로 나아가는 건 작가 입장에서는 바람직한 일이지 않을까 싶습니다.

자, 무심코 페이지를 덮기 전에 감사의 말씀을 드리고자 합니다.

이번에 까다로운 주문이 많았음에도 불구하고 제 예상을 아득히 뛰어넘는 표지를 완성해 주신 시라비 님. 설정 단계에서부터 적확한 일침으로 스토리의 궤도를 바로잡아 주신 담당 편집자님. 그리고 교정을 맡아 주신 분과 서점 직원분 등등, 이 책의 제작에 관여해 주신 모든 여러분께 진심으로 감사의 말씀을 올립니다.

마지막으로 오버로드와 함께 해 주신 독자 여러분께.

진심으로 감사의 말씀을 드립니다. 정말로 감사드리고 싶은 마음밖에 없습니다. 그럼 저는 이만 이쯤에서 줄이도록 하겠습니다. 인연이 있다면 다음 작품에서 만나 뵙겠습니다.

재앙전선의 오버로드 2

2023년 11월 20일 제1판 인쇄
2023년 12월 01일 제1판 발행

지음 히구라시 아키라
일러스트 시라비

발행 영상출판미디어(주)
등록번호 제 2002-000003호
주소 07551 서울특별시 강서구 양천로 570 NH서울타워 19층
대표전화 02-2013-5665

ISBN 979-11-380-3664-1
ISBN 979-11-380-3662-7 (세트)

SAIYAKU SENSEN NO OVERLORD Vol.2
ⓒAkira Higurashi, shirabii 2015
First published in Japan in 2015 by KADOKAWA CORPORATION, Tokyo.
Korean translation rights arranged with KADOKAWA CORPORATION, Tokyo.

노블엔진(NOVEL ENGINE)은 영상출판미디어(주)의 라이트노벨 및 관련서적 브랜드입니다.

패배 히로인이 너무 많아!

1~4

학급의 배경인 나, 누쿠미즈 카즈히코는 인기 많은 여자인 야나미 안나가 남자에게 차이는 모습을 목격한다.

"나를 신부로 삼아주겠다고 했으면서!"

"그거 언제 적 이야기인데?"

"네다섯 살쯤인데."

──그건 좀 아니지.

그리고 이 일을 시작으로 육상부의 야키시오 레몬, 문예부의 코마리 치카처럼 패배감이 넘치는 여자애들이 나타나는데──.

패배 히로인── 패로인들과 엮이는 수수께끼의 청춘이 지금 막을 연다

아마모리 타키비 지음 | 이미기무루 일러스트 | 2023년 11월 제4권 출간
청춘의 상상, 시동을 걸어라!

가난한 내가 유괴 사건에 말려들면서 모시게 된 주인은
숙녀의 탈을 쓴 생활력 빵점 영애였다——?!

아가씨 돌보기

영애들이 다니는 명문 학교에서
제일가는 아가씨(생활력 없음)를 남몰래 돕는
시중 담당이 되었습니다

1~4

◆

남자 고등학생 '토모나리 이츠키'는 유괴 사건에 말려들었다가 국내에서 손꼽히는 재벌 가문의 아가씨인 '코노하나 히나코'의 시중을 들게 되었다.

겉으로는 뭐든지 잘하는 히나코 아가씨. 하지만 그 정체는 혼자서는 일상에서 아무것도 못 할 정도로 생활력이 없고 나태한 여자애. 그러나 히나코는 집안의 체면상 학교에서는 '완벽한 숙녀'를 연기해야만 한다. 그런 히나코를 지키고 싶은 마음에 하나부터 열까지 지극 정성으로 모시는 이츠키. 마침내 히나코도 그런 이츠키에게 몸과 마음을 의지하는데…….

어리광 만점! 생활력 빵점?!
완벽한(?) 아가씨와 함께하는 러브 코미디!

NOVEL ENGINE 사카이시 유사쿠 지음 | 미와베 사쿠라 일러스트 | 2023년 11월 제4권 출간
청춘의 상상, 시동을 걸어라!

제15회 MF문고J 라이트노벨 신인상 《최우수상》 수상
2021년 7월 TV 애니메이션 방영작! 시즌 2 제작 결정!

탐정은 이미 죽었다

1~8

◆

애니메이션 방영작

고등학교 3학년인 나, 키미즈카 키미히코는 한때 명탐정의 조수였다.

──"너, 내 조수가 되어줘."

시작은 4년 전, 지상 1만 미터 위의 상공. 하이재킹을 당한 비행기 안에서 나는 천사 같은 탐정 시에스타의 조수로 선택되었다.

그로부터 3년, 우리는 눈부신 모험극을 펼쳤고── 죽음으로써 헤어졌다. 홀로 살아남은 나는 일상이라는 이름의 현실에 빠져 안주하고 있었다. ……그걸로 괜찮냐고?

괜찮고말고.

다른 사람에게 피해를 주는 것도 아니니까.

그렇잖아? 탐정은 이미, 죽었으니까.

니고 쥬우 지음 | 우미보즈 일러스트 | 2023년 12월 제8권 출간

청춘의 상상, 시동을 걸어라!

문제아와 모범생, 정반대인 두 사람의
솔직해지지 못하는 사랑 이야기

타인을 거부하는 무뚝뚝한 여자를 설교했더니 엄청 달라붙는다

1~2

교사들의 신뢰가 두터운 반 대표 오오쿠스 나오야는 반에서 겉도는 문제아 에나미 리사를 진로 면담에 출석시키라는 난제를 억지로 부탁받았다. 의무감에 말을 걸기는 했으나 에나미의 완고한 태도에 자신의 옛날 모습을 겹쳐보고 무심코 설교를 퍼붓고 마는 오오쿠스.

하지만 무슨 일인지 그날 이후로 에나미는 오오쿠스를 기다리면서 함께 가자고 들러붙게 되는데──.

"관심이 있어서. 너에 대해 알고 싶어."

타인에 대한 불신으로 똘똘 뭉친 미소녀 에나미가 마음을 열었다며 주위가 놀라는 가운데. 오오쿠스와 에나미의 어색한 교류가 시작된다.

무코하라 산키치 지음 | 이치카와 하루 일러스트 | 2023년 5월 제2권 출간
청춘의 상상, 시동을 걸어라!